Despiértame cuando llegue el otoño

MARIE BAVIERA

Despiértame cuando llegue el otoño

Ilustraciones de
Cristina Cid

Rocaeditorial •

Penguin
Random House
Grupo Editorial

Primera edición: octubre de 2025

Diseño del interior: Penguin Random House Grupo Editorial / Lourdes Bigorra

Printed in Spain – Impreso en España

ISBN: 979-13-87517-04-5
Depósito legal: B-14.370-2025

Compuesto en Compaginem Llibres, S. L.
Impreso en Unigraf
Móstoles (Madrid)

RI 17045

A quienes, cuando os sentís perdidas,
encontráis refugio en los libros

INSTITUTO
AYUNTAMIENTO
BIBLIOTECA
LIBRERÍA

PIZZA
FLORES
ANTIGÜEDADES
CAFÉ
ANNA
SÚPER
HELADERÍA
PANADERÍA
WILL

Capítulo 1

El reconfortante aroma del chocolate caliente consigue que deje de fruncir el ceño y relaje los hombros. Doy un sorbo. Demasiado azúcar. Llevo una semana en Orange Hollow y han sido ya tres las veces que le he pedido a Josephine que echara poco azúcar. No sé si le da igual lo que le diga o si no sabe qué es «poco azúcar». Viendo el enorme bote que reposa junto al hervidor de agua y teniendo en cuenta que estamos en el Sweet Pumpkin Café, optaría por la segunda opción.

El murmullo de la gente que espera su primer café del día no consigue superar la voz alegre de Josephine. Me han dicho que tiene más de sesenta años, pero por su agilidad para moverse y servir las comandas no lo parece. Solo el pelo canoso con unos pocos mechones castaños recogido en una coleta alta y las leves arrugas de las mejillas dejan intuir su edad.

—Aquí tienes tu *cappuccino*, Edward —dice la dueña mientras le tiende la bebida en un vaso de cartón a un hombre alto al que consigue sacarle una sonrisa y quitarle la expresión seria durante unos segundos—. Que vaya bien el primer día.

No sé mucho más de la dueña de la cafetería, pero puedo deducir que The Bangles es su grupo de música favorito porque sobre las paredes color crema del local hay colgados pósteres y vinilos de ellas.

—Venga, Anna, no tenemos todo el día —dice mi primo desde la puerta.

Peter es muy alto y tiene los hombros tan anchos que las camisetas siempre le tiran en la parte alta de la espalda. Me siento tan pequeña como un gnomo de jardín al pasar por su lado, y ni siquiera me considero una persona bajita. Tiene una cicatriz en la barbilla gracias a mí, que con cinco años le lancé un camión de juguete a la cara porque me había robado las gafas. Entre eso, el pelo casi rapado y los pequeños aros en la oreja izquierda, da un poco de miedo.

Al salir de la cafetería, doy otro sorbo a mi bebida. Pese al dulzor empalagoso que me llena la boca, no puedo evitar cerrar los ojos y dejar que el chocolate me quite un poco el frío de primera hora de la mañana. Una ligera brisa remueve los mechones de pelo que no he conseguido sujetar en la trenza y, aunque el sol intenta traspasar las nubes grisáceas, nada tiene que ver con los agradables rayos que estarán calentando Valencia en esta época.

—Ya sé que no te va a consolar, pero yo tampoco tengo ganas de ir a clase. —Amelia se encoge de hombros.

Por suerte para mi cuello, mi prima es más baja que yo y cuando hablo con ella no temo acabar con tortícolis. Aunque puede que eso pase en un futuro cercano porque tiene un año menos que yo y solo necesita estirarse cinco centímetros para superarme. El pelo rubio le cae por la espalda en un sencillo semirrecogido lleno de ondas imperfectas que deja sus audífonos a la vista y camina con una mano en el bolsillo de un llamativo peto a rayas lila y crema mientras que con la otra sujeta un vaso de té. Desde que su madre le dijo que le había puesto ese nombre por Amelia Earhart quiere ser piloto o ingeniera aeronáutica.

Suspiro, triste por no tener tiempo de volver a entrar en la cafetería. Tan acogedora por dentro como por fuera, con un pequeño techado oscuro sobre la fachada de ladrillo desgastado, cuatro mesitas con sus sillas bajo él y un cartel con el nombre del local en el que hay dibujada una taza de la que salen volutas de humo en forma de calabaza. Ojalá pudiera sentarme junto a su ventanal, empañado por la diferencia de temperatura y ligeramente iluminado por los primeros rayos de sol, y observar a la gente caminar mientras disfruto de una taza —o dos o tres— de chocolate caliente y leo el libro que llevo en la mochila.

Pero, para mi desgracia, eso no va a poder ser. Tengo que ir al instituto. Perdón, a mi primer día de instituto. Porque no es lo mismo ir un día cualquiera que el primero. Sobre todo, cuando es nuevo. Con gente nueva, pasillos nuevos, profesores nuevos, costumbres nuevas… y al otro lado del mundo. Los nervios me atenazan el estómago y, por unos segundos, temo no poder terminarme el chocolate por miedo a vomitarlo. Estos días no he dejado de imaginar escenarios en mi cabeza a cada cual más dramático. El último ha sido que debía cargar todo el día con los libros porque no conseguía abrir la taquilla, y la gente me miraba y cuchicheaba sobre mí.

He tenido pesadillas al respecto. En mi instituto de España las taquillas tenían cerraduras con llaves tan seguras como la del diario de hojas perfumadas que tenía de pequeña. ¿Aquí serán como en las películas? ¿Tendré que darle vueltas a una rueda? Ni siquiera sé cómo funciona eso; en las pelis nunca lo explican.

Caminamos por las calles en las que la vida empieza a desperezarse. De las casas de dos alturas y jardín delantero de la acera de enfrente salen mayores y niños con caras más o menos somnolientas. Un hombre arranca el coche aún con la taza de café en la mano y una niña corre hacia la valla de madera blanca dando mordiscos a un sándwich.

Oigo los motores de los vehículos como cualquier mañana en Valencia, pero también las conversaciones de los vecinos y el canto de los pájaros. Todavía no me acostumbro a ver tantos árboles y flores en todas partes conviviendo con casas unifamiliares. He de reconocer que el primer día me parecieron iguales, sin embargo, ahora veo los detalles que las diferencian. Como esa de color mostaza cuya primera planta es todo un balcón de listones de madera tallada —lo que construye la gente de TikTok en *Los Sims*— o la de al lado en tonos tierra que no es más que un cubo con una puerta y cuatro ventanas —lo que construyo yo.

Algunas hojas, todavía un poco verdes, se enredan entre nuestras zapatillas y añaden notas de color al suelo, excepto frente a la floristería, donde la dueña de la tienda las recoge con movimientos rítmicos a la vez que tararea una canción alegre que me suena de algo, aunque no soy capaz de identificarla. Del interior de la tienda sale una mezcla de aromas que nada tiene que ver con el olor artificial de los perfumes. Admito que no me gustan las flores ni las plantas en general —hubo una vez que se me murió un aloe vera y se supone que eso es casi imposible—, pero hay algo muy especial en verlas en los escaparates y en la felicidad de las personas al recibir un ramo.

La florista nos saluda levantando un poco el sombrero de paja adornado con un lazo de la misma tela que su vestido de flores en tonos rosa y menta. Con las mejillas sonrosadas, una sonrisa tan amplia que le dibuja pequeñas líneas alrededor de los ojos y la melena de un rubio tan claro que parece blanco, combina a la perfección con las peonías del escaparate y la fachada de la tienda de un verde desgastado por el sol.

—Felicity —la llama Amelia—, ¿cuánto falta para que llegue el otoño?

La mujer observa los árboles y las hojas del suelo con atención. Inclina un poco la cabeza y asiente como si la naturaleza le estuviera susurrando la respuesta.

—Este año llegará antes —afirma mirando a Amelia con el gesto aún pensativo—. Fijaos en el amarillo de las puntas de las hojas, en una semana estos árboles ya estarán pintados de naranja.

Con una sonrisa y otro saludo con el sombrero, Felicity vuelve a su trabajo.

—No sé por qué te gusta tanto el otoño —dice Peter mientras se acompaña de las manos para hablar en lenguaje de signos—. Tenemos que rastrillar las hojas del jardín casi todos los días.

Amelia se gira y camina hacia atrás para mirarnos al hablar.

—Puede que sea porque cuando me toca a mí siempre ocurre algo que me impide hacerlo.

Peter le reprocha a su hermana que debería ocuparse también de las tareas de casa menos agradables como todo el mundo, mientras yo sigo observando alrededor. Cada local frente al que pasamos es distinto y me gusta pensar que tienen la personalidad de sus dueños. Como la tienda de alimentación pintada de blanco impoluto, con la fachada alargada despejada y los ventanales amplios y relucientes. Desde la puerta metálica de entrada, un gato atigrado nos observa con los ojos entrecerrados. Puede que esté medio dormido o calculando cómo acabar con nosotros.

—Creo que, si los gatos dominaran el mundo, no tendríamos que ir a clase —digo después de dar uno de los últimos sorbos al chocolate.

—No me quejaría —dice Amelia.

Peter niega con la cabeza.

—Porque nuestra única función sería servirles.

—Pues como ahora —dice mi prima.

—Pero sin clases —añado.

Amelia y yo nos reímos mientras Peter pone los ojos en blanco.

Solo caminamos unos metros más antes de llegar a una fachada de color castaño donde está la librería. COZY NOOK BOOKSTORE, leo en las letras doradas que adornan el cristal del escaparate. Esta vez es el aroma a libro lo que percibo, aunque sé que, en este caso, me lo estoy imaginando. Puede que sea por las ganas que tengo de entrar. Pero no lo he hecho aún, lo juro. Sé que saldría con libros que no necesito sumar a mi lista de pendientes. Lo que sí hago es pararme y hacer una foto del local con el móvil.

Las dos bombillas amarillas que iluminan el escaparate le dan a la tienda un toque más pintoresco si cabe. En el centro hay abierto un libro con letras doradas y brillantes que parece sacado de un cuento de hadas y todo está decorado con tapetes de punto, velas y flores frescas de diferentes colores. Pero más allá del cautivador escaparate, el interior está tan oscuro que no alcanzo a ver nada desde aquí.

Cuando me doy cuenta, mis primos están ya doblando la esquina hacia el instituto. Camino rápido mientras miro la foto. Se ve un poco de mi reflejo en el cristal del escaparate: con el móvil en una mano, el vaso de cartón en la otra, la trenza oscura y voluminosa cayendo sobre el hombro y las gafas de pasta color carey casi en la punta de la nariz que, pese a haberme templado el cuerpo con la bebida caliente, sigue congelada y hormiguea. Incluso se aprecia una pequeña sonrisa en mi rostro. La subo a Instagram sin dudarlo.

Al levantar la cabeza del móvil me doy cuenta de que la cantidad de gente a nuestro alrededor ha aumentado y, con ello, el barullo de las voces. Algunas alegres como si fuera el último día de clase en lugar del primero. Lo entiendo, reencontrarse con los amigos es lo mejor de este día —puede que lo único bueno—. Hay también quien aún no ha despertado del todo y bosteza mientras se frota los ojos. Pero yo me siento más identificada con los que caminan arrastrando los pies como si fueran camino a la guillotina.

Al observar con más atención me doy cuenta de que muchas miradas están sobre mí. Instintivamente me pego a Peter y Amelia, buscando refugio.

—¿Qué pasa? —me pregunta Peter con el ceño fruncido.

Debo tener cara de estar a punto de vomitar porque Amelia engancha su brazo con el mío y me sonríe.

—Le pasa que es la chica nueva y todo el mundo la mira.

Peter echa un vistazo alrededor para comprobar lo que ha dicho su hermana. Yo también vuelvo a observar a los demás estudiantes. Algunos ni siquiera disimulan y, aunque yo los mire, siguen hablando con su grupo de amigos con la vista clavada en mí.

—Es un pueblo pequeño. —Peter se encoge de hombros—. Se les pasará.

—¿Cuándo? —pregunto con voz ahogada.

No llevo bien ser el centro de atención. ¿Qué estarán diciendo de mí? ¿Me he acordado de quitarme las legañas al lavarme la cara? ¿La noticia de mi llegada se habrá convertido en un drama que nada tiene que ver con la realidad? ¿Tengo pasta de dientes en el moflete? Mis primos me habrían avisado, ¿no? ¿Creerán que he venido aquí huyendo de alguna desgracia que me ha ocurrido en España? Eso, en parte, es verdad.

—La semana que viene —asegura Amelia—. El fin de semana es clave.

Respiro hondo. Supongo que podré sobrevivir. Nunca me habría imaginado esto, pero echo de menos el primer día de instituto en España con su rutina aburrida y las mismas caras de siempre.

Estoy tan pendiente de los cuchicheos de la gente que no me doy cuenta de que hemos llegado a la entrada del instituto hasta que estamos a punto de cruzar la verja de barrotes altos y negros terminados en forma de flor, con columnas de piedra intercaladas cada pocos metros. En la hoja de entrada que queda abierta hacia la derecha, un cartel marrón oscuro con letras blancas indica el nombre del centro: MATILDA ORANGE HIGH SCHOOL.

Avanzamos por el camino de piedra blanca y me olvido por un momento de las miradas y de la angustia que me aprieta el estómago. Frente a mí se alza un edificio gris, de los que parecen hechos con bloques irregulares apilados. Alzo la vista hacia el tejado a dos aguas de un tono más oscuro, y descubro que hay varias chimeneas de tonos rojizos. ¿Significa eso que podremos encender fuego en invierno? La lógica me dice que no. Es probable que estén desde los años en los que esto era un instituto femenino, pero que las sellaran hace mucho. Aun así, me dan una sensación de calidez que me reconforta un poquito.

Me esperaba un bloque rectangular gigante sin gracia como en todas las películas de instituto estadounidenses y me he encontrado un lugar más cercano a una novela de fantasía.

Una arboleda de arces enormes en la que el verde se empieza a apagar para dejar paso al amarillo que precede al otoño rodea el edificio en forma de ele. Los ventanales que cubren la mayor parte del exterior de las tres plantas reflejan los pocos rayos de sol que consiguen traspasar las nubes.

Los grupos de estudiantes que se concentran cerca del arco de entrada me devuelven a la realidad. Esto sí se parece más a la idea que tenía de un instituto estadounidense: varias chicas vestidas con lo que parece el uniforme de las animadoras aprovechan los últimos minutos antes de entrar para hablar —y echarme alguna mirada curiosa—, unos metros más allá hay algunos estudiantes con monopatines y frente a la puerta un grupo de chicos y chicas canta a capela lo que tiene pinta de ser el himno del instituto.

Termino el último sorbo de chocolate que me queda y, con mucha tristeza, tiro el vaso a una papelera cercana. Aunque no estoy muy segura de si es por la bebida o por el día que me espera.

—Ánimo, Anna, el primer día solo dura ocho horas, mañana ya será el segundo.

Miro a Amelia con las cejas alzadas. Pero ni siquiera me ve porque ha salido corriendo a abrazar a una chica con una camiseta en la que pone THIS IS NOT EMILY'S VERSION.

—Te acompaño a secretaría —dice Peter mientras echa a andar hacia la entrada del imponente edificio.

Nada más cruzar la puerta me agarro de su brazo. Hay tanta gente caminando de un lado a otro que temo que me arrastren lejos de él.

Por si eso fuera poco, no podemos dar dos pasos sin que alguien llame a mi primo, le choque la mano o lo salude con un movimiento de cabeza. Supongo que por muy antiguo que sea el edificio, este también es el típico instituto donde los jugadores del equipo de fútbol americano son los más populares.

Mientras Peter habla con sus fans, busco con la mirada las taquillas. Me parece verlas al fondo, junto a la escalera de madera del mismo tono oscuro que el parquet desgastado bajo nuestros pies. Parecen de metal, pero son de un color similar al crema de las paredes, por lo que no desentonan tanto como la pancarta amarillo canario y de letras de un alegre naranja chillón que nos recibe: WELCOME BACK, HEDGEHOGS! Ni soy una erizo, ni estoy de vuelta. Supongo que la pancarta no es por mí, ¡lástima!

Una voz que juraría que es la de mi tía, nos da la bienvenida por megafonía y recuerda que Kody, el esqueleto del laboratorio, está para estudiar los huesos, no para bailar vals con él.

De repente, un chico pasa corriendo frente a mí, tan cerca y rápido que me desestabiliza del susto, tropiezo con mis propios pies y choco con Peter de forma que se me tuercen las gafas.

—¡Rogers! —grita el chico mientras le da en la espalda a mi primo y lo abraza.

Respiro, aliviada al ver que las gafas están bien y me las vuelvo a poner para mirar al chico con los ojos entrecerrados, esperando que se disculpe, pero ni siquiera se ha dado cuenta de que estoy aquí. Idiotas hay en todo el mundo, incluso en un pueblo perdido de Estados Unidos.

Es un poco más bajo y menos voluminoso que Peter. Aunque, por la cara que pone mi primo, de fuerza en los brazos deben de andar parejos.

—Hey, Bennet —dice Peter con su tono calmado de siempre y una sonrisa, mientras le revuelve el pelo castaño claro al chico—. Veo que no has perdido forma en verano. —Mueve un poco los hombros a la vez que suelta una carcajada.

—Pero tú sí. —Ríe también, y cuando lo hace suena engreído—. Ni siquiera te he dado con todas mis fuerzas.

Sigo observando al tal Bennet —indignada con que se apellide como mi querida Lizzy, la perspicaz protagonista de *Orgullo y prejuicio*—, esperando a que se dé cuenta de que hay una persona a su lado transmitiéndole todo su odio: yo.

—Mira, esta es mi prima Anna —dice Peter, haciendo un gesto hacia mí—, Anna, este es Bennet, el *quarterback* del equipo.

El chico se gira y me sonríe como si no pasara nada y hoy fuera el mejor día de su vida. Se reajusta la mochila a la espalda y me tiende la mano.

—Encantado.

Clava sus ojos marrones en los míos, con la mirada de alguien tan seguro de sí mismo que ni se le pasa por la cabeza pensar en que su presencia pueda molestar al resto de personas. Me sorprende que no sean azules, supongo que no es un requisito para ser *quarterback*, aunque nadie lo diría teniendo en cuenta la cantidad de películas de instituto donde el protagonista cumple esa condición.

La sonrisa se le va apagando poco a poco al darse cuenta de que yo no estoy tan encantada. Aun así, le doy la mano y asiento rápidamente.

Mi primo tiene los labios apretados, esforzándose por aguantar la risa. No entiendo por qué, porque esto no es nada gracioso. Gracioso es un gato desperezándose, por ejemplo.

—Bennet está en el mismo curso que tú. Supongo que compartiréis algunas clases.

Genial. Lo que me faltaba.

—Bueno, esto es la secretaría —dice Peter, señalando la puerta de madera oscura acristalada a su derecha, al ver que la incomodidad está creciendo por segundos—. Louisa te dará el horario y la combinación de tu taquilla.

Asiento dándome cuenta de que esa frase significa que se va a ir con su amigo y me va a dejar sola ante lo desconocido.

—Nos vemos en la comida. Búscanos a mí o a Amelia en la cafetería.

Me mira durante unos segundos, evaluando si voy a poder apañármelas por mí misma. Parece decidir que sí —lo tenía por un chico con criterio, pero ya veo que no es así—, porque me da un abrazo rápido y se va en dirección a la hilera de taquillas que hay al fondo.

Al quedarme sola vuelvo a ser consciente de los nervios que me aprietan el estómago. Inspiro, espiro y agarro el pomo de la puerta con fuerza. Puedo con esto. Al fin y al cabo, estoy aquí, ¿no? He hecho lo más difícil: tomar la decisión. Un cambio drástico, dejar atrás la zona de confort, enfrentarme a situaciones distintas, buscar mi sitio, mi sueño, qué quiero hacer en la vida además de beber colacao y leer.

Ahora solo tengo que ir a clase, estudiar y hablar con gente. Son cosas que llevo haciendo toda la vida. Y mientras, puede que descubra quién soy. Hay muchísimas películas que van de esto y la realidad siempre supera la ficción, ¿no?

Al entrar en la estancia, vuelve a abrazarme la sensación acogedora que he sentido en la cafetería con el chocolate caliente en las manos. Se oye música de fondo y juraría que es alguna de las canciones de *heavy metal* que suele escuchar mi padre, pero está demasiado baja como para distinguirla. La luz que entra por el ventanal hace que las lámparas del techo casi sean prescindibles y huele a… ¿caramelos de mantequilla? Sí, efectivamente. Lo confirmo al ver un bote enorme de cristal lleno de dulces sobre el mostrador, detrás del cual una señora de cara redonda y rizos voluminosos me sonríe amable.

—Hola, bonita —me saluda—, tú debes de ser la sobrina española de Helen… Anna, ¿verdad?

Asiento notando cómo una ligera sonrisa se empieza a dibujar en mi rostro. La voz dulce y amable de Louisa consigue hacerme olvidar el encontronazo con el amigo de Peter.

—Bien —susurra mientras deja algunos papeles frente a mí—. Este es tu horario, y ahí están indicadas también las aulas donde se imparten las clases en las que te has matriculado.

Echo un vistazo a la primera hora de hoy: Historia. Podría ser peor, podría ser Química, por ejemplo.

—Aquí tienes un plano. —Me entrega un tríptico con una imagen del edificio y el escudo del instituto—. Y también el listado de clubes a los que te puedes apuntar.

Abro el panfleto donde veo un esquema de las plantas divididas en aulas y con el número de cada una indicado. En el reverso hay un listado inmenso de clubes del que debería elegir alguno, una tarea que decido dejar para más adelante.

—Los libros te los darán en las clases correspondientes —me explica—. Y si tienes cualquier duda, puedes venir a preguntarme sin problema.

—Gracias —digo con un nudo en la garganta.

No me había dado cuenta de lo agobiada que estaba con orientarme en un sitio tan distinto, hasta ahora. Por un instante noto que los ojos están a punto de inundárseme de lágrimas.

—Y esta es la combinación de tu taquilla. —Me tiende un papel más pequeño con unos números—. ¿Has usado alguna vez una de estas?

Niego con la cabeza.

Louisa sonríe y me explica lo que debo hacer. Intento prestarle toda mi atención, pero no puedo dejar de pensar en lo majísima que es esta mujer y que ojalá los demás sean así de amables, porque al ver el horario en mis manos he sido consciente de que ya no hay vuelta atrás.

Entro a mi primera clase justo cuando suena el timbre.

Tenía un plan: llegar pronto, sentarme a un lado —junto a la ventana a poder ser—, en alguna de las filas centrales, pasar desapercibida.

Pero, para sorpresa de nadie, aun con las indicaciones de Louisa, me he perdido.

El profesor ya está en el aula y el único sitio libre es el que hay justo frente a él. Maravilloso. Pero no acaba aquí mi suerte. ¿Quién ocupa el pupitre de detrás del mío? Exacto: Bennet.

Me siento con un suspiro mientras el profesor empieza a repartir los libros de texto de segunda mano.

El aula sigue el mismo estilo que el resto del instituto: han modernizado el mobiliario manteniendo esa esencia clásica que me lleva a historias de academias de magia. Con mesas de madera caoba y sillas del mismo tono, pero de aspecto ligero. Y la pizarra no es digital o blanca, sino verde, con el borrador y las tizas sobre un pequeño soporte.

Abro el libro por el primer tema mientras el profesor se presenta: Mathiew Linwood. Lleva una camisa de color azul claro y un pantalón de vestir beige que le confiere un aire serio y, al mismo tiempo, juvenil. Debe de tener unos treinta y pico años. Las arruguitas en las comisuras de la boca y los ojos delatan que es una persona risueña. Estoy segura de que es de esos que te echa la bronca mientras por dentro está implorando a cualquier ser superior que no le dé la risa.

Explica el temario que vamos a dar con voz pausada, aunque no lo suficiente como para que nos entre sueño y se quede hablando solo. Pero tiene una voz de narrador de audiolibro y estoy tan acostumbrada a dormirme escuchando alguno que no descarto que cualquier día acabe frita sobre el pupitre.

Echo un vistazo al libro, intentando seguir el índice conforme menciona los temas para entretenerme y evitar que se me cierren los ojos. Es en ese instante cuando me doy cuenta de que está en inglés. No es ninguna sorpresa, pero algo en mi cerebro se activa.

La familia de mi madre es estadounidense. Por lo que desde bebé me han hablado en los dos idiomas: mi madre en inglés y mi padre en español. Gracias a esto, si no estoy prestando mucha atención, suelo mezclarlos y no los diferencio de forma consciente.

Pero acaba de ocurrir. Alguna neurona se ha desconectado y me he dado cuenta de que el libro de texto está en un idioma en el que no suelen estar mis libros de texto, hasta ahora.

Por un momento, las dudas me aprietan el pecho.

Sé inglés. Veo series en inglés. Leo libros en inglés. Veo TikToks en inglés. ¡Hablo con mi madre y su familia en inglés! Y llevo hablándolo casi a todas horas desde hace una semana, aunque hasta este momento no he sido totalmente consciente. Pero ¿y si alguien tiene un acento muy cerrado? ¿Y si me encuentro con un escocés? No entiendo a los escoceses, aunque a decir verdad nunca he visitado Escocia. No puedo retroceder diez segundos a una persona real porque no he escuchado bien una palabra. ¡No puedo ponerle subtítulos!

Intento inspirar despacio. Estamos en un pueblito de menos de diez mil habitantes en el estado de Connecticut, en Estados Unidos; seguro que aquí no hay escoceses, o al menos eso creo.

Debe notarse mucho que me ha dado una crisis de idioma porque la chica de al lado me da unos golpecitos en el brazo.

La miro aún con expresión de pánico. Lo que la hace sonreír un poco, compadeciéndose de mí, supongo.

«¿Estás bien?», vocaliza.

La observo unos segundos porque no sé si estoy bien.

Es de piel oscura, ojos grandes y cara alargada. Lleva el pelo trenzado recogido en una coleta baja y una camiseta azul con un dibujo de un marciano comiéndose el logo de la NASA a un lado del pecho.

Finalmente, asiento e intento sonreír, aunque creo que me sale una mueca. La chica no parece muy convencida, pero vuelve la vista al profesor para que no nos llame la atención.

Regreso al libro y leo con calma. Mi cerebro parece haber asumido que, aunque no ha visto nunca un libro de texto de Historia en inglés, eso no significa que no entienda las palabras que hay escritas, así que respiro tranquila por el momento.

—Antes de seguir quiero dar la bienvenida a la nueva alumna del programa de intercambio.

Supongo que debo pagar yo que el profesor Linwood no tenga ganas de empezar a explicar el temario y quiera rellenar los últimos minutos de clase.

Lo miro con expresión de pánico, aunque debe de haber interferencias en la línea telepática porque mis gritos de socorro no le llegan. Sonríe amable y me hace un gesto para que me acerque hacia él.

Tomo aire, me levanto y camino al frente de la clase a la vez que noto el rostro ardiendo. Me siento como Riley en *Del revés*: uno de los peores escenarios que había imaginado se ha cumplido. Solo espero no acabar llorando.

Por si no había tenido bastantes ojos sobre mí al llegar, ahora hay unas veinte personas mirándome fijamente y esperando que hable. Retuerzo los puños de la sudadera blanca entre las manos y me miro las zapatillas de lona naranja. Debería mirar al frente, pero ¿a quién? No hay ninguna persona que conozca, que me dé la seguridad que necesito.

Decido clavar la vista en la pared del fondo cubierta de paneles de corcho llenos con lo que parecen trabajos de los alumnos.

—Me llamo Anna Ferrer Price, soy de España y voy a estudiar aquí este curso —digo tan rápido que casi me trabo.

Miro al profesor, esperando que me libere de esta tortura. Pero no parece acordarse de su adolescencia y de lo incómodo que es que te saquen frente a la clase, porque no se apiada de mí, al contrario.

—En Historia internacional aprendemos un poco sobre España, aunque no es lo mismo que aprenderlo de mano de alguien de allí…

Me mira esperando que le cuente algo… ¿de qué? ¿De historia? ¿Ese no es su trabajo?

Los segundos de silencio mientras mi cerebro intenta salir del estado de pánico y responder algo con sentido se me hacen eternos.

—El sol calienta más que aquí —digo con un leve tono interrogante.

El profesor se ríe más por educación que porque de verdad le haya hecho gracia.

No puedo evitar echar un vistazo a los demás. Veo expresiones divertidas en algunos y a otros que cuchichean con el compañero de al lado. La cara me arde aún más si cabe. Creo que no he pasado tanta vergüenza en mi vida. Ni siquiera con once años, cuando se me rompieron las gafas y confundí a la secretaria del colegio con mi madre delante de todos mis compañeros.

—Está bien saberlo. Puedes sentarte, Anna.

Me da un leve apretón en el hombro a la vez que sonríe creando esas arruguitas en las mejillas y yo huyo hacia mi pupitre.

—Cambiando de tema —sigue después de echar un vistazo al reloj y considerar que todavía no puede dejarnos salir—, como todos los años, tendréis que hacer un trabajo del que dependerá el cuarenta por ciento de la nota final de esta asignatura.

Ver que la atención se desviaba de mí me había permitido relajarme, pero las palabras trabajo y nota me vuelven a poner alerta y me estiro en la silla cual suricato al ver comida.

—Estáis en el penúltimo curso, así que como creo que ya conocéis bastante del mundo, este año lo dedicaremos a nuestro pueblo.

Eso es peor aún. No sé nada de este pueblo y seguro que en internet no hay ni dos artículos que hablen de él. Miro a mi alrededor presa del pánico, pero los demás están tan tranquilos atendiendo al profesor.

—En los cursos anteriores habéis hecho estos trabajos en grupos de cuatro, pero este y el siguiente serán por parejas. Y como en el futuro no vais a poder elegir a vuestros compañeros de trabajo —sigue Linwood—, ahora tampoco.

¿Qué necesidad tiene de adelantarnos suplicios de la vida adulta?

Empieza a nombrar parejas y mi nerviosismo aumenta cada vez más. No conozco a nadie todavía.

—Lorenz y Sanders. Ferrer —me nombra el profesor convirtiendo las dos erres en el fantasma de una.

Si no ha pronunciado bien mi apellido no vale, ¿no?

—Bennet.

No. Bueno, sí, pero no. Bien porque no necesito mirar alrededor intentando discernir quién es y porque, supongo, conoce el pueblo. Pero no porque no me apetece demasiado hablar con él después del encontronazo de antes. ¿Qué posibilidades había de que, entre casi veinte personas, nos tocara juntos?

Debería girarme, ¿no? Una señal, un asentimiento, algo que indique que sé que nos ha tocado juntos.

—Anna. —Oigo detrás de mí mientras el profesor sigue enumerando parejas.

Me giro sin tener claro qué decir ni hacer.

—¿Cuándo te va bien quedar? —me dice mirándome con expresión cauta, sin saber si le voy a morder o a ladrar.

Casi me atraganto. Este chico no se anda con muchos rodeos.

—No… no lo sé, aún estoy deshaciendo las maletas y con la mudanza. —Es mentira, pero él no lo sabe—. La semana que viene lo vemos.

El lunes ya habré puesto mis pensamientos en orden, ¿no?

—Vale —sonríe, aunque frunce un segundo el ceño, como si no estuviera muy convencido de lo que le he dicho.

—Para hoy ya es suficiente —dice el profesor Linwood para mi alivio—. El próximo día espero que vengáis bien despiertos.

Mientras meto el libro y el estuche en la mochila miro el reloj. La clase ha terminado cinco minutos antes de lo normal. Genial, porque así tengo tiempo de pasar por la taquilla y pelearme con ella con calma.

Estoy tan ensimismada recordando las indicaciones de Louisa, que no me doy cuenta de que la chica que estaba a mi lado en clase camina junto a mí. ¿Me habrá dicho algo y no le he hecho caso? ¿Se creerá que soy una antipática?

Cuando alzo la vista hacia ella para disculparme la veo sonreír de oreja a oreja.

—¡Hola! Soy Diane —se presenta.

—Anna.

—Sí, lo sé… —Claro que lo sabe, si me acabo de presentar en clase. Por favor que se abra un agujero en el espacio tiempo y me succione hacia otro universo donde no sea tan tonta—. Como la de *Frozen*.

—Eeeh… Sí, sí —respondo con una sonrisa dubitativa.

En realidad, no. Mi madre me puso Anna por la protagonista de *Notting Hill*, su película favorita. Aunque, sinceramente, ojalá fuera por la peli de animación o, mejor, por Anna Atkins, la botánica inglesa que creó un libro ilustrado sin dibujar. En cualquiera de esos dos casos no me asaltaría, cada cierto tiempo, el pensamiento de que tengo el nombre de un personaje de comportamiento cuestionable de una comedia romántica de los noventa.

—Eres la prima de Amelia, ¿no? Te he visto con ella y Peter en la entrada.

Voy a responder que sí, pero no me da tiempo. Aunque soy consciente de que no le hace falta mi confirmación: al parecer todo el mundo aquí ya sabe quién soy…

—Me dijo Amelia que te encanta leer. —Diane se apoya en el pasamanos antes de empezar a bajar la escalera—. En el periódico nos falta una persona para la sección de cultura, así que nos vendrías genial.

Me fijo en la forma en la que baja: como dando saltitos con la pierna izquierda y dejando caer la derecha.

—No había pensado aún a qué apuntarme —reflexiono recordando la lista interminable de clubes que he visto en el tríptico.

—Está el periódico, el club de ajedrez, el de cubo de Rubik, las animadoras, el equipo de fútbol… —Me echa un vistazo de arriba abajo al pie de las escaleras—. Igual para eso te faltan unos cuantos kilos de músculo.

—Igual. —Río soltando un poco la vergüenza y los nervios que me atenazan los músculos.

Diane me imita y emprende el paso hacia la parte trasera del edificio. Agradezco en silencio que se haya apiadado de mí y que, en vez de bombardearme a preguntas, me distraiga e intente hacerme reír como si ya nos conociéramos.

—El club de debate, y creo que uno de agricultura… —duda—. No estoy muy segura. ¿Puede que uno de cine de los 80? ¿O los 90? Tampoco te fíes mucho de lo del ajedrez, en realidad, solo puedo poner la mano en el fuego por el periódico, el club de punto, el de debate, el fútbol y las animadoras. Los tres primeros porque estoy en ellos y los otros dos porque hacen demasiado ruido como para poder ignorarlos.

Se detiene frente a una taquilla y empieza a poner la combinación. Yo observo las demás, buscando la número doscientos treinta y siete.

—¿Por qué no se abre?

Diane está tirando con fuerza de la cerradura. Ya no me sentiré tan mal si no puedo abrir la mía.

—Anda —dice poniendo los brazos en jarras—. Si esta no es la mía.

Otro miedo desbloqueado: equivocarme de taquilla.

—¿Cuál tienes tú? —me pregunta a la vez que echa un vistazo al papel que llevo en la mano—. Ah, esa estará por ahí. —Señala la tira aparentemente interminable de taquillas que hay en uno de los pasillos de la izquierda.

Asiento y camino hacia allí mientras Diane prueba con otra.

Llego frente a la que supongo que es la mía porque pone el número bien claro en la parte superior. Inspiro y sigo los pasos como me ha indicado Louisa, pero es evidente que he hecho algo mal, porque no se abre.

No hay problema, tampoco necesito abrirla ahora mismo. Puedo ir luego a secretaría y decir lo que me ha pasado. Seguro que está mal la combinación o no es la que me toca.

—Hay que darle un golpe.

Doy un respingo que por poco me manda al techo. Y veo un puño pegarle al metal justo debajo de la cerradura. La taquilla se abre con un ruidito.

Una parte de mí sabe quién es incluso antes de girarse. Porque la vida es así y te pone de compañero en un trabajo importantísimo y de vecino de taquilla al chico que casi te deja sin gafas el primer día de clase. Parece que la suya es la que está, literalmente, a la izquierda de la mía. Voy a ir a que me hagan un ritual de purificación o alguna cosa de esas porque esto no es posible. Me siento como la protagonista de una serie adolescente en la que los guionistas se dedican a plantearle problemas durante el primer capítulo para tener tramas con las que rellenar una temporada entera.

Bennet ya no me está prestando atención, tiene la cabeza metida en su propia taquilla.

—Gracias —digo con la boca pequeña y el ceño fruncido.

Se asoma y me mira con una tímida sonrisa que desaparece nada más ver mi expresión.

—¡Anna! —oigo la voz de Diane—. ¿Tienes Cálculo ahora? —me pregunta al llegar a mi lado.

—No sé… —Miro el horario—. No, Química.

—Ah, vaya. —Hace una mueca de tristeza—. Yo no.

—¿Estás segura? —pregunta Bennet, dirigiéndose a Diane y metiéndose en una conversación que no le incumbe.

Diane inclina la cabeza hacia la izquierda, mirándolo con curiosidad unos segundos.

—¿Te vas a dejar el pelo así de largo, Will? —Se lo revuelve, despeinándolo más aún.

Conque así se llama. Bennet, Will Bennet. No podía llamarse Segismundo, no, tenía que llamarse igual que el protagonista de

Notting Hill. ¿Torturé gatitos en otra vida y ahora el universo me lo está haciendo pagar? Mi madre no se puede enterar de su nombre, si no, no habrá quien la aguante.

—No creo, mi madre dice que un centímetro más y pareceré un surfista —responde el chico.

Esta vez sonríe de una forma diferente, no enseña tanto los dientes, no exagera, es ese tipo de sonrisa que guardas para la gente a la que aprecias. Y se le marcan dos hoyuelos en las mejillas, que en otras circunstancias podrían parecerme adorables. ¿En serio? ¿Pero qué estoy diciendo?

—Eso sería una tragedia —contesta Diane.

—Una debacle, motivo suficiente para desheredarme.

—La custodia de Berlioz se la quedaría Robert.

—Pobre Berlioz.

—O pobre Robert.

Los dos ríen y me siento un poquito fuera de lugar, porque estas personas se conocen desde que gateaban y yo solo puedo dar las gracias si soy capaz de recordar sus nombres al final de este día. Ni siquiera sé quién es ese tal Berlioz.

—En fin, estoy casi seguro de que esta mañana me has dicho que tienes Química a segunda hora, como Anna, y no Cálculo —dice el chico, cerrando la taquilla.

—Entonces será verdad. Vamos, Anna. —Me coge de la mano y empieza a andar hacia las escaleras.

Me dejo arrastrar mientras noto la mirada de todo el mundo sobre mí.

Capítulo 2

Unos meses antes

Hay ciertos momentos en la vida en los que una pequeña variable lo rompe todo en mil pedazos. La calma de la rutina a la que te aferrabas en los momentos duros desaparece entonces ante tus ojos sin que puedas hacer nada por evitarlo. Esperaba que esa alineación extraña de astros que lo pone todo patas arriba ocurriera más adelante, cuando fuera una adulta con cierta madurez, y no hace tres meses, con dieciséis años y una crisis existencial a punto de emerger.

—¡Me han cogido, Anna! —Claudia corría hacia mí por la acera frente al instituto esquivando estudiantes que ni levantaban la vista de sus móviles al percibir una alteración en su entorno.

Yo tampoco habría hecho el menor caso si la que gritara no fuera esa persona de la que no me he separado desde que teníamos un año, cuando en la guardería me acompañó en mi llorosa protesta para que nos cambiaran el potito de guisantes y zanahoria por uno de manzana y plátano. Tuvimos que tragarnos las verduras trituradas, pero la injusticia nos unió para siempre… hasta ese momento.

Claudia me plantó delante de la cara una carta con membrete y firma. Conocía a mi amiga más que a mí misma, por lo que sabía con detalle lo que tenía delante sin necesidad de leer ni una palabra: la carta de aceptación en el instituto Karen Spärck Jones de Inglaterra.

—¡Te han cogido! —grité con verdadera alegría, y la abracé con todas mis fuerzas, soplando las puntas de su pelo oscuro que me hacían cosquillas en la nariz.

Desde que éramos pequeñas, la había visto disfrutar desmontando objetos y volviéndolos a ensamblar; cualquier juguete electrónico que tuviera había pasado por su mesa de operaciones. Era como Sid de *Toy Story*, pero sin la parte maligna.

Lo orgullosa que estaba de ella en ese momento no se podía medir de ninguna forma. El sentimiento de conseguir algo que deseas más que nada en el mundo es maravilloso, pero el de ver cómo tu amiga alcanza eso por lo que lleva tantos meses luchando y esforzándose es indescriptible.

Cuando deshicimos el abrazo entre risas, Claudia empezó a contarme por millonésima vez todo lo que iba a poder aprender en el programa de robótica por el que quería ir a ese instituto. Y yo la escuché atenta mientras caminábamos hacia clase, porque era imposible no prestarle atención cuando lo contaba con esa ilusión y esas ganas de comerse el mundo.

—Anna —me dijo con tono serio cuando nos sentamos en nuestro rincón del patio a la hora del descanso—. Te voy a echar mucho de menos.

—Y yo —dije a la vez que apoyaba la cabeza en su hombro y le robaba una galleta—. Pero aún quedan unos meses. Escribiremos una lista con todos los planes que no podremos hacer cuando estés en Inglaterra: una fiesta de Halloween, nuestros cumpleaños, maratón de películas navideñas y… ¡el campamento! —Me incorporé de un salto—. ¡Tenemos que apuntarnos ya al de este verano o nos quedaremos sin plaza!

La expresión de Claudia no era la que esperaba, se parecía más a la mueca que hacía cuando se equivocaba y cogía un osito de gominola de limón en vez de piña por error.

—Te juro que esto no lo sabía, me enteré ayer… —El ceño fruncido y los labios apretados nunca han traído nada bueno—. No voy a poder ir al campamento.

La alineación extraña de astros llegó a su máximo poder de influencia en ese preciso instante. Este iba a ser el último año que podíamos ir al campamento al que llevábamos asistiendo cada mes de julio desde que teníamos memoria, teníamos rituales que hacer por última vez y tradiciones de las que ya no nos íbamos a poder despedir.

—Pero… —De las cuatro lenguas que sabía, ninguna tenía las palabras que necesitaba.

—Tengo que ir al campamento que organizan en el Karen Spärck Jones para ponerme al día. Pero aún nos queda este mes, hasta que acabe el curso —dijo con mirada suplicante—. Podemos hacer todos esos planes…

—Tenemos exámenes.

Claudia se mordió el labio inferior y supe que, aunque estaba deseando empezar su nueva aventura, también la entristecía tanto como a mí el poco tiempo que nos quedaba juntas. Mi mundo, tal y como lo conocía, se estaba desmoronando.

Celebramos nuestro no cumpleaños el 14 de junio y una fiesta de Halloween el 21 del mismo mes. Mi madre, que llevaba unas semanas aficionada a la repostería, nos hizo *cupcakes* y galletas, pero yo no podía evitar sentir que nos rodeaba un aura de tristeza que pesaba en el ambiente. Los últimos días de primavera no son el momento más idóneo para celebrar el cumpleaños de dos adolescentes que nacieron a finales de invierno. Y el verano no es para las telarañas, ver películas de miedo ni para las calabazas, es para que la humedad sea tal que se te pegue el calor a la piel y despotricar sobre la arena de la playa que sigue apareciendo en cualquier rincón después de meses. El maratón de películas navideñas en las que todo acaba bien ni lo volvimos a mencionar, las dos nos dimos cuenta de que adelantar nuestras tradiciones no estaba funcionando como esperábamos, pero algo nos impedía hablar de ello.

Unas semanas antes de que empezara el campamento al que habíamos ido todos los años, fui a despedir a Claudia al aeropuerto con sus padres.

—En cuanto tenga el horario te lo pasaré y quedaremos para hacer videollamadas sí o sí todas las semanas, ¿vale? —dijo con la cara pegada a mi hombro.

El calor era asfixiante, aunque más lo era saber que no íbamos a compartir ese verano ni el inicio de bachillerato juntas. ¿Puede haber algo más dramático que empezar una nueva etapa sin una de tus personas favoritas, alguien con quien has vivido todas las anteriores? Mi respuesta es: no.

—Vas a pasarlo genial, a aprender muchísimo y algún día te harán un *doodle* de Google como el de Ada Lovelace —dije al aflojar un poco el abrazo, haciendo un grandísimo esfuerzo porque las lágrimas que se arremolinaban en mis ojos no me delatasen.

—No, mejor. —Los ojos se le iluminaron—. Quiero uno de esos que tiene un minijuego.

—Me aseguraré de comunicarle al encargado de *doodles* tus deseos cuando seas famosa.

Después de tres abrazos y cuatro promesas de videollamada más, mi amiga desapareció por la puerta de embarque y yo sentí que a mi lado se abría un agujero negro.

Al llegar a casa y ver dos meses por delante sin nada con los que ocuparlos, hice lo único que se puede hacer en estos casos: ver una comedia romántica. Mi madre se sentó a mi lado con una tarrina de helado extragrande y dos cucharas. Y mi padre hizo pizza casera con todos los quesos que encontró en casa para cenar. Agradecí que no me intentaran animar con frases típicas y que me dejaran estar triste sin más.

Por la noche empecé a leer una novela romántica hasta que me dormí encima del libro y los días siguientes repetí el proceso. No fue mi decisión más brillante.

Las protagonistas de estas historias, además de enamorarse del chico al que casi atropellan, siempre tienen un sueño: triunfar como bailarina en Broadway, ser la estrella de los musicales de Nueva York, sacarse la carrera de Derecho en Harvard... Claudia podría ser una de ellas, ella tenía aspiraciones. Si hicieran una película sobre mí ni sería comedia, ni romántica. Excepto si contamos como comedia los golpes que me doy contra los marcos de las puertas en los brazos —juro que se mueven cuando no los miro—. Pero no solo por eso, sino porque yo no tenía ningún sueño más allá del que me entra a las doce de la noche.

—Al final no va a ir al campamento —oí decir a mi madre al entrar en la cocina.

Era principios de julio, por lo que mis tíos y mis primos habían venido a casa a pasar un par de semanas, como todos los veranos. Pero al parecer, había sido la primera en despertar después de trasnochar viendo las tres películas del *Spider-Man* de Tom Holland y Zendaya —muy a pesar de mi padre que quería ver las de Tobey y Kirsten.

Me quedé a un lado de la puerta, escuchando. No estaba bien, lo sabía, pero hablaba de mí con mi tía Helen y me debía asegurar de que eso no se convertía en el teléfono roto.

—¿Porque no va su amiga? —preguntó mi tía.

Mi madre no dijo nada, pero la imaginé asintiendo.

Este tema había traído alguna discusión entre mis padres y yo: estaban empeñados en que hiciera mi rutina de todos los veranos, con o sin Claudia, pero parecía que no se daban cuenta de que no podía seguir con mi vida así como así, cuando cualquier cosa que hacía me recordaba que mi mejor amiga no estaba a mi lado. No tenía sentido ir sin ella a un campamento al que nos apuntamos las dos juntas desde los seis años.

Al dar esa razón, mi padre empezó a buscar otros campamentos que me pudieran gustar: de deportes acuáticos, de cocina, de música, de inglés —cuando lo mencionó, mi madre alzó las cejas; parecía que había olvidado que ella era estadounidense y profesora de inglés. Acto seguido, mi padre pasó la diapositiva del PowerPoint que había preparado con mensajes graciosos y memes como si no existiera—. Si alguno de todos esos temas me hubiera interesado, me lo habría pensado, pero no era el caso. Decidí que iba a organizar mi propio campamento: ir del sillón a la cama con un libro en las manos.

—Sé que tiene que pasar su duelo porque es un gran cambio, y créeme, todavía recuerdo mi propia adolescencia, pero no quiero que se quede encerrada en su cuarto hasta que vuelva Claudia, si es que vuelve.

Ese «si» no era algo que hubiese dejado salir del fondo de mi cerebro, porque era una posibilidad que no quería plantearme siquiera.

—¿No tiene más amigos en el instituto? —preguntó mi tía.

—Se lleva bien con todos, creo, pero no como para quedar con ellos, y menos ahora que la mayoría están de vacaciones fuera.

Me asomé un poco con cuidado. Aunque mi tía era dos años mayor, no había duda de que eran hermanas: melena rubia, ojos azules y labios finos, al igual que el rostro —queda claro que, salvo por los ojos, yo he salido a mi padre—. Pero ahí acababa el parecido. Mamá estaba recostada en una de las sillas de la cocina y jugaba distraída con el borde de su camisa ancha sin mangas llena de manchas de pintura. Desde hacía unos días había decidido aprender a pintar y, al parecer, solo el pantalón corto gris de tela había sobrevivido a la batalla entre los pinceles y ella. Con la otra mano sujetaba su taza de café con forma de fantasma que le había hecho el año pasado por Halloween en la que tenía clavada la vista. Mientras que tía Helen, con una falda corta de tubo y camisa ajustada de manga corta, arreglada incluso para estar en casa, tenía la cabeza apoyada en la mano, pensativa. Llevaba el pelo suelto un poco despeinado, la única señal de que estaba en un lugar en el que se sentía cómoda.

Cuando vi que la conversación no iba a avanzar porque las dos parecían estar en trance, me volví a mi habitación con mi libro bajo el brazo y sin el colacao que iba a prepararme.

Nada más llegar a mi refugio vi un mensaje de Claudia preguntándome si podía hacer videollamada. Era muy pronto —de hecho, para ella era una hora antes—, pero ya debía de estar lista para empezar su día de talleres en el campamento tecnológico. Sin duda, estaría nerviosa, pero también superentusiasmada.

—¡Anna! —exclamó, nada más descolgar.

—¡Claudia! —la imité.

—Te tengo que contar un montón de cosas.

Empezó a hablar atropellada, con la misma emoción y sonrisa que hace unos meses, cuando fuimos de excursión a una exposición de robots donde pudimos verlos por dentro, programar algunos fragmentos de código para que se movieran y manejarlos con mandos a distancia.

Esa vez no escuché cada palabra que decía, lo admito. No podía dejar de lado el pensamiento de que Claudia estaba cumpliendo su sueño, construyendo el camino para ese futuro que visualizaba perfectamente, mientras yo pasaba el tiempo leyendo libros que no sabía si me estaban haciendo bien o mal, encerrada en una burbuja en la que sentía que me faltaba aire.

Cuando me despedí de mi amiga intenté poner mi mejor sonrisa, darle muchos ánimos y recordarle que me llamara siempre que tuviera un hueco.

Por la tarde, mi prima Amelia llamó a la puerta de mi habitación y asomó la cabeza con una sonrisa y los ojos brillantes.

—¿Te vienes a la bolera?

En cualquier otro momento le habría dicho que sí, pero estaba tirada en la cama con las piernas y los brazos extendidos, un pijama de Stitch y el pelo en un moño enmarañado; replanteándome mi vida entera porque la protagonista del libro que acababa de terminar había conseguido el trabajo de bióloga que llevaba años persiguiendo. Lo último que me apetecía era ir a pegarme con niños por la bola de ocho libras —la única que soportan mis brazos— y ver cómo quedaba última en la clasificación.

Solo estaba con mis primos dos veces al año, pero eran días intensos de convivencia en casas demasiado pequeñas para tanta gente, por lo que Amelia no necesitó más de dos segundos para saber que me estaba haciendo la dormida.

—Venga, Anna. Sé que me estás escuchando —rogó mientras caminaba hacia mí—. No me dejes sola con los demás.

Entendía sus súplicas. Mi padre y mi tío Fred se picaban siempre y en la segunda ronda no se les podía diferenciar de cualquier otro adolescente. Mi tía se enfurruñaba con ella misma cuando fallaba y empezaba a murmurar palabras inteligibles cuando iba a tirar. Mi madre cada vez probaba una técnica diferente para lanzar y no sería la primera vez que estuvieran a punto de irse la bola y ella por la pista. Y mi primo algún día rompería algo porque no controlaba su fuerza. En resumen: ir con la familia a la bolera era un cuadro estrambótico, y mi prima y yo normalmente hacíamos de marco para que la situación no terminara en la sala de espera de urgencias.

—Despiértame cuando llegue el otoño —dije sin abrir los ojos—. Seguiré siendo una desgraciada, pero al menos podré lidiar con ello viendo *Las chicas Gilmore* con un té y decorando la casa con telarañas.

—¿Vas a dormir hasta entonces?

—Creo que es la mejor opción.

—¿Y por qué no hasta que vuelva Claudia?

—Porque me parece exagerado incluso para mí. —Abrí un poco los ojos—. Otoño me parece un buen punto intermedio: hace fresquito por las mañanas, es Halloween y, al día siguiente, ya puedes ver películas de Navidad.

—Me has convencido, me quedo yo también —dijo dejándose caer sobre mis piernas.

Estuvimos en esa posición varios minutos.

—Amelia —la llamé.

Se incorporó apoyándose con los codos para mirarme.

—¿Cuándo supiste que querías estudiar Ingeniería? —le pregunté.

Me miró con curiosidad.

—No sé, la gente me dice que se me dan bien las matemáticas y la física. —Se encogió de hombros—. Creo que es algo que me podría gustar.

Creer algo ya es más de lo que tengo yo. Por mucho que intento visualizar mi futuro solo veo la nada. Me gustaría poder hablar de algo con tanta ilusión y ganas como lo hace Claudia sobre la robótica.

Para nuestra desgracia, no nos dejaron ahí hasta otoño. Mi padre entró en la habitación sin pedir permiso con una sonrisa de oreja a oreja y vestido ya con su conjunto de la suerte: la camiseta del grupo Ángeles del Infierno en la que ya casi no se veían las letras y el vaquero más viejo que había en su armario, con agujeros en los bolsillos incluidos.

—¡Arriba las dos! —exclamó a la vez que tiraba de nuestros brazos—. Vamos a ver quién paga hoy las pizzas.

En realidad, siempre pagaba mi tía, daba igual quién perdiese, pero mi padre lo decía como motivación. No asume que la motivación no hace milagros con mis brazos ni mi coordinación. Por mucho que me intentaran enseñar que la mejor técnica para tirar es dar cuatro pasos y que la pierna contraria al brazo con el que tiro quede delante, no soy capaz de pensar en tantas extremidades de mi cuerpo a la vez.

Le quité la gorra del equipo de béisbol de los Norwich Sea Unicorns que le regaló mi tío hace años mientras Amelia se agarraba a las sábanas de mi cama para impedir que la levantara.

—¿A qué viene este motín? —preguntó tan confundido por nuestra reacción que nos soltó y se pasó la mano derecha por el pelo castaño salpicado de canas.

—Queremos dormir hasta otoño —dijo mi prima con voz lastimosa.

Mi padre nos miró unos segundos, con la mano aún en la cabeza y los ojos marrones pasando de una a otra, decidiendo qué estrategia usar con nosotras.

—Quien se quede durmiendo no tiene pizza, ha sobrado un brócoli buenísimo al mediodía.

La traidora de Amelia saltó de la cama inmediatamente.

—¿Pizza? —me preguntó mi padre con las poblada cejas enarcadas y la sonrisa de saberse vencedor.

Al final, cedí porque era bastante difícil enfrentarse a seis personas con la misma energía que si se hubieran tomado tres cafés seguidos.

Mi nombre terminó en la última posición y el de mi tía el primero, a mi madre le dolía el brazo y mi padre y mi tío estaban, poco a poco, volviendo a su comportamiento de personas adultas. Pero lo mejor, sin duda, es que habíamos conseguido no acabar en el hospital. Amelia y yo chocamos las manos de camino al coche; un día más salvando a la familia.

A la hora de la cena me quedó claro que, esa mañana, después de que yo me fuera de la cocina, la conversación había continuado.

—Anna, tu tía y yo hemos estado hablando —dijo mi madre.

Noté la tensión de mi padre al instante. Levantó la cabeza y las miró a las dos con los labios fruncidos. Lo que fuera que hubiesen pensado, a mi padre no parecía hacerle especial ilusión. A su favor diré que cuando mi tía y mi madre planean algo hay dos opciones: que sea un éxito o un desastre absoluto.

En mi cabeza ya estaba pensando en formas de negarme a lo que fuese que se les hubiera ocurrido. No me apetecía ir al cine y menos a la playa al día siguiente, tampoco quería probar el punto de cruz ni el submarinismo —mi tío estaba empeñado en que quería hacer un curso ese verano.

—En nuestro instituto tenemos un programa de intercambio. —Todas las frases que había preparado se desmontaron en esos pocos segundos al ver por dónde iba mi tía—. La única persona que había solicitado la plaza para este año la ha rechazado a última hora, así que se me ha ocurrido que la puedes aprovechar tú.

Otra vez, mi conocimiento de varios lenguajes de comunicación no sirvió para nada.

—Hemos pensado que te iría bien un cambio de aires —continuó mi madre mientras se llevaba un mechón de su corta melena rubia pintada por algunas mechas lila por detrás de las orejas—. Ya que Claudia no va a estar este curso, puedes aprovechar tú también para estudiar fuera.

El caos brotó a mi alrededor: mi padre decía que había que pensar bien las cosas; mi madre, en cambio, le rebatía que a veces hay que pensar un poco menos y dejarse llevar un poco más; mi tía les aseguraba que iba a ir todo bien y mi tío se puso a buscar vuelos hacia Estados Unidos para finales de agosto, Peter empezó a enumerar cada uno de los profesores que iba a tener y Amelia, a mi lado, estaba emocionadísima contándome todos los planes que íbamos a hacer mientras toqueteaba el móvil para bajar el volumen de sus audífonos. Todo esto en cuestión de lo que me parecieron segundos. Era como si, de repente, alguien hubiera hecho avanzar el tiempo al doble de velocidad.

Quedaba poco más de mes y medio para que empezara el curso, ya estaba matriculada en mi instituto, los billetes de avión estarían por las nubes, no tenía ropa para el frío de Connecticut y el sistema educativo estadounidense era todo un misterio para mí. Seguro que necesitaba documentación o certificados para poder estudiar allí, eso sin contar con mirar cuándo me caducaba el pasaporte. Sin duda era una locura.

—No —dije sin alzar la voz, pero no hizo falta gritar para que todos callaran.

—No tienes que tomar la decisión ahora —respondió mi tía—, aún tenemos unos días de margen, piénsalo.

Después de unos segundos de silencio incómodo, alguien cambió de tema y la conversación se alejó de mí. El trozo de pizza que tenía en el plato se quedó ahí y me fui a la cama en cuanto recogimos la mesa.

Connecticut. Orange Hollow, en concreto. Cualquiera habría aceptado sin dudarlo. Era una oportunidad única en la vida, una con la que sin duda muchas de mis compañeras de clase soñarían. Pero a mí, el pánico me apretaba el estómago. Si no tenía suficiente con pasar el curso sin mi amiga, además, debería hacerlo en un instituto nuevo y con cinco horas de diferencia. Había visto las suficientes películas como para saber que la distancia acaba separando a las personas. En la ficción siempre se reencuentran y todo vuelve a ser como antes, pero esto era la realidad, *mi* realidad: Claudia se olvidaría de mí, enfrascada en sus estudios y disfrutando con sus nuevos amigos de Inglaterra, y yo acabaría trabajando en una oficina rellenando formularios porque no sabía qué hacer con mi vida y un año en Estados Unidos no me iba a solucionar nada. Serían como unas vacaciones de mi vida, pero con deberes. No me entusiasmaba, la verdad.

Durante los días siguientes, la casa se dividió entre quienes me animaban a irme de forma poco sutil y mi padre, quien tenía su arruga del entrecejo permanente y no decía palabra, cosa que siempre hacía cuando tenía sentimientos contradictorios —como el día en el que salió a subasta un cómic de edición limitada de *Deadpool*, pero sabía que no debía gastarse esa barbaridad de dinero.

Esa arruga fue lo que me animó a hablar con él. Parecía ser el único con sentido común y, aunque sabía que los demás me iban a escuchar y entender, tenía la sensación de que mi padre era el único con el que podía tener una conversación sin que me intentara convencer de que irme era la mejor idea.

—No quiero estar a seis mil kilómetros de distancia de Claudia y de vosotros —dije sentada en mi cama con las piernas cruzadas.

Mi padre asintió desde la silla azul celeste del escritorio.

Eran las siete de la tarde y por la ventana aún entraba la luz suficiente como para vernos sin necesidad de la artificial. Solo faltaban tres días para que mis tíos y mis primos se fueran y tenía que tomar una decisión pronto si quería que las conversaciones giraran en torno a otro tema que no fuera yo.

—Si quisiera daros un abrazo tendría que coger un avión, y para hablar con vosotros calcular las horas de diferencia para no despertaros a las tres de la madrugada. —Decirlo en voz alta hizo que apareciera una incómoda presión en el pecho.

Volvió a asentir y se acercó un poco a mí.

—¿Y hay algo que temas perderte si te vas?

Hace mucho eso: dejarme hablar y hacerme preguntas para que yo misma llegue a mis conclusiones. A veces interviene, como cuando pensé que era buena idea espolvorear colacao en los espaguetis; no le hice caso y debo decir que estaban buenos.

—No sé. —Me encogí de hombros—. La fiesta de cumpleaños de Lidia siempre es una pasada.

Mi padre sonrió divertido.

—Sobre todo el año que lo celebró en la playa —dijo alzando las cejas.

—Se le fue la pinza. —Negué con la cabeza—. Con el viento que hacía acabé con arena hasta dentro de las orejas.

Me gusta la risa de mi padre cuando algo le hace gracia de verdad, es como si saliera del estómago y, en esa ocasión, como siempre, me hizo reír a mí también.

—Aparte de eso —dijo, volviendo a mostrar una expresión un poco más seria—, ¿hay algo que pensaras hacer este año que te podrías arrepentir de no hacer?

Lo medité unos segundos. Iba a empezar primero de bachillerato en el instituto donde había estudiado los últimos cuatro años, y mis compañeros iban a ser los mismos de siempre. Había elegido la modalidad de Ciencias Sociales porque me parecía la más genérica, no porque hubiera ninguna asignatura que me muriera por dar.

—Supongo que no —dije al darme cuenta de que este curso iba a ser igual que cualquier otro, pero sin mi mejor amiga.

Mi padre se levantó de la silla y se sentó junto a mí en la cama.

—¿Crees que te podrías arrepentir de no aprovechar esta oportunidad?

Ya había ido a Estados Unidos. Mis padres intentan viajar a Albany, donde ahora viven mis abuelos maternos, cada dos años como mínimo. Pero el pueblo de mis tíos, donde creció mi madre, solo lo visité una vez cuando era demasiado pequeña como para retener en mi memoria nada más allá de las ortigas del jardín en las que me metí jugando al escondite. Algo así es difícil de olvidar.

—Supongo que estudiar en el mismo lugar que mamá es algo lo bastante guay como para que me dé pena no haberlo aprovechado.

Y también lo bastante distinto como para que el pánico me hiciera colapsar y quisiera renunciar.

—¿Y si voy y a los cuatro días quiero volver? —Enterré la cara en las manos.

Noté la mano de mi padre en la espalda y levanté la cabeza para mirarlo. Ya no tenía la arruguita, sino las cejas un poco alzadas, esperando.

—Igual no cuatro días —dudé—. Creo que podría aguantar hasta diez en un entorno hostil.

Una pequeña sonrisa asomó en su rostro.

—Estoy seguro de que podrías aguantar más y de que no será un entorno hostil.

Hice una mueca. Parecía mentira que este hombre hubiera visto conmigo todas las películas de instituto de la faz de la tierra —sé que le encantan, aunque siempre finge quedarse dormido.

—Confieso que yo quiero que te quedes.

Sentí una mezcla de pena y alivio extraña.

—Pero es algo totalmente egoísta. —Suspiró—. Me da miedo que estés tan a gusto allí que no quieras volver. Y no sé cómo voy a llevar no ir a despertarte cada mañana y oír tus gruñidos.

La pena ganó la batalla porque noté que mi padre estaba asumiendo que me iba a marchar, parecía tener más claro que yo misma lo que iba a decidir.

—Si dejo a un lado mi parte egoísta, creo que tu madre y tu tía tienen razón. Además, no estarás sola; vas a estar con tus primos.

Lo abracé y apoyé la cabeza en su hombro.

En ese momento, oímos un golpe y un quejido.

—¿Mamá? —pregunté sin separarme de mi padre, mirando la puerta sobre su hombro.

Mi madre entró con cara de no haber roto un plato en su vida. Pero al vernos abrazados cambió su expresión por una más preocupada.

—Oye, no me habéis invitado —dijo a la vez que nos abrazaba a los dos.

—Pero si lo has escuchado todo —le dijo mi padre con tono cariñoso.

—No entiendo el español susurrado, así que no me he enterado de nada —protestó.

Aunque a veces mi madre podía ser muy pesada, empujándome a aventurarme como si tuviera la misma energía caótica que ella y a mi padre le costaba decirme lo que se le pasaba por la cabeza, me daba muchísima pena pensar que si me iba no tendría estos abrazos durante meses.

—¿Has vuelto a leer *Sinsajo*? —preguntó mi madre bromeando cuando nos liberó de sus brazos. Iba a recordarme toda la vida cómo me eché a llorar a moco tendido al terminar ese libro.

Negué con la cabeza con un amago de sonrisa.

—No sé qué hacer.

Mi madre no se solía poner seria de verdad, pero debió de pensar que la situación lo requería porque miró a mi padre y clavó sus ojos en mí con el mismo gesto que utilizó con la vecina de arriba para decirle que no regase las plantas cuando teníamos la ropa tendida.

—Nosotros no sabemos leer las cartas ni las bolas de cristal. No vemos el futuro. Que creamos que te va a ir bien un cambio de aires no significa que vaya a ser así. —Me apartó los mechones sueltos del moño de la cara—. Por eso lo que más nos importa es que la decisión sea tuya y estés segura de ella. De que, dentro de unos años, cuando recuerdes este momento, no te arrepientas de lo que elegiste.

—Y, si decides en algún momento que necesitas volver, solo tienes que decirlo. Nosotros estaremos aquí si nos necesitas —añadió mi padre.

Nos volvimos a abrazar los tres.

No tuve una revelación en ese momento que me ayudara a tomar la decisión, como las protagonistas de mis libros. Fue tres días después, en el aeropuerto, mientras nos despedíamos de mis tíos y mis primos, cuando me di cuenta de que, si me quedaba en el mismo sitio, con la misma gente —y sin Claudia—, probablemente no iba a cambiar nada.

Las protagonistas de las historias suelen empezar un viaje para alcanzar su sueño. Yo decidí empezarlo para encontrarlo.

Capítulo 3

Horas más tarde, me despido de Amelia y Peter en la puerta de la librería. ¿Debería comprar más libros? Mi lista de pendientes diría que no, pero me merezco una recompensa por haber sobrevivido, no solo a las miradas y susurros, sino también a un *quarterback* engreído que no sabe mirar por dónde va. Menos mal que Diane me ha adoptado cual gatito desorientado y me ha acompañado a todas las clases, incluso a las que no compartíamos.

Son alrededor de las tres y media de la tarde, y aunque fuera el sol sigue cubierto de nubes, el interior de la tienda está iluminado con una luz cálida que dota al lugar de una atmósfera mágica. Una mujer de pelo canoso recogido en un moño con lo que parece un lápiz está enfrascada en un libro tras el mostrador, que está adornado de flores talladas en la madera oscura. Los dedos me cosquillean al alargar el brazo hacia el tirador dorado de la puerta acristalada donde un pequeño cartel escrito a mano indica que está abierta.

Con todo el lío del viaje puedo contar con los dedos de una mano los libros que he leído. La mayoría eran relecturas, no me apetecía involucrarme emocionalmente con ningún personaje nuevo. Esta semana ni siquiera he terminado el que decidí empezar en el avión de camino a aquí. Repaso los párrafos una y otra vez porque no consigo procesar las frases. Tener que leer en digital al no poder cargar con cincuenta libros en la maleta tampoco ayuda. Nunca será lo mismo mirar cómo aumenta un porcentaje que pasar las páginas.

Al poner un pie dentro de la tienda, oigo el tintineo de la campanilla que cuelga sobre la puerta y el olor a libros me rodea. Pero no ese que percibes al entrar en una librería de la ciudad; es distinto, más intenso, se mezclan los libros nuevos con los viejos y la madera, perfectamente cuidada y pulida, de los muebles antiguos del lugar. Huele a hogar.

Camino por el corto pasillo con paredes revestidas de libros apretujados en los estantes que las cubren por completo. Una melodía que parece ser jazz llega hasta mí y me guía hacia el espacio un poco más amplio en el que encuentro el origen de la música: la radio rectangular de tonos caoba que hay sobre el mostrador, junto a la mujer de rostro amable, quien me saluda con una sonrisa y sigue con el libro que tiene entre las manos.

A mi derecha, rodeada por tres estanterías más repletas de ejemplares con aspecto antiguo, veo una mesa redonda con figuras talladas en los bordes a juego con el mostrador. En el centro, una lámpara Tiffany en tonos amarillos y naranjas ilumina varios libros con lomos de diferentes colores y alturas, colocados de frente sobre un tapete de punto. Cuando me acerco me doy cuenta de que hay papeles que sobresalen de la parte superior de algunos de los libros.

Abro la edición en inglés de *Heartstopper 1. Dos chicos juntos* y leo la nota: «Para una tarde de lluvia, café y gato-manta».

Me encanta, tiene mucha razón.

Me llama la atención también *Reckoners* en el que el papelito dice: «Los superhéroes no solo existen en los cómics y las películas».

Toda la razón y, aun así, no he conseguido que mi padre lea.

Doy la vuelta a la mesa echando un vistazo a las notas, hasta que llego a un hueco donde hay papeles en blanco y un boli. ¡Son recomendaciones de los clientes!

Sin dudar un segundo miro alrededor, buscando alguno que me haya leído. Encuentro *Bajo la misma estrella*, me sirve. Escribo: «Si quieres reírte tanto como el señor Dawes en *Mary Poppins* y acabar flotando en el aire… por aquí no es».

También veo casi por casualidad *Manual de panadería mágica para usar en caso de ataque*: «La magia *cozy* con un toque oscuro debería ser un género y este libro es el mejor ejemplo».

Feliz con mis recomendaciones observo la mesa, pero ningún libro me llama especialmente la atención, además, tampoco sé lo que busco ni qué me apetece leer.

Voy a intentar mantener la calma. Sé que ha habido muchos cambios en los últimos dos meses. No debo alarmarme, esto es lo de siempre: solo necesito ese libro que me devuelva la calma. Lo que está siendo bastante difícil porque cualquier sinopsis que leo me parece demasiado dramática como para poder gestionarlo ahora mismo, incluso este de una chica que odia a su compañero de trabajo y que todo indica que acabará sintiendo lo contrario.

No desisto, sé que en algún lugar de esta librería hay una historia que me va a devolver las ganas de leer algo nuevo y dejar de hacer *scroll* en TikTok. Sigo paseando entre las estanterías color canela, sorprendida por lo diferente que es la librería a todas las que he visitado hasta ahora —que son unas cuantas—. Tiene un aura de caos que la hace acogedora: con recovecos ocultos detrás de estanterías de más de dos metros y algunas pilas de libros en rincones que parecen olvidados.

He llegado hasta la sección de guías de viaje, donde lo único que la ilumina es una solitaria bombilla que titila cada pocos segundos, con las manos vacías. No puedo evitar pensar en Claudia que, si estuviera aquí, al ver la luz estropeada le habría pedido a la mujer del mostrador una escalera para arreglarla.

Está claro que hoy no es mi mejor día: la clase de Química ha sido un desastre y eso que la profesora solo ha explicado lo que vamos a dar durante el curso. Si ya me cuesta recordar los nombres de los elementos de la tabla periódica, el hecho de que encima sean en inglés, con todos esos nombres técnicos con haches intercaladas que no sé escribir, me lleva a pensar que mis exámenes van a ser catastróficos y van a generar unas cuantas risas.

Estoy volviendo sobre mis pasos porque me niego a irme de aquí sin un libro que leer esta noche, cuando se oye la campanilla de la entrada. Entra una mujer que no me suena haber visto antes. Lleva la melena pelirroja suelta y viste una falda larga de cuadros verdes y camisa, me recuerda a la protagonista de una película escocesa. Detrás de ella camina una niña de unos nueve años de rasgos asiáticos, con el cabello negro recogido en dos moñitos.

Se acercan al mostrador y la mujer saluda con una palabra que no llego a entender. No debería esconderme detrás de una estantería y escuchar una conversación ajena, pero tengo que integrarme en la comunidad y para eso necesito conocer quién es quién.

—Ya he comprado la tetera que me dijiste —me parece que dice la mujer pelirroja sacándola de una bolsa de papel.

Y digo «me parece» porque ¿era eso acento escocés? ¿Cuántas posibilidades hay de que en Orange Hollow vivan personas escocesas? Mi mente ha pasado días inventando escenarios catastróficos, pero a este paso se van a quedar cortos.

—Menos mal que Fred se ha acordado de guardarla.

Supongo que hablan de mi tío Fred y de su tienda de antigüedades donde hay montones de cosas que compra en mercadillos o que la gente le lleva porque ya no las quieren. Se supone que deberían ser objetos antiguos, pero el otro día vi un altavoz inalámbrico —aunque tenía forma de radio, no sé si eso cuenta.

—¿No te parece que es idéntica a la que teníamos en Edimburgo? —le pregunta dándole vueltas entre las manos, observando las intrincadas flores malva pintadas en la porcelana.

Supongo que podemos confirmar que sí, son escocesas, no solo la mujer pelirroja sino también la que parece la dueña de la tienda. Está claro que hoy es mi día de suerte.

—Mamá, tenía diez años cuando nos vinimos aquí, ¿cómo me voy a acordar? —dice mientras tamborilea con los dedos en el mostrador como si estuviera tocando un piano imaginario.

—¡Hola! —oigo una voz junto a mí.

Me doy tal susto que se me cae al suelo el libro que había cogido para disimular, no sin antes intentar evitarlo haciendo malabarismos con él. Con un poco más de práctica podría dedicarme a payasa de circo.

—¿Tibby? —pregunta la mujer pelirroja.

La niña me mira con los ojos entrecerrados y la sonrisa malvada de estar pensando una travesura.

—Si me das una chuche no les digo que estabas espiándolas —susurra.

—¡No estaba espiando! —exclamo en el mismo tono.

La niña alza las cejas y me hace tanta gracia esa expresión en una carita tan pequeña que me tengo que aguantar la risa para que no se enfade y me delate.

Lo que me faltaría hoy sería caerle mal a la persona encargada de la única librería del pueblo, así que, antes de que cumpla su amenaza, decido delatarme yo misma. Siempre será mejor eso que el dedo acusador de una niña.

Me asomo sacando primero la cabeza, con una sonrisa un poco tensa.

—Perdón, estaba viendo unos libros y se me ha resbalado.

Pero ¿qué excusa es esa, Anna?

La mujer del mostrador sonríe amable.

Miro de reojo a la pequeña. Vuelve a tener los ojos entrecerrados, ahora con los labios fruncidos.

—Tú debes de ser la sobrina de Helen —dice la mujer pelirroja también con una sonrisa. Cuando me mira, me fijo en que tiene los ojos más verdes que he visto nunca.

Asiento y salgo de detrás de la estantería para acercarme a ellas.

Llevo todo el día siendo la sobrina de la directora o la prima de Amelia y Peter, también he escuchado «la chica española». Supongo que en algún momento antes del fin de curso se aprenderán mi nombre.

Me presento sin soltar el libro que he recogido del suelo como si fuera un escudo.

La mujer del pelo blanco se presenta como Ishbel. Ahora que me fijo, puedo ver que las dos tienen la misma nariz un poco aguileña y el mismo color de ojos.

—Yo soy Kirsteen —dice la mujer pelirroja y dirige la vista hacia mi derecha—. ¿No te presentas? —le pregunta al renacuajo que sin conocerme ya me ha intentado chantajear.

—Me llamo Tibby —dice cruzándose de brazos.

—Encantada —digo con la sonrisa más amable que tengo, intentando firmar la paz.

—Yo no tanto —susurra para que solo la oiga yo—. Tía, ¿puedo ir a ver los libros? —pregunta dirigiéndose a Kirsteen en un tono normal.

—Sí, y elige al menos uno para el diario de lecturas del colegio.

La niña hace una mueca de disgusto y se acerca hacia un rincón que forman las estanterías del centro de la tienda, donde hay una pequeña mesa de color zanahoria con libros infantiles esparcidos encima y una silla a juego.

Las dos mujeres se vuelven a enfrascar en su conversación y yo camino en silencio hacia donde estaba para dejar el libro que aún sujeto en las manos.

Puede que sea hora de marcharme. Volveré cualquier otro día.

Al ir a acercarme al mostrador veo a Tibby trajinando con los libros. Me detengo, curiosa, porque no está leyendo ni eligiendo, sino que está ordenándolos. Ha guardado los que estaban en la mesa y ha sacado los que le ha parecido de las estanterías, amontonándolos de alguna forma lógica para ella.

La niña se da cuenta de que me he quedado observándola y me mira con los labios fruncidos.

—¿Qué miras? —pregunta enfurruñada.

—Cómo ordenas los libros —respondo acercándome.

—Por colores —dice cogiendo uno amarillo y colocándolo al lado de otro.

—Yo también ordené una vez mis libros por colores. —Y me arrepentí al día siguiente.

—Te ayudo —digo agachándome a su lado.

¿Por qué estoy ayudando a una niña que acaba de intentar chantajearme? No lo sé. Supongo que es una excusa para estar aquí más tiempo. No consigo elegir un libro para comprarlo, pero la música, el olor, los colores… me transmiten tanta paz que no me apetece salir a la calle.

—Este libro me encanta —digo al ver *Percy Jackson y el ladrón del rayo*, uno de mis libros favoritos.

—¿Tú no eres muy mayor para leer esto? —pregunta con el ceño fruncido.

—No, puedo leer lo que quiera.

—¿Y de qué va? —pregunta intentando disimular su interés.

—De dioses y magia —digo con todo el entusiasmo que puedo. Nunca es mal momento para recomendar esta saga—. El protagonista descubre que es un semidiós y tiene que enfrentarse a un montón de criaturas para salvar el mundo.

Tibby echa un vistazo a la cubierta con curiosidad.

—¿Tiene dibujos?

—No —intuyo la mueca antes incluso de que la haga—, pero te lo puedes imaginar tú como quieras, eso es mejor —digo rápido para no perder su atención.

¿Cómo puedo convencerla? ¿Qué le llamaría la atención a una niña que no quiere leer libros sin dibujos?

Ya lo tengo.

—Mira —paso las páginas y empiezo a leer un párrafo en el que se describe una de mis escenas de acción favoritas. Puede que sea un poco spoiler, pero tengo que conseguir que salga de aquí con este libro.

Mientras leo, imito los movimientos de los personajes teatralmente e incluso intento hacer las voces. El ceño fruncido de Tibby va desapareciendo poco a poco para convertirse en una expresión más relajada, incluso un poco alegre.

Cuando llevo varios párrafos, me pide el libro con señas. Lo pongo entre las dos y dejo que sea ella la que lea ahora. Va despacio, pero representa lo que lee igual que estaba haciendo yo.

Cuando la escena termina, me mira sonriente, observa el libro unos segundos, lo coge sin decir nada y camina hacia el mostrador.

Al girarme me doy cuenta de que las dos mujeres debían estar observándonos desde hacía rato.

—Quiero este —dice la niña con una sonrisa de oreja a oreja.

Ishbel me mira con curiosidad y Kirsteen vocaliza un silencioso «gracias».

Yo sonrío un poco avergonzada. Ahora me siento bastante ridícula al visualizarme haciendo los movimientos de espada y esquivando objetos imaginarios.

—No habrás elegido Música como optativa, ¿no? —Me cuesta unos segundos darme cuenta de que Kirsteen me está hablando a mí.

Niego con la cabeza, un poco confusa por la pregunta.

—Qué lástima… Bueno, entonces nos veremos por los pasillos.

Le dice algo rápido a su madre que no llego a entender —ni siquiera estoy segura de que fuera en inglés—, y se despide con un gesto. Camina hacia la puerta moviéndose como si sonara alguna canción en su cabeza. Supongo que es profesora de esa asignatura en el instituto. Tibby, cogida de su mano, mueve el libro hacia mí como despedida.

—Creo que es la primera vez que veo a mi nieta salir de esta librería con un libro en las manos y feliz —dice Ishbel.

—Espero que le guste —digo un poco nerviosa. ¿Y si ahora lo odia y por mi culpa no quiere leer nunca más?

—Y tú, ¿qué estás buscando? —pregunta curiosa.

—No lo sé. —Siento que no sé nada desde hace meses—. Creo que volveré otro día.

Ishbel me mira fijamente durante unos segundos.

—Vamos a hacer una cosa. —La miro, pero no asiento, porque, por lo poco que sé hasta ahora, la gente en este pueblo es muy agradable y no hay peligros, pero no conozco a esta señora de nada—. Ve a esa butaca del fondo y echa un vistazo a los libros que hay en la mesita. Si ninguno te convence, no intentaré venderte nada más.

Miro hacia el fondo de la librería, donde ha señalado la mujer. Encajadas entre las estanterías que cubren las paredes, veo dos butacas verde esmeralda con los finos cordones que cubren las costuras de color miel. Junto a ellas, hay una mesita de madera similar a la de la entrada, pero más pequeña, también con un tapete blanco de punto y otra lámpara Tiffany de cristales verdes y naranjas.

Como no pierdo nada por intentarlo, me siento en una de las butacas oscuras. Es mullida y suave, y me hundo un poco, lo suficiente como para que parezca que me abraza. Estoy segura de que si me pongo a leer aquí, me quedaré dormida.

Observo los cuatro libros que hay apilados en la mesa. El primero es *Frankenstein*. Ahora mismo no, no estoy en ese *mood*; puede que para Halloween. El siguiente no lo conozco, pero al leer la sinopsis sé que tampoco: un marinero naufraga y acaba en una isla junto a su perro. No necesito sufrir tanto.

El tercero tiene una cubierta llena de flores y el típico título genérico de novela romántica. Creo que de estos ya he tenido bastantes para una temporada.

¿Qué hacen libros tan distintos juntos? ¿Los ha puesto Ishbel ahí? Levanto la vista hacia ella. Está leyendo, como cuando he entrado.

Sin ninguna esperanza, cojo el último libro: *El fantasma de la casa Greendale*. Está un poco gastado, como si llevara en la librería mucho tiempo y hubiera ido cambiando de sitio sin que nadie lo eligiera.

Según la sinopsis, Sophie, la protagonista, huye del baile de invierno de su instituto al ver bailando con otra compañera al chico con el que había ido a la fiesta. Llega al pueblo vecino, en concreto a la casa de su abuela, que todos dicen que está encantada desde que la mujer murió cuando ella era pequeña. Pero, en vez de encontrarse una casa deshabitada y en desuso, se topa con un inesperado inquilino con el que no empezará con buen pie.

Tiene pinta de la típica comedia romántica y me puedo imaginar cómo terminará. Dudo. Por un lado, me apetece; creo que puede ser una lectura con la que pasaría un buen rato. Pero por otro no sé si esto solucionará el problema. Las demás novelas de este tipo que me he leído solo me han dejado mirando al techo y compadeciéndome de mí misma.

Empiezo a leer un poco. Puede que no me guste cómo está narrado; si es así, la decisión ya estaría tomada.

Unos minutos después me doy cuenta de que me he terminado el primer capítulo. Noto una sonrisa en la cara y siento esa sensación de llevar mucho rato en otro lugar. Hacía tantas semanas que no me pasaba, que había olvidado lo maravilloso que es.

El primer capítulo termina con Sophie encerrada en la casa a causa de la nieve que ha empezado a caer con fuerza y se acumula de forma que es imposible salir, y preguntándose si la casa no estará encantada de verdad al oír sonidos extraños y ver sombras en las paredes.

Me hace mucha gracia la forma en la que está narrado. Y ese toque de misterio, porque en ningún momento se asegura que haya o no un fantasma.

Me levanto de la butaca decidida. Creo que por fin he encontrado el libro que necesitaba.

—Muy buena elección —dice Ishbel cuando me acerco al mostrador.

—¿Lo ha leído? —pregunto ilusionada.

—Sí, aunque no mucha gente comparte mi opinión sobre él.

Le tiendo el libro para que me lo cobre.

—¿Por? —pregunto mientras la mujer pasa algunas páginas.

—No es lo que esperas de un inicio así.

¿No van a terminar juntos y felices en la casa de la abuela? Eso sí que no me lo esperaba.

La mujer debe notar mi sorpresa porque sonríe. Entre las arruguitas de sus mejillas sonrosadas me parece ver dos hoyuelos.

—Confía en mí, creo que te gustará. —Me guiña un ojo mientras me devuelve el libro sin decirme el precio.

—¿Cuánto es? —le pregunto.

—Nada, es un regalo de bienvenida —responde con una sonrisa cálida.

—Gracias. La mantendré informada —digo un poco emocionada—. Por cierto, me encanta la mesa donde los clientes recomiendan libros, espero que no le moleste que haya dejado dos.

Su sonrisa cambia un poco a una más divertida.

—Los clientes de esta librería no son muy dados a escribir notas, prefieren gritar a los cuatro vientos su opinión —ríe—. Las recomendaciones las deja mi ayudante.

—Le puede decir de mi parte que tiene muy buen gusto —digo esperando que el cumplido haga que la mujer me diga quién es esa persona.

—Se lo diré —asiente.

Abrazo el libro con muchas ganas de seguir leyendo cuando llegue a casa y estoy a punto de despedirme cuando me llama.

—¿Te gustaría trabajar aquí algunas tardes? —me pregunta con el ceño un poco fruncido y una sombra de sonrisa.

Esto es lo último que me esperaba. A lo mejor exagero, sería más raro que me intentara vender, no sé, un pescado, pero no deja de ser extraño que una mujer a la que no conozco de nada me proponga trabajar en su librería.

Estoy a punto de decirle que no, cuando me doy cuenta de lo cómoda que he estado este rato. Es cierto que al principio no podía quitarme de la cabeza todo lo que ha pasado hoy, pero poco a poco se ha ido diluyendo. Tampoco me he acordado de Claudia —esto me hace sentir un poco culpable—, ni de la nada que veo al pensar en el futuro. Y me lo he pasado genial con Tibby, aunque no hubiéramos empezado con buen pie.

¿Y si trabajar en una librería me gusta? No lo había pensado nunca. Recomendar libros a los clientes, poner a la vista mis favoritos para que la gente los pueda descubrir. No suena tan descabellado, ¿verdad?

—¡Vale! —digo con demasiado entusiasmo.

A Ishbel no parece molestarle, al contrario.

—Maravilloso, ¿qué te parece venir al terminar las clases?

Como no estoy segura de si me voy a apuntar a algún club, ni de qué horario tienen, acordamos que volveré mañana al salir de clase hasta el cierre, a las seis de la tarde. Y que le confirmaré qué días de la semana puedo.

—Los fines de semana no creo que haga falta —dice pensativa—. Si te necesitara te aviso y, como te voy a pagar por horas, en caso de que no puedas venir algún día por exámenes me lo dices, no hay ningún problema.

Intento mantenerme seria y no dar saltitos de alegría.

—De acuerdo. —Me ajusto las gafas que han resbalado hasta la punta de la nariz.

—Muy bien. —Ishbel vuelve a coger el libro que estaba leyendo cuando he entrado—. Nos vemos mañana.

Me despido con una sonrisa pintada en la cara y muchísimas ganas de que llegue mañana por la tarde.

Cuando salgo de la librería me doy cuenta de que, salvo por un par de frases que sigo dudando de que fueran en inglés, he entendido casi perfectamente a las dos mujeres, no me han hecho falta subtítulos. Puede que mi pánico de esta mañana fuera un poco infundado.

—Amelia Padmé Rogers, ven aquí ahora mismo.

A veces se me olvida lo tremendamente friki de *Star Wars* que es mi tía, tanto como para ponerles de segundo nombre a sus hijos Padmé y Luke.

—Yo no he sido —se oye desde el salón por encima de la banda sonora de *La La Land* que sale del altavoz inalámbrico que hay a un lado de la encimera de la cocina.

—No, ha sido el gato de Vonda —responde mi tía.

Podría ser, porque la dueña de la tienda de alimentación es nuestra vecina y el animalillo de pelaje atigrado, cuando no está en la puerta de la tienda, se pasea por nuestro jardín.

Mi prima se asoma por la puerta de la cocina.

—¿Qué? —pregunta con el ceño fruncido.

Incluso con los audífonos, no llega a escuchar bien del todo. Aunque su nombre suele identificarlo, si no hablamos claro y no estamos cerca es bastante difícil que nos entienda.

—Te has vuelto a dejar la leche fuera de la nevera —dice mi tía a la vez que signa.

—Lo siento —signa—. Emily me acababa de enviar un audio.

Mi tía suspira mientras mete la leche en el frigorífico antes de sacar dos patatas del carrito de cocina, un par de cuchillos del cajón de los cubiertos y tendernos uno de cada a mi prima y a mí.

Mientras charlan sobre gente del pueblo que no conozco, empezamos a preparar la cena. Aunque intento, con todo mi empeño, seguir la conversación, cada frase que dicen me genera una duda y no consigo enterarme de nada. ¿Por qué nuestra vecina se tiene que quejar de los setos a una tal Bonnie? ¿Y con Louisa se refieren a la secretaria del instituto? De momento, los vecinos me han acogido con tanto cariño, como si me conocieran desde hace años, que a veces hasta yo misma olvido que me acaban de trasplantar a un nuevo jardín, como una planta marchita a la que mueves buscando que reviva —espero que nadie se pase con el agua y me ahogue como hice yo con mi aloe vera.

Cuando llega Peter, se pone a batir los huevos que ha dejado mi tía en un plato en la isla de la cocina mientras ella coge las patatas que hemos cortado y las echa a la sartén, donde el aceite de oliva empieza a dejar su aroma por toda la cocina. La tortilla de patatas no es algo típico de aquí, pero desde que mi padre les enseñó a hacerla, sí es un plato típico de esta casa. Y, aunque no me lo ha dicho, sé que la está preparando para que me sienta un poco más cerca de casa después de un primer día con tantas novedades.

Al llegar mi tío, enfurruñado, quejándose de que Vonda le ha vuelto a decir que quite de la acera el cartel donde apunta las ofertas, mi tía le da un beso y ríe de esa forma tan parecida a mi madre. Se me encoge una pizca el corazón por no estar con ella, a la vez que me siento un poquito como en casa.

Mientras mi tío y Peter ponen la mesa, me doy cuenta de que Amelia ha desaparecido en algún momento. Es una maestra del escapismo cuando hay que hacer tareas de casa, de mayor quiero ser como ella.

—¿Qué tal el primer día, Anna? —pregunta mi tía cuando nos sentamos.

—He sobrevivido —digo mientras pincho un trozo de tortilla.

—A veces no se puede pedir más. —Mi prima se encoge de hombros.

—Sois las dos unas dramáticas —dice Peter, poniendo los ojos en blanco y dando un mordisco a la tortilla.

Termino de masticar, feliz de poder comer algo tan familiar y que me recuerda tanto a casa.

—En Educación física he comprobado que a mis dieciséis años sigo sin saber hacer flexiones —me quejo—, en Inglés, que los dieces que sacaba en España no me sirven de nada porque aquí, obviamente, dais literatura, no el presente simple…

—Bueno, calma, y date tiempo. —Mi tía me pone una mano en el hombro—. ¿Y cosas buenas?

Pienso durante unos segundos. No todo ha sido un desastre absoluto, es cierto.

—He conocido a Diane. —Amelia asiente efusivamente al oír el nombre—. Ha sido muy maja y me ha ayudado un montón. También se ha sentado conmigo a la hora de la comida.

Y menos mal. Hablar con ella me ha distraído de los ojos del noventa por ciento de los demás estudiantes que parecían no tener otra cosa que mirar que a mí. Ha sido muchísimo peor que a la entrada del instituto. Entre eso y que no entendía bien cómo iba lo de coger la comida con las bandejas casi me voy corriendo a encerrarme en el baño.

—Estoy orgullosa de Anna —dice mi prima con tono serio—. Se ha buscado la mejor escolta para el primer día.

—No ha tenido más remedio porque tú has salido corriendo a saludar a Emily —dice Peter—. Menos mal que me tiene a mí —añade con tono de suficiencia.

—Hablaba de Diane. —Amelia le hace una mueca a su hermano.

—Oye —protesta.

—Oye nada —digo antes de que siga—, que me has abandonado en la puerta de secretaría. —Hago un puchero.

—Peter —lo llama mi tía con tono de reprobación.

—Lo he hecho porque estaba seguro de que se las podía apañar sola, mira qué bien le ha ido —dice señalándome con las dos manos de forma exagerada.

Mi tía niega con la cabeza y, aunque intenta mantenerse seria, veo cómo aprieta un poco los labios para contener la sonrisa.

Me abraza de lado y me da un beso en la sien, como hace mi madre. Más allá del color de ojos azules que comparten y el cabello rubio, que de pequeña envidiaba, es innegable que son hermanas. Aunque todavía lleva puesto el traje de falda y chaqueta con raya diplomática con el que ha ido a trabajar, que le confiere un aspecto serio, la dulzura de su gesto me devuelve a casa. Me relajo un poco porque, aunque no tengo cerca a mis padres, tampoco estoy sola.

—Te irá bien —asegura mi tío.

Siempre ha sido muy optimista.

—Oye, ¿y qué te ha parecido la librería? ¿Te ha gustado? ¿Qué libro te has comprado? —pregunta Amelia al terminarse el primer trozo de tortilla y cortarse otro.

Mastico rápido y me doy cuenta de que no les he contado todo lo que me ha pasado.

—¡Ostras! —exclamo—. Que mañana empiezo a trabajar.

Todos se quedan parados, algunos con la comida en la boca y otros con el tenedor en el aire.

—En la librería —añado.

—¿En la de la abuela de Bennet? —pregunta Peter.

—No hay otra en el pueblo —dice mi tío.

¿Ishbel es la abuela de Bennet? No puede ser, no se parecen en nada. Debe de ser otro Bennet.

—¿Por qué? —pregunta mi tía con el ceño igual de fruncido que cuando mi madre le cuenta cuál es su nueva afición. Puedo notar el temor a que haya heredado la parte caótica de su hermana y esté empezando a aflorar.

—He ido a comprar un libro y la dueña me ha preguntado si quería trabajar algunas tardes.

Mi tía no dice nada, aún con el tenedor en el aire, pero siento cómo su mirada me escudriña el rostro.

—Me apetece probar. —Bajo la vista y corto un trozo de tortilla con el tenedor.

Entiendo su expresión. Acabo de lamentarme porque algunas asignaturas del instituto no me han ido muy bien y no se me ocurre otra cosa que comprometerme a ocupar el tiempo que debería estar estudiando con un trabajo que no necesito. Ahora que lo pienso, mi parte más sensata tampoco cree que haya sido la mejor idea. Tal vez me he dejado llevar demasiado por la emoción del momento al decir que sí.

—¿Durante la semana? —pregunta mi tía con expresión seria.

—Sí… —digo dubitativa.

¿Les debería haber preguntado antes de aceptar? Al fin y al cabo, estoy a su cargo. Supongo que si no les parece bien, tendré que decirle que no a Ishbel.

Mi tía me hace varias preguntas como el horario, las tareas que haré y el salario. Y yo respondo a todo con un poco de miedo a quedarme sin lo que más ilusión me hace en este momento. Los demás nos miran como si esto fuera una partida de ping-pong.

—Pero si vas mal en clase, si ves que no llegas, lo dejas, ¿de acuerdo? —dice después de meditarlo unos segundos.

Asiento con efusividad. Voy a intentar contagiarme un poco del optimismo del tío Fred. Solo ha sido el primer día y han cambiado muchísimas cosas —como lo de comer a las doce del mediodía—. Necesito acostumbrarme a esta nueva realidad y estoy segura de que trabajar en la librería va a ser genial: un ambiente tranquilo, rodeada de libros... Incluso tendré tiempo para estudiar cuando no haya nadie. Va a ir bien. Me irá bien. Espero.

Capítulo 4

Todo va horriblemente mal.

Ayer por la noche me quedé dormida leyendo, por lo que hoy me he despertado con la cara sobre el libro y la espalda de una señora de ochenta años. En casa, mi madre venía a la habitación a verme antes de irse a dormir, me dejaba el libro en la mesita de noche y me ayudaba a meterme en la cama medio dormida. Morriña nada más empezar la mañana: *check*.

Lo único bueno es que hemos desayunado tranquilamente en casa. Me he tomado el colacao —solo me he traído un bote de España y me estoy dando cuenta de mi error— y la tostada mientras mi tío nos iba resumiendo cada una de las noticias que leía. Con el periódico entre las manos, el pelo castaño peinado hacia atrás y así vestido: con camisa blanca, chaleco de traje marrón oscuro y zapatos Oxford del mismo color; parecía un señor de los años treinta —o de alguna de esas décadas, la verdad es que antes de los dos mil se me mezclan.

Habría sido suficiente con tener dolor de espalda para toda la mañana, pero el universo ha decidido que debía subir la apuesta. He llegado pronto a clase de Cálculo y me he podido sentar junto a la ventana en la tercera fila. Nada bueno dura para siempre, porque cuando faltaban cinco segundos para que sonara el timbre ha llegado Bennet corriendo y se ha tenido que sentar… exacto, en el pupitre de al lado porque no quedaba otro.

No debería haber sido ningún problema. Eso he querido pensar yo. Hasta que la profesora ha decidido que era buena idea empezar el curso con unos ejercicios de repaso y que, además, hacerlos en parejas nos iba a ayudar.

Ojalá hubiera tenido la confianza suficiente cuando me matriculé para elegir Cálculo avanzado, así ahora mismo estaría con Diane y no junto a «don popular».

—¿Por qué se usa la equis en las ecuaciones? ¿O la i griega? ¿Por qué no la efe? —pregunta Bennet.

Miro a mi compañero de ejercicios con lo que espero que sea cara de hastío. Pero no me ve porque está asesinando con la mirada las ecuaciones que hay escritas en el papel. El pelo ondulado un poco despeinado le tapa parte del rostro. Seguro que se pasa una hora delante del espejo para conseguir ese efecto de «me acabo de levantar».

—Dicen que fue Descartes quien decidió usar la equis, pero en realidad no se sabe con seguridad —respondo mientras escribo la ecuación que pide el ejercicio.

—Oh.

Levanto la vista hacia Bennet, que me mira con la cabeza un poco inclinada y los ojos una pizca más abiertos de lo normal. Estoy casi segura de que es de los que dice que tiene los ojos verdes, porque, con la luz de la ventana iluminando su rostro, puedo distinguir unas vetas un poco más claras en los iris que hacen dudar de cuál es su color real. Pero no hay duda de que son iguales que los de más de la mitad de la población mundial: marrones.

—Era una pregunta retórica, solo por decir algo.

—Bueno, pues no te acostarás sin saber una cosa más. —Me encojo de hombros después de pensar lo que acabo de decir.

No era mi intención ser graciosa, pero está claro que no debería descartar lo de payasa de circo porque Bennet se ríe bajito para que la profesora no nos diga nada. ¿Si le hago reír más y la profesora se da cuenta me cambiará de compañero? Me guardo la idea para algún momento de desesperación. Por ahora, creo que puedo aguantar.

Observo su cara de concentración, con los labios apretados y los ojos entrecerrados, mientras intenta resolver el siguiente ejercicio. Está claro que Cálculo no es su asignatura favorita y eso no hace más que recordarme a cualquier protagonista de película adolescente que necesita buena nota para la universidad además de saber correr con un balón en las manos. Ojalá estuviera aquí Claudia, empezaría a susurrar la canción «Get'cha Head in the Game», de *High School Musical*.

—¿Dos por equis menos ocho elevado a tres? —pregunta Bennet.

Leo el enunciado.

—Te faltan los paréntesis —digo acercando la hoja hacia mí y corrigiendo lo que ha escrito—. Es todo elevado al cubo, no solo el ocho.

—Ah. —Sigue mirando el papel con el ceño fruncido—. Es demasiado abstracto.

—No es verdad —afirmo.

Bennet me mira con las cejas enarcadas.

—¿Qué es equis? —pregunta desafiante.

Ahora soy yo la que entrecierra los ojos. Puede que en otra asignatura me hubiera achantado, pero las Matemáticas se me dan bien y no voy a permitir que me cuestione un *quarterback* que ni es rubio ni de ojos azules.

—Pues manzanas, por ejemplo —digo un poco molesta.

Una leve sonrisa se dibuja en su rostro. Los hoyuelos no llegan a aparecer.

—¿Siempre tienes respuesta para todo? —pregunta.

Bufo y leo el siguiente ejercicio. Este chico es exasperante.

—En Química hay letras, pero las letras son cosas concretas, no mapaches —sigue.

—El cubo de la suma de un mapache más otros seis mapaches —digo sin poder evitarlo.

Bennet mira el papel, se vuelve a reír y escribe la ecuación sustituyendo los mapaches por equis.

—Ves —digo al ver que está bien—. Las letras son cosas concretas si tú quieres.

Se queda unos segundos mirándome, aún con las comisuras de los labios un poco alzadas, como si estuviera intentando decidir algo. Desvío la vista a la hoja. Ahora puede que crea que soy una friki de las Matemáticas, y no es cierto. Me es fácil entender la asignatura, pero siempre siento que llegará un momento en el que explicarán algo que mi cerebro no asimilará y estaré perdida.

—Dos minutos —dice la profesora.

No sé qué debe haber decidido cuando se ha quedado mirándome, puede que estuviera considerando recordarme el trabajo de Historia que tenemos que hacer o que le haya parecido que nuestros intereses son totalmente contrarios: la cerebrito y el deportista —de nuevo, muy *High School Musical*—. Así que terminamos los ejercicios sin mediar palabra y cuando suena el timbre escribo mi nombre en la hoja y empiezo a recoger mientras Bennet termina de escribir el suyo junto al mío.

Al salir del aula miro el horario para saber dónde tengo que ir.

Excepto la planta baja, las otras dos plantas del edificio son exactamente iguales. Y no está Diane para decirme si tengo que ir hacia la derecha o la izquierda. Ahora mismo, no sé ni dónde está la escalera.

—No tienes Español ahora, ¿no? —pregunta Bennet, que se ha parado a mi lado y mira la hoja que sujeto entre las manos.

Pero ¿qué le pasa a este chico? ¿Se cree que necesito su ayuda? En realidad, sí, aunque no voy a reconocerlo delante de él.

—¿Crees que necesito aprender español? —pregunto en ese idioma.

Puede que haya sido un poco borde. Es cierto que está intentando ser amable, pero no puedo dejar de pensar en que su percepción de la gente que hay alrededor es mínima y tiene la cabeza metida en el ombligo. Si no fuera así, ayer al menos se habría disculpado al casi atropellarme.

De todas formas, parece hacerle gracia porque sonríe y señala hacia la derecha.

—Francés está por ahí —dice en un español con un acento que me recuerda más a la forma de hablar de Ishbel que a la de mi madre.

Cuando se da la vuelta para irse en la otra dirección, casi se lleva por delante a la profesora de Cálculo, quien se ríe y le da unas palmaditas en el brazo mientras él se disculpa. Como si acabar aplastada por Will Bennet fuera lo más habitual aquí.

Después de sobrevivir a tres clases más, llego a la cafetería. Las voces se mezclan con el sonido de las sillas rascando el suelo y los utensilios de cocina chocando con las bandejas de metal donde está dispuesta la comida. Echo un vistazo en la zona donde me senté ayer con Peter y Diane, pero no hay ninguna cara conocida. Hoy, un poco más tranquila, observo los ventanales del suelo al techo desde donde se ve el inmenso campo de fútbol americano, que dejan entrar la luz del mediodía. El resto de las paredes, color crema, dan más luz si cabe a la estancia. Los estudiantes se sientan en sillas similares a las de mi instituto, a juego con las mesas largas pintadas de color caoba.

Al acercarme a por la comida el olor a queso se intensifica y la tripa me ruge como un cachorrillo de león. Mientras espero a que me toque el turno de coger una de las bandejas, sigo buscando rostros familiares entre la multitud. Al fin, veo a Peter con sus compañeros de equipo. Diane tiene razón, es imposible ignorarlos con el ruido que hacen. Allí está también Bennet de pie explicando algo a los demás y gesticulando de forma exagerada. Cuando se mueve hacia un lado consigo ver a Amelia en una mesa del fondo con la chica morena de ayer.

Deslizo la bandeja por la barra de metal mientras intento atisbar qué hay de menú vegetariano. Según Diane, hay días que vale la pena elegir ese en vez del normal. Y por lo que veo hoy no es uno de esos. Al chico que va delante de mí le han dejado caer una cucharada de engrudo del que asoman trozos de algo verde.

Con la comida en la bandeja me encamino hacia la mesa donde he visto a Amelia. Paso junto a los del equipo de fútbol y mi primo me saluda con la cabeza mientras me interroga con la mirada. Asiento, dándole a entender que estoy bien, aunque, en realidad, lo que querría ahora mismo sería esconderme en la biblioteca para dejar de sentir los ojos de la mayoría de los estudiantes clavados en mí mientras cruzo la cafetería.

Intento ignorarlos, pero no puedo evitar girarme a veces. Hay quienes apartan la vista, en cambio otros siguen susurrando sin quitarme la mirada de encima. Los nervios de ayer vuelven a mi estómago y el hambre que tenía se convierte en un nudo. Solo es el segundo día y este instituto no es muy grande. ¿Cuánto puede durar la novedad? Ojalá pronto ocurra algo más llamativo. No una catástrofe ni nada de eso. Sino algo como que las ranas del laboratorio se escapen. Eso sería gracioso y entretendría a la gente lo suficiente como para olvidarse de mí.

—¡Anna! —exclama Amelia cuando me acerco a su mesa—. Mira, esta es Emily —dice haciendo un gesto hacia su amiga.

La chica me saluda con la mano y una sonrisa. Lleva medio antebrazo izquierdo lleno de pulseras de la amistad de colores que contrastan con su piel tostada.

—Creo que ya sé cuál es para ti —dice entrecerrando los ojos sobre los que le cae el flequillo oscuro.

Me quedo quieta, ¿esto es un examen?

Mira hacia las pulseras, se quita una de ellas y me la tiende.

Está hecha con bolitas rojas y doradas. En una parte hay tres cubitos blancos con las letras *EHC* en negro y en la contraria con las palabras *know you better*.

Miro a Emily sin entender bien qué quiere que haga con la pulsera.

—Es para ti —dice mientras abre su sandwichera—. Es tu canción.

—Oh —digo observando la pulsera—. Gracias.

Los colores deben hacer referencia a *Red* y con esas siglas… ¿«Everything Has Changed»? Es muy probable.

Me gusta Taylor Swift, pero no me sé las letras ni los significados ocultos de cada canción, así que tendría que escucharla para averiguar si es mi canción, aunque al menos el título lo ha clavado.

Me siento junto a mi prima y miro la comida de mi bandeja. Me ha hecho ilusión que hubiera pizza hasta que la he visto de cerca. Además, ahora, con la sensación de que todo el mundo me observa, me apetece menos aún.

—Esto más bien es pizza de tomate, queso y pepperoni imaginario —dice Amelia a Emily mientras mira su trozo de pizza con el ceño fruncido.

—¿Quieres sándwich de pollo? Mi tía me ha hecho dos —contesta Emily señalando su comida.

Amelia niega con la cabeza.

—Comeré este trozo de fraude. —Lo levanta en el aire de forma dramática y le da un mordisco haciendo una mueca.

Mi porción no tiene mejor pinta.

Me concentro en la conversación e intento ignorar a las demás personas de alrededor. Miro a mi prima, que arruga la nariz mientras mastica igual que cuando encuentra un trozo de cebolla en su hamburguesa. Emily, en cambio, habla sin parar de un concierto para el que las entradas salen en dos días, con el sándwich de pollo olvidado frente a ella.

El nudo del estómago se deshace un poco al no sentirme el centro de atención. Doy un bocado a mi pizza que, efectivamente, solo sabe a salsa de tomate.

—Tengo que ir a que me revisen la prótesis —dice Diane dejándose caer junto a Emily.

Con la nariz arrugada y los ojos entrecerrados se masajea la pierna derecha.

La observo y caigo en la cuenta. La forma en la que sube y baja las escaleras, dejando caer la pierna, o cómo deja caer su peso siempre sobre el lado izquierdo. Debe de usar una prótesis en la pierna. Quiero preguntarle, por curiosidad, pero no siento que tenga la confianza suficiente con ella.

—¿No fuiste hace dos meses? —le pregunta Amelia al terminar de masticar.

—Me la ajustaron mal o estoy dando el estirón, yo qué sé.

Suspira y pincha un trozo de zanahoria de su plato.

—Hoy podías haber cogido la pizza —le dice Amelia—, lo del pepperoni se lo han inventado.

Diane asiente.

—Me lo he imaginado al verla, pero no podía desperdiciar la oportunidad de las judías con queso. —Señala el engrudo que parece cualquier cosa menos eso—. Es el plato vegetariano estrella de nuestro menú —me dice con una sonrisa de labios apretados.

No puedo evitar reírme. No sé qué sorpresas me deparará la comida del instituto, pero casi estoy echando de menos las lentejas que nos servían en el comedor del colegio.

—Ya sé cuál va a ser mi primer artículo en el periódico de este curso —anuncia Diane extendiendo los brazos hacia los lados, con lo que Emily se tiene que apartar para que no le clave el tenedor en un ojo.

—Yo aún no —se lamenta Amelia apoyando la cabeza en la mano.

—Yo estoy dudando entre un repaso por la influencia de Taylor Swift en las nuevas estrellas de la música o sobre los festivales de este verano —dice Emily mientras intenta que el pollo no se escape de entre las rebanadas del pan de molde.

Cojo lo que se supone que es puré de patatas frito con cara sonriente, mastico y no está tan mal. Podrían hacerlas con forma de galleta sin más y serían perfectas, no darían tanto mal rollo.

—También estaba pensando que nos vendría muy bien que alguien escribiera un artículo sobre las novedades literarias más esperadas para estos meses. —Diane me mira con las cejas alzadas.

Termino de tragar, esperando que esos segundos me den tiempo para pensar una respuesta.

No pierdo nada por probar, ¿no? Además, entre el trabajo de la librería y el periódico, ya son dos cosas nuevas que me pueden ayudar a ver un poco de luz en mi futuro. Aunque las dos están relacionadas con recomendar libros. No sería mala idea apuntarme al club de punto con Diane.

—Lo puedo intentar —digo dubitativa.

De momento voy a quedarme en terreno conocido, si eso falla siempre puedo aprender a hacer bufandas y venderlas en el mercadillo.

—¡Genial! ¡Maravilloso! ¡Fantástico! —exclama Diane, extendiendo más y más los brazos por cada palabra.

Emily se aparta disimuladamente hacia el lado contrario.

—¿Sobre qué vas a escribir tú? —le pregunto antes de darle un mordisco a la manzana.

La cara de Diane se ilumina.

—El impacto ambiental de la inteligencia artificial —enuncia con voz de presentadora de televisión.

Algo que he aprendido de Diane, entre ayer y hoy, es que es la persona más caótica que conozco. Pero también que es vegetariana, solo compra ropa de segunda mano o producida en talleres locales y tiene un pequeño huerto en la parte trasera de su casa que cuida junto a su abuela. Ah, y le molesta la gente que no cree en la vida extraterrestre.

—Por cierto —dice mientras saca una carpeta de la mochila—, el relato —anuncia con voz engolada alzando unos papeles frente a ella.

—¡Sí! —exclama Amelia dando una palmada.

Emily hace un pequeño baile de alegría y yo observo los folios sin entender nada, Diane percibe mi confusión porque me explica:

—Todos los meses desde hace dos cursos alguien pasa por debajo de la sala del periódico algunos relatos. —Me tiende los papeles—. No sabemos quién es, solo firma como UTF.

—Cada mes es algo distinto y ni siquiera son historias completas, son como pedazos —comenta Amelia.

—A la gente le encanta —dice Emily emocionada—. Hay veces que parece que se haya basado en personas del instituto, aunque nunca están ambientados aquí.

Mientras como pizza leo el relato. La ambientación me recuerda a *El fantasma de la casa Greendale*, con ese toque de humor un poco absurdo en un escenario neblinoso. En este caso, no hay romance y, aunque no es algo que leería si lo viera en una librería, cuando llego al punto final desearía tener más hojas que devorar durante horas.

Al salir del instituto, el cielo nos recibe gris y el ambiente con olor a lluvia. La sudadera y las zapatillas de tela no me protegen del leve viento que mueve los árboles, empeñado en dejarlos sin hojas antes de lo previsto.

—Si necesitas ayuda con alguna asignatura, avísame —me dice Diane mientras se suelta el pelo para que le cubra las orejas y el cuello.

Asiento y me pongo la capucha porque algunas gotas han empezado a mojarme las gafas, emborronando mi imagen de la arboleda. Espero que Amelia y Peter no tarden mucho o encontrarán a una Anna medio congelada diciendo «frío, frío, frío» como en *Frozen*.

—Y recuerda que el martes es la reunión del periódico —dice con una sonrisa de oreja a oreja—. Tendrás que traer una idea concreta sobre lo que quieras que trate el artículo.

—A sus órdenes, mi capitana —digo con voz grave, estirándome y fingiendo seriedad.

—Si empiezas ya a agobiarla no durará ni hasta la primera publicación —dice Peter acercándose a nosotras.

Las palabras de mi primo me recuerdan el miedo que sentí al tomar la decisión de venir, al subirme al avión sola y ayer mismo, aquí, sin saber si iba a sobrevivir al primer día de instituto. Pero también la sensación cálida cuando mis tíos y primos me recibieron, el camino en coche hasta la que sería mi nueva casa durante unos meses y lo fácil que ha sido este segundo día. Tenía miedo de agobiarme con los cambios y retraerme dentro de mí misma y, sin embargo, ha sido todo lo contrario. Me han acogido todos con tanta naturalidad que no he sentido la necesidad de esconderme ni huir en ningún momento. Supongo que, como casi siempre, mi padre tenía razón.

—Peter Luke Rogers —dice Diane con su voz de abogada del Estado—, no te consiento que te metas en nuestras cosas. ¿Me meto yo cuando Will y tu habláis de fútbol?

Me estoy arrepintiendo de haberme puesto solo una camiseta de tirantes debajo de la sudadera cuando mi primo me pasa un brazo alrededor de los hombros y me acerca hacia él.

—A veces sí —dice con una sonrisa ladeada.

Diane abre la boca para replicar, pero no llega a decir nada. Tiene la vista puesta en algo que hay detrás de nosotros.

Me giro un poco. Lo que sea que haga que Diane pierda la palabra tiene que ser algo increíble.

Esperaba una horda de cachorros de gato corriendo hacia nosotros, pero solo hay tres chicas hablando.

Vuelvo la vista a Diane.

—Si me meto es porque estaréis diciendo alguna barbaridad —dice distraída, sin la seguridad de siempre.

Le doy un codazo a Peter para que me explique qué pasa mientras Diane mira a las chicas.

—La más bajita, la rubia —me susurra.

Los cristales de mis gafas ahora mismo tienen más espacio ocupado por gotas de agua que sin ellas, así que veo entre poco y nada. Me las quito para secarlas, con lo que todavía menos. Para ser exacta, distingo azul grisáceo arriba, borrones verdes un poco más abajo y varias figuras de colores que se desplazan sobre una masa gris. Tengo tantas dioptrías que sin los avances tecnológicos llevaría unos cristales de culo de vaso de cinco centímetros de grosor.

Con las gafas puestas de nuevo, vuelvo a mirar a las chicas. La bajita y rubia está sonriendo mientras las otras dos hablan sin parar. Es el estereotipo de la típica animadora popular del instituto que sale en cualquier película: melena rubia ondulada, vestida con una minifalda plisada rosa palo y un cárdigan a juego sobre una blusa blanca. No la conozco de nada, pero juraría que quiere estar en cualquier otro lugar, porque cambia el peso de un pie a otro cada pocos segundos.

La chica se despide de las demás y camina hacia la salida pasando por nuestro lado.

—Hasta mañana —dice dirigiéndose a nosotros.

—Adiós —responde Peter con una sonrisa.

—A-di-diós —se traba Diane.

No me había planteado que pudiera existir una Diane insegura. Supongo que incluso ella tiene su punto débil.

—¡Ya estoy! —Amelia viene corriendo hacia nosotros, lo que hace que Diane vuelva a la realidad.

—¡Nos vemos! —se despide Diane con las mejillas sonrosadas y un gesto de la mano.

—¿Le gusta esa chica? —pregunto a mis primos cuando empezamos a andar hacia casa.

La calle es la misma que por la mañana, pero no el ambiente. La gente no se apresura somnolienta para llegar a su trabajo, sino que caminan tranquilamente. Se paran a hablar con los vecinos y entran y salen de las tiendas.

—No, está pilladísima por ella —me corrige Amelia.

—Pero Candy no lo sabe —añade mi primo.

—Ni lo sabrá nunca.

Miro a mi prima con el ceño fruncido.

Nos cruzamos con un hombre de pelo y barba blancos que nos saluda. Todos con quienes nos encontramos lo hacen, lo que me da una sensación de familiaridad que nunca he sentido en la ciudad, en casa.

—¿Por qué? —pregunto a mi prima después de la interrupción.

Se gira hacia nosotros y empieza a caminar de espaldas.

—Porque Diane se niega a hablar con ella.

Sigo frunciendo el ceño. No me imagino a Diane evitando hablar.

—Candy no es muy accesible en ese sentido —aclara Peter—. Nunca ha salido con nadie ni suele aceptar invitaciones a fiestas ni bailes, siempre va sola o con alguna amiga.

—No es que sea mala gente —dice Amelia esquivando por poco al gato de Vonda que está en medio de la acera—. A mí me ayudó un montón el año pasado cuando estuve en el equipo de animadoras.

—Pero siempre es muy correcta, responsable y cuesta averiguar qué se le pasa por la cabeza —añade Peter.

Amelia asiente y mira hacia la tienda de antigüedades. El exterior del local está pintado del rojo de las manzanas de caramelo. Tiene un cartel de madera oscura sobre la puerta acristalada con dibujos de flores estilo *art nouveau* donde, en letras que siguen la misma línea, leo ANTIQUE BOUTIQUE —un nombre tan práctico como mi tío—. Aunque nadie lo diría, al ver el caos a través del escaparate que también refleja su personalidad desordenada.

Siempre he tenido a mi tío por una persona sensata, que no se anda por las ramas y que intenta basarse en la lógica para tomar las decisiones. Pero estos días he descubierto que sí, su cabeza está en perfecto orden, pero su alrededor es todo lo contrario, no hay más que ver que ni siquiera tiene un expositor que se vea a través del ventanal, solo estanterías con figuras de porcelana, jarrones y aparatos con más años que yo.

—Vamos a entrar un momento —dice Amelia.

La campanilla de la puerta suena cuando abrimos y se confunde con la música clásica que llena la tienda. Nada más dar unos pasos hacia el interior noto que me pica la nariz y estornudo por el polvo. Al oírnos, mi tío sale de debajo del mostrador de madera color blanco roto con los labios y el ceño fruncidos.

Mientras Amelia le echa la bronca a mi tío por tenerlo todo patas arriba —literalmente, porque en una esquina hay un montón de sillas bastante desgastadas apiladas boca abajo—, Peter y yo recorremos la tienda en busca de una caja de música con las púas rotas que mi tío no sabe dónde ha puesto. Caminamos entre muebles de diferentes tipos y tamaños: aparadores en distintos estados de conservación, un reloj de pie precioso con péndulo, un escritorio con cajones que parece pesar más que yo, incluso tiene un piano de pared de madera oscura con algunos desperfectos en los costados.

Esto es un caos.

Pasamos por delante de una pared cubierta de espejos. Me llama la atención uno cuadrado enorme de estilo barroco y marco dorado.

—¿Quién tiene sitio para esto en su casa? —pregunto mirando mi reflejo.

—Nadie porque sigue aquí —responde Peter con expresión divertida.

Lo miro a través del espejo. Por mucho que tenga esa apariencia de chico problemático solo hace falta echar un vistazo a sus ojos azules para darse cuenta de que es un cachito de pan.

Estoy a punto de seguir andando cuando me fijo en los libros que hay en las estanterías frente al espejo. Muchos están ajados y la mayoría amarillentos.

—No esperaba menos de ti —dice Peter.

Le saco la lengua y reviso los lomos por si veo algo interesante: una enciclopedia incompleta, recetarios, *Drácula*, y lo que parece un cuaderno: granate, no tiene título en el lomo y cuando lo saco, veo un escudo en la parte frontal. No me suena de nada, hasta que leo el nombre de nuestro instituto. ¿Puede ser el escudo de cuando era un instituto femenino?

—¿Hoy no es tu primer día de trabajo? —me pregunta Peter.

Oh, no. Miro la hora en el móvil. No, no, no. Dos minutos. Está aquí al lado, no es ningún drama.

Voy lo más rápido que me permiten los trastos de alrededor hacia la entrada.

—¿Me puedes guardar esto? —le pregunto a mi tío que intenta apilar más sillas al montón ya existente.

Me mira unos segundos y niega con la cabeza.

—Llévatelo.

Le doy las gracias y salgo corriendo hacia la librería.

Capítulo 5

—¡Maravilloso! —exclama Ishbel en cuanto pongo un pie dentro de la librería.

Camina hacia mí con una sonrisa amable, mirándome por encima de las gafas doradas que lleva en la punta de la nariz. El vestido largo y vaporoso que viste se mueve de forma que me recuerda a las hechiceras de las películas de fantasía, aunque, en el caso de Ishbel, no son ropas oscuras, sino de colores vivos.

—Me alegra ver que no te has arrepentido y que nadie de este pueblo te ha espantado aún —ríe.

La imito, pero no me sale muy real porque estoy un poco nerviosa. ¿Y si no cobro bien algún libro? ¿O caigo tan mal a la gente que no quieren volver? Puede que recomiende una lectura que no tenga nada que ver con lo que busca esa persona y ponga una mala reseña de la librería y no vuelva a venir nadie aquí. O puede que se me caiga una estantería encima, eso no solo sería un desastre para Ishbel, sino también para mí: acabaría en el hospital y mis padres vendrían a por mí para llevarme a casa, con lo que tendría que volver a mi instituto de siempre sin Claudia y dar explicaciones de cómo una estantería llena de libros me dejó con cuatro costillas rotas…

—Te voy a enseñar lo básico. —La voz de Ishbel me saca de mis pensamientos—. Pero estoy segura de que sabrás apañártelas tú sola.

¿Yo sola? ¿No pretenderá dejar a una adolescente al cargo de una librería? Una adolescente que nunca ha trabajado ni sabe cómo funciona una tienda. Y que está a un pequeño inconveniente de un ataque de pánico en toda regla.

—Lo más importante es… —dice volviendo hacia el mostrador—. Estos libros. —Pone la mano sobre un montón de cuatro ejemplares idénticos.

En la cubierta se ve un prado con una casa al fondo. El título no me suena, pero tiene pinta de ser un romance de época.

—Están reservados para los miembros del club de lectura —dice con seriedad mientras da unas palmaditas a los libros—. No dejes que nadie más te convenza de vendérselos.

Asiento. No creo que vengan corriendo a por ellos como si fueran las rebajas, ¿no?

—El listado de miembros del club está en esta libreta. —Alcanza un bloc de tapas marrones y anillas en la parte superior que está junto a la pila de libros—. Como no conoces aún a la gente, hay una descripción junto a los nombres, eso te ayudará a reconocerlos, por si acaso.

La manga del vestido resbala por su antebrazo y puedo ver el dibujo de unas flores que van desde la muñeca al codo. No me habría imaginado nunca que Ishbel fuera de tatuajes.

—Esto es un invento del demonio —dice sacando un datáfono gris, una caja y una carpeta de uno de los cajones del mostrador—. Solo lo utilizo si no hay más remedio. Pones el total —dice marcando los números—. Le das a este botón y cuando la persona pase la tarjeta imprimes el tique —explica señalando cada parte del aparato—. El dinero en efectivo y los tiques los guardo en esta caja. —Señala la caja de madera con flores talladas—. El precio de los libros está dentro, en la primera página. Cuando los saques de las cajas para colocarlos debes apuntarlo con lápiz. —Abre la abultada carpeta roja—. Aquí están los precios. Y recuerda…

Sigue explicándome demasiadas cosas como para que las retenga y entienda todas. Pero no quiero parecer tonta, por lo que asiento y sonrío.

—En la libreta está todo apuntado —dice Ishbel más despacio y con expresión amable—. Y si tienes cualquier duda la apuntas aquí y cuando vuelva la resolvemos.

Puede que no sepa disimular muy bien la sensación de que me he lanzado a la piscina sin comprobar si había agua. Respiro hondo y cierro los ojos unos segundos. Ishbel parece una mujer comprensiva. Seguro que puedo equivocarme unas tres o cuatro veces antes de que se plantee echarme. Además, qué digo, lo voy a hacer genial, esta puede ser la señal que estaba buscando.

—Gracias —digo, y espero que entienda que es por darme esta oportunidad sin conocerme de nada y sin saber lo importante que es para mí.

Como había intuido, Ishbel se va, dejándome sola con un bloc más grueso de lo que debería por los pósits y notas enganchadas con grapas o clips entre las hojas. ¿Quién me manda a mí ponerme a trabajar nada más llegar a un país que solo conozco de visitas en Acción de Gracias? Podía haber empezado solo con el periódico y más adelante plantearme esto, pero no, todo a la vez. A veces no me entiendo.

Ojeo el cuaderno hasta que encuentro las tareas pendientes. La primera de la lista es sacar varias cajas del almacén y colocar los libros en su sitio. Si algunos no caben puedo reordenar o guardar los que me parezca.

Cuando intento coger una de las cajas precintadas me doy cuenta de que no puedo. Pesa demasiado. En todas esas veces que hice un listado de posibles trabajos futuros nunca pensé que debía descartar ser librera por no tener bastante fuerza.

Al buscar un cúter en los cajones del mostrador, encuentro un altavoz. Me extraña que Ishbel tenga esto aquí, pero no me voy a quejar, ¿será de su ayudante? Conecto el móvil y pongo el álbum *Evermore*. Las pulseras de Emily y el ambiente de la librería me han recordado a él.

Vuelvo al almacén y corto el precinto con el cúter. Saco los libros poco a poco. Algunos no tengo ni idea de qué van, así que uso el móvil para buscar donde debería colocarlos. Me da pena quitar otros para guardarlos en el almacén, por lo que intento apretujarlos y, cuando no puedo, quito alguno que sí reconozco y que no me gusta. Ya que Ishbel me ha dado libertad, voy a aprovecharla.

Solo llevo una caja cuando oigo la campanilla de la puerta. Me paso las manos por la sudadera y el pantalón, intentando quitar las arrugas. Me yergo, respiro hondo y salgo de entre las estanterías con la sonrisa más amplia que me permiten mis mofletes y con un nudo en el estómago.

Por la puerta entran un señor y una señora mayores y adorables. Ella camina ligera, con unas gafas colgadas del cuello y un sombrero de paja, similar a los que siempre lleva Felicity, del que se escapan algunos rizos blancos. El hombre va un poco encorvado y se apoya en un bastón de madera oscura con dibujos geométricos tallados en él.

—Te digo que es la sobrina de Helen —oigo susurrar a la mujer.

Las noticias vuelan para sorpresa de nadie.

—¡Hola! Soy Anna, ¿en qué puedo ayudarles? —exclamo demasiado efusiva para que se den cuenta de que estoy delante.

Los ojos de los dos se clavan en mí. Juraría que están analizándome como a una lechuga antes de decidirse a comprarla.

—Debe de haber salido a su padre —dice el hombre.

La mujer asiente.

—Ni siquiera ha sacado las orejas pequeñas de los Price —asiente la mujer.

¿Tengo las orejas grandes? Vaya, qué comentario más gratuito.

—¿Qué necesitan? —pregunto de nuevo antes de que puedan criticar, no sé, mis ojos demasiado redondos.

—Queríamos el libro para el club de lectura —dice la mujer mientras camina hacia el mostrador como si estuviera en su casa.

Feliz de lo fácil que va a ser atender a mis primeros clientes alcanzo uno de los ejemplares que ha reservado Ishbel. Mientras, la mujer se estira un poco, como si intentara ver lo que hay detrás del mueble.

Estoy a punto de darles el libro cuando me acuerdo de que debo consultar si son miembros del club.

—¿Me pueden decir sus nombres? —pregunto mientras abro la libreta.

—Renita y Leonard Richardson —dice el hombre intentando erguirse.

Les sonrío y miro la lista, pero no hay ninguna Renita ni ningún Leonard. Leo las descripciones para asegurarme: nada, ninguna pareja de pelo blanco y ojos curiosos.

Parece que mis primeros clientes no van a ser tan fáciles y que los ejemplares para el club de lectura sí son como unas botas a mitad de precio en las rebajas de invierno.

—Lo siento, pero no están apuntados al club de lectura —digo con el tono más suave que puedo. No quiero enemistarme con nadie el primer día—. Quizá puedan hablarlo con Ishbel por si hubiera un error.

La mujer sonríe de forma que no me da ninguna confianza, al contrario.

—Oh —se lamenta Renita—. No sabíamos que debíamos apuntarnos. Seguro que Ishbel no tiene ningún problema con que nos llevemos uno de los ejemplares, de todas formas.

Me debería fiar de ellos, ¿no? Son dos personas mayores, de unos setenta años, ¿por qué van a querer engañarme por un libro? Pero enseguida recuerdo que Ishbel me ha insistido en que no se los venda a nadie más.

Los segundos pasan mientras Renita y Leonard me miran fijamente y mi cerebro intenta tomar una decisión que no acabe con mi culo en la calle.

—Si quieren pueden esperarla o venir dentro de un rato —digo volviendo a dejar el libro en el montón.

—Si no hay más remedio, esperaremos. —Renita se encoge de hombros, aunque no parece que le disguste mucho el plan.

¿Y ahora qué hago? Debería seguir con mis tareas, pero ¿y si intentan coger uno de los libros y salir corriendo? Puede que no corriendo, aunque ¿y si el bastón es un farol? Renita cogerá el ejemplar y escapará mientras Leonard, con el garrote, hará un movimiento de kendo que me impedirá seguirla.

Mientras las imágenes se formaban en mi cabeza, la pareja se ha sentado en las butacas del fondo cada uno con un libro de los que había en la mesita.

—Muchacha —me llama Leonard—. ¿Cuántos años tienes?

—Dieciséis —respondo sin saber si seguir con mis cosas o quedarme junto a ellos hasta que termine el interrogatorio.

—¿Y tan jovencita te han dejado ir sola por el mundo? —pregunta Renita levantando la vista de su libro y mirándome por encima de las gafas—. Es algo que Sarah haría.

—No hay duda de que es su hija —añade Leonard.

Parpadeo durante unos segundos como si fuera un dibujo animado. ¿Se están metiendo con mi madre o no? No estoy muy segura de que estas personas me caigan bien ahora mismo.

No sé qué responder, así que les sonrío intentando que no noten la ironía del gesto y sigo con los libros que estaba ordenando cuando me han interrumpido.

Me paso un buen rato entrando y saliendo del almacén cargada con libros mientras Renita y Leonard me preguntan cualquier cosa que se les ocurre:

—¿Tienes novio en España?

¿Qué?

—O novia, Leonard, no seas antiguo.

—¿Vendrá tu madre a visitarte? Hace años que no la veo.

Por qué será.

—Quién tuviera tus años.

—Los tienes, Renita, pero multiplicados por cinco.

Eso ha sido gracioso.

—¿Qué es esta música que tienes puesta? ¿No es la que oye Felicity en la floristería?

A veces ni siquiera esperan que les responda, solo están ahí sentados de tertulia y haciendo cinco comentarios por cada párrafo que leen.

Cuando termino, me dejo caer en el taburete que hay detrás del mostrador. Mañana tendré agujetas. Cojo el bloc de notas y marco la tarea. Antes de seguir con la lista echo un vistazo a las demás hojas. Me llama la atención una marcada con pósits rojos y varias exclamaciones:

Para abrir el primer cajón del mostrador hay que moverlo un poco de lado a lado.

Intento hacer lo que dice la nota y consigo pillarle el truco. Dentro hay pedidos y facturas. Es una buena trampa para ladrones, por mucho que busquen la llave no van a poder abrirlo.

¡No cerrar la puerta del almacén si estás dentro!

Esto debería haberlo leído antes de entrar, menos mal que la he dejado abierta todo el rato.

Si viene Carl y te cuenta su nueva teoría sobre el gobierno lo mejor es dejarlo que hable: asiente y sonríe.

Intenta alejarte si Vonda y Bonnie coinciden aquí dentro.

Si Renita y Leonard te interrogan no les des muchos detalles o mañana por la mañana todo el pueblo sabrá tus más oscuros secretos.

Esto también me habría venido bien saberlo antes, aunque creo que he conseguido salir con mi reputación intacta.

Vuelvo a leer la hoja y me parece extraño el tono, como si fuera alguien más joven que Ishbel. Ojeo las demás páginas. La letra es similar, pero esta parece más clara y ordenada. ¿Será el ayudante? Voy hacia la mesa de las recomendaciones con el bloc en la mano y comparo la letra con la de las notas. Sí, parece que es la misma. Me resulta curioso que Ishbel no me haya dicho quién es si tenemos que trabajar juntos.

Como no sé si Ishbel vendrá mucho antes de que tenga que volver a casa, decido apuntar en el bloc lo que he hecho con los libros para que pueda leerlo con tranquilidad cuando tenga un rato.

He reordenado un poco la sección juvenil para que algunos libros queden de frente en las estanterías, como destacados. Y los he clasificado por cliché. El próximo día puedo hacer unos cartelitos para identificarlos, creo que eso quedará bonito y será útil para los clientes.

También he visto que Nicholas Sparks estaba muy a la vista y Kristy Boyce no, así que he hecho un intercambio a ver cómo funciona: risas mejor que drama. Podríamos hacer una sección así.

Por cierto, no les he vendido el libro del club a Renita y Leonard porque no estaban en la lista, así que si he hecho mal les pediré disculpas sin ningún problema.

Aunque no estoy muy segura de si les caigo bien, me hicieron un interrogatorio bastante intenso sobre mi vida entera mientras me miraban con expresión recelosa y creo que no les gustan mis orejas.

Cuando termino, me duele la mano de apretar para escribir. Observo mi caligrafía: con las primeras líneas limpias y claras, mientras que las últimas están apretadas y desordenadas.

No puedo evitar compararla con la de las últimas anotaciones: todas las letras del mismo tamaño y con el mismo espacio entre palabras.

Suelto un largo suspiro cuando vuelvo a la lista de tareas y empiezo a organizar la sección infantil, en la que los libros aún están medio ordenados por colores después de la visita de Tibby de ayer.

Cuando Ishbel vuelve, a falta de cinco minutos para las seis, no puedo más: me duelen los brazos, las piernas y tengo la cabeza embotada de oír a Renita y Leonard. Creo que voy a tener pesadillas con libros que me hacen preguntas sobre mi vida e intentan trepar por mi cuerpo y sepultarme bajo sus hojas.

La mujer no me tiene que decir dos veces que ya me puedo ir a casa. Lo he dejado todo escrito, Renita y Leonard parecen haber olvidado mágicamente que querían el libro del club de lectura y he terminado la lista de tareas que tenía. Ahora mismo, lo único importante es dejarme caer en la cama y no volver a levantarme hasta mañana.

Al llegar a casa oigo sonidos de lo que parecen disparos láser desde la televisión del salón. Me asomo imaginándome quién puede estar sentado en el sillón color crema. Y no me sorprendo al ver a mi tía con el pijama de la princesa Leia diciendo «Don't mess with this princess» y una tarrina de helado en la mano.

—Hola —saludo intentando no reírme.

Mi tía se gira hacia mí y me mira con una cucharilla de postre en la boca. Los mechones de pelo que se han salido del moño mal hecho en el que lleva la melena recogida le caen sobre la cara.

—Hola, Anna —me saluda con una sonrisa relajada.

—¿Ya habéis cenado? —pregunto, extrañada de que no haya nadie en la cocina.

—No. Tu tío ha tenido que quedarse intentando organizar lo que le ha llegado de la subasta de un trastero —explica mi tía—. Debe de haber algo en el congelador, coge lo que quieras.

—Ah —miro hacia la cocina sin saber qué me apetece.

Pero mi tía retrasa mi decisión un poco más.

—Ven aquí conmigo un rato, anda.

Dejo la mochila a un lado de la puerta del salón y me siento junto a ella sobre los cojines demasiado mullidos por el uso. Me señala un cestito lleno de cucharillas que hay en la mesa baja frente al sillón.

—¿Cómo te ha ido el día? —pregunta mientras Han Solo y compañía están atravesando una lluvia de meteoritos.

¿He visto *Star Wars*? Por supuesto, a los seis años, es una de las consecuencias de tener un padre bastante friki en general. ¿Entendí algo entonces? Obviamente no.

—No ha estado mal —digo mientras cargo una buena cantidad de helado de nata y chocolate en mi cuchara.

Es muy probable que se me hiele el cerebro, pero merecerá la pena.

—¿Un poco más de detalle? —insiste mirándome con las cejas alzadas.

El sabor del helado me hace cerrar los ojos y el frío provoca que me tiemblen un poco los hombros.

—He conocido a Renita y Leonard en la librería.

Mi tía me mira con los ojos muy abiertos y la expresión de estar aguantándose la risa.

—Básicamente me han dicho que tengo las orejas grandes —digo con una mueca.

Mi tía empieza a reírse tanto que me tiende la tarrina de helado para que no se le caiga.

Aprovecho y cargo una cucharada tras otra mientras oigo su risa tan similar a la de mi madre. El corazón se me encoge un poquito.

—Tus orejas son perfectas, no les hagas caso —dice mientras se limpia las lágrimas que le han resbalado por las mejillas.

Le devuelvo la tarrina cuando se recompone.

En la televisión, Han y compañía han llegado a la Estrella de la Muerte.

—También me he apuntado al periódico del instituto.

Me mira sonriente, con las mismas líneas de expresión que mi madre marcadas en el rostro. ¿Cómo pueden ser tan parecidas y que yo no haya sacado de ellas ni las pestañas?

—¡Me alegro muchísimo!

Me rodea los hombros unos segundos y me da un beso en la coronilla.

—Te lo vas a pasar genial, ya verás. —Se da golpecitos con la cuchara en los labios, como si estuviera debatiéndose entre contar algo o no.

También puede que esté pensando por qué nuestros amigos Han y Luke se visten con uniformes de soldados imperiales si van acompañados de Chewie, R2-D2, C-3PO y Obi-Wan Kenobi armado. ¿Cómo justificas que has atrapado a unos intrusos si no los has desarmado? No tiene ningún sentido. Total, para que luego Obi-Wan se vaya solo unos segundos después en plan dramático.

—¿Sabes que tu madre quería ser periodista? —pregunta con expresión nostálgica.

Miro a mi tía, sorprendida, mi madre nunca me lo ha contado.

—Nosotras también estábamos en el periódico del instituto —cuenta mientras carga despacio una pizca de helado con el borde de la cuchara.

—¿Erais redactoras? —pregunto con curiosidad y un poco de ilusión.

Nunca se me ha ocurrido preguntarle a mi madre cómo fue su época de instituto.

Mi tía asiente.

—Sarah escribía una columna de opinión sobre cualquier tema que se le ocurriera.

Me río imaginándome lo caótica que debía ser ya de adolescente.

—Y yo llevaba la sección de política junto a Kirsteen —dice con la vista en la pantalla, donde Luke llega a la conclusión de la recompensa que pueden ganar si rescatan a la princesa.

—¿Y qué pasó para que cambiara de opinión? —pregunto confusa.

—El primer año de universidad se matriculó en algunas asignaturas de Literatura, gracias a ellas se enamoró de los libros y cambió de idea.

Había asumido que mi madre siempre había querido dedicarse a enseñar, al fin y al cabo, mi tía también ha sido profesora antes de llegar a directora. Por eso, de pequeña, cuando me preguntaban qué quería ser de mayor, siempre respondía «profesora». La opción de programadora como mi padre la descartaba porque prefería estar con un libro en las manos que con un ordenador enfrente.

—Incluso teniéndolo claro —dice dándome un golpecito con la cuchara en la nariz—, hay veces que el universo te sorprende con otras opciones.

La miro unos segundos mientras vuelve a centrar su atención en la película donde han abandonado a los pobres robots en una sala.

Esa última frase… ¿Se habrá dado cuenta del miedo que tengo a no saber qué voy a hacer cuando termine el bachillerato?

Me acomodo en el sofá, intentando no pensar en ello, sino en Han y Luke, que llevan unos uniformes a su medida. ¿Se cuelan en un lugar gigante y justo encuentran el almacén donde están los uniformes clasificados por tallas? Ciencia ficción.

Unos minutos después me suena una alarma en el móvil.

Claudia. No me acordaba. Hemos quedado hoy. ¿Tengo ganas de saber cómo le va? Sí. ¿Ahora mismo? No mucho.

Nada más pensar eso, me siento la peor amiga del mundo. Hace semanas que no hablamos y lo único que siento ahora es que no me apetece saber lo bien que le va con sus nuevos amigos y sus proyectos de robótica. Todos los días veo alguna foto en Instagram de ella con una chica de pelo rosa y pecas en la nariz, las dos sonríen. A veces están comiendo, paseando o en un laboratorio montando algún artilugio. Me alegro de que esté bien, pero siento que la estoy perdiendo. Ni siquiera sé cómo se llama su nueva amiga; si sigue escuchando a Billie Eilish hasta quedarse dormida o si aún usa como pijama la camiseta blanca en la que estampamos nuestras manos llenas de pintura de todos los colores que pudimos conseguir en el último campamento.

Echo de menos los detalles, pero no saber qué ha construido hoy, me interesa qué ha desayunado o si se ha vuelto a poner los calcetines desparejados. También me gustaría contarle con pelos y señales el libro con el que estoy, aunque ella no lo vaya a leer o pedirle los deberes de Química. Aunque para hacer eso al menos tendríamos que vivir en el mismo huso horario.

—¡Hola, Anna! —exclama Claudia en un susurro.

Mueve la mano con la que no sujeta el móvil y sonríe con los ojos medio cerrados.

Deben de ser más de las once de la noche. Se ha quedado despierta solo para hablar conmigo.

—Hola, Claudia —digo intentando sonreír como siempre.

Me fijo en que, por lo poco que se ve del sitio donde está, parece un cuarto de baño.

—No tengo mucho tiempo porque debería estar durmiendo —ríe—, pero necesito saber cómo han sido tus primeros días en ¡Estados Unidos! ¡Tía! No me lo puedo creer aún, qué guay.

Me río. Es gracioso verla gritar en susurros y mueve tanto el móvil que solo veo un borrón de colores.

—Yo tampoco —digo. Esta vez la sonrisa no me cuesta, me sale sola—. En el instituto hay mil clubes, incluso uno de punto.

—¡Como en las películas! —Se tapa la boca con la mano.

—Igual —río.

—Aquí son un poco estirados y demasiado puntuales —dice arrugando la nariz.

—Eso no lo llevas bien —afirmo mientras recuerdo todas esas horas que he perdido en mi vida esperándola.

—En absoluto. No te tengo a ti para recordarme qué hora es —exagera la expresión de tristeza.

—Ni yo a ti para hacerme los deberes de Química —la imito.

—Si al menos estuviéramos en el mismo huso horario… —se lamenta.

—¿Has pensado en ponerte alarmas? —pregunto, aunque sé lo que me va a responder.

—Las alarmas son para cobardes.

Pongo los ojos en blanco con una sonrisa.

—Por cierto, hoy he empezado a trabajar en una librería —le cuento.

—¡¿Qué dices?! —Abre mucho los ojos y se acomoda rápidamente donde sea que esté sentada. Al moverse consigo ver que sí, lleva puesta la camiseta que pintamos juntas en el campamento, con el dibujo penoso de un murciélago que intenté hacer con los dedos sobre la zona que queda en su clavícula derecha—. Me flipa, te pega tanto. ¿Y eso?

—No lo sé, fue un poco improvisado —río.

—Tía, ¡me alegro un montón! —Sonríe de esa forma en que las cejas se le suben un poco—. Seguro que te va genial.

—Me he pasado la tarde llevando cajas de libros de un lado para otro. Creo que mañana me van a doler hasta las pestañas.

Las dos reímos.

—¿Y tú? ¿Qué has hecho estos días? —pregunto.

—Mira. —Pone delante de la cámara un robot como el Megabot de *Big Hero 6*.

—¡Lo has conseguido! —exclamo emocionada.

—¡Sí! —dice mirando su creación un poco embobada, como si no se lo creyera del todo—. A ver, no es exactamente igual y me falta hacer bastantes ajustes, pero ¡se mueve!

—¿Hacéis luchas de robots? —pregunto curiosa.

—Qué va —niega con una mueca de disgusto—, es todo bastante aburrido, esto lo he hecho en las horas libres.

—Pero ¿te gusta? —pregunto un poco preocupada.

—Sí, es genial, estoy aprendiendo muchísimo. —Bosteza.

—Será mejor que vayas a dormir —digo un poco triste.

—Sí, a la próxima te toca perder horas de sueño a ti. —Sonríe cansada.

—Trato hecho.

Cuando colgamos dejo caer el brazo sobre el colchón y me tumbo.

Aún noto la sonrisa en los labios, pero poco a poco se va desdibujando. No entiendo bien cómo la alegría que he sentido al hablar con Claudia se ha transformado en un hueco vacío otra vez. Puede que sea por el cansancio o que, aunque he confirmado que sigue llegando tarde a todos lados, en unos pocos minutos a la semana no da tiempo de contarnos cada detalle del día. Hemos pasado de sabernos cada minuto de nuestra vida a ver solo pequeños retazos de nosotras.

Hola. No sé si ya habrás hablado con ~~mi~~ Ishbel sobre lo que apuntaste, pero te respondo yo aquí de todas formas.

Qué forma tan sutil de decir que has escondido los libros de Nicholas Sparks en uno de los rincones más recónditos de la librería. Sabes que es uno de los autores que más vende y que cuando alguien te los pida, porque te los van a pedir, tendrás que ir hasta allí a por ellos, ¿no? Que conste que no tengo nada en contra de que lo relegues a la balda de arriba, pero ten la escalera a mano.

Y he supuesto que las distopías te encantan porque nunca han estado tan a la vista. No soy muy fan de ese tipo de historias, pero *Los Juegos del Hambre* me sorprendió y se convirtió en uno de mis favoritos. No he leído ninguno más similar, prefiero tener el buen recuerdo de ese.

Sobre Leonard y Renita: que no te líen, no son del club de lectura. Debo decir que tenías una advertencia que supongo que no leíste. Deberías leerlas, sobre todo, la de la puerta del almacén. No te recomiendo pasar una tarde entera ahí dentro sin tener la certeza de si Ishbel se acordará de ti y te buscará, porque, se me olvidó anotarlo, la cobertura no es muy buena ahí dentro.

Y sobre si les caes mal a Orgullo y Prejuicio... es difícil de averiguar sin saber quién eres, pero no creo que nadie les caiga bien ni mal, para ellos solo somos personajes de una serie inmersiva en tres dimensiones.

Hola. Supongo que eres la persona que ayuda a Ishbel. Encantada. No había hablado aún con ella porque, cuando yo llego, le falta tiempo para irse. Creo que me está poniendo a prueba o que estaba deseando tener a alguien por las tardes para irse por ahí.

¡¿No te gustan las distopías?! No me lo creo, no puede ser, pero si solo has leído una y te ha encantado. No tiene sentido. Tienes que leer *Divergente* o *Las Crónicas lunares*. Solo después de eso podrás opinar. Y por favor, si tampoco te gustan las novelas de misterio ni las románticas, prefiero no saberlo, no podría soportar tal decepción.

Aunque admito que yo también me he sorprendido alguna vez. Con el libro que estoy leyendo ahora mismo, por ejemplo. La cubierta es feísima y el título no puede ser más genérico, pero me estoy riendo un montón y, aunque la ambientación un poco gótica que tiene no es mi favorita, me encantan los personajes. Ishbel me dijo que no iba a acabar como me imaginaba, pero espero que no sea verdad porque no acepto otro final que uno en el que acaban juntos y felices viviendo en la casa. Y me da la sensación de que es un libro muy conocido ~~aquí, aunque en Es~~ porque he leído un relato que tiene las mismas *vibes*.

Si alguien viene preguntando por el «señor dramas» le diré que no me quedan, pero que le puedo ofrecer a

Kristy Boyce, que seguro que se divierte más. Ya superé mi época de Nicholas Sparks y me gustaría poder ayudar a las demás personas a hacer lo mismo: se pueden leer historias de amor bonitas sin tanta necesidad de drama, de verdad, de todo se sale, incluso de eso.

¿Llamas «Orgullo y Prejuicio» a Renita y Leonard? ¿Por su personalidad o porque su historia es similar a la del Sr. Darcy y Elizabeth? Sería maravilloso que Leonard de joven hubiera sido un chico reservado y hubiera luchado con todas sus fuerzas por no enamorarse de Renita, fallando estrepitosamente. Sobre todo, porque ahora va por ahí cotilleando la vida de todo el mundo sin ninguna vergüenza.

Capítulo 6

La llovizna de los últimos días ha dado paso a una mañana de sábado soleada. En el cielo azul claro solo se ven unas cuantas nubes blancas que no impiden que los rayos del sol nos den en la cara; aunque una leve brisa sigue empeñada en revolverme los mechones de pelo que se escapan de mi trenza.

Avanzamos por el camino de piedra junto a los arces, cuyas hojas ya se ven más amarillas que verdes, hasta la parte trasera del instituto, donde está el campo de fútbol americano.

—Espero que ganen, no quiero aguantar a Peter de bajón todo el fin de semana nada más empezar la temporada —dice Amelia mientras mira las gradas con los brazos en jarras.

Huele al césped recién cortado que cubre el campo frente a nosotras y a las palomitas, bebidas calientes, gofres y *cookies* que lleva la gente en las manos. Por los altavoces suena «Thunderstruck» y no puedo evitar pensar en mi padre, que hace unas horas estaría preparando el desayuno escuchando esta u otra canción de AC/DC.

Solo es un partido de instituto, pero hay estudiantes con la cara pintada, bufandas en las que pone ORANGE HEDGEHOGS. E, incluso, una persona lleva una máscara de erizo bastante realista. Diane se ha recogido el pelo en dos coletas con cintas amarillas y naranjas, los colores del equipo. Y Amelia viste un pantalón a rayas de esos dos tonos. Yo he conseguido encontrar un pantalón calabaza entre la ropa que me he traído.

—Ahí hay sitio —dice Diane, señalando un hueco demasiado pequeño para las tres hacia mitad de la grada.

Para ser las nueve de la mañana de un sábado no me parece normal que haya tantísimos estudiantes aquí por voluntad propia. Pero supongo que el fútbol este raro obra tantos milagros como el de España.

Cuando nos apretujamos entre el público, el barullo a nuestro alrededor es tal que no consigo distinguir la canción que sale por los altavoces. Diane y Amelia han desistido de hablar a gritos y se comunican en lengua de signos.

Observo el campo, donde sobre el césped verde hay dibujadas líneas y números en blanco que no tengo ni idea de para qué sirven. En los extremos hay dos palos altísimos, como porterías sin red. Puedo contar con los dedos de una mano los partidos de fútbol americano que he visto y nunca les he prestado la suficiente atención como para entender su funcionamiento.

De repente la música cambia, suena más fuerte y el público estalla en vítores cuando las animadoras salen al campo. Visten con una minifalda plisada de rayas amarillas y naranjas y un top de los mismos colores con el nombre del equipo en el pecho.

Enseguida me doy cuenta de que hemos perdido a Diane, quien está mirando las acrobacias de las chicas con una sonrisa tonta en la cara. Candy hace una pirueta en el aire para finalizar la coreografía y Diane se levanta del asiento para gritar y aplaudir. Amelia me mira alzando las cejas y mis dudas acerca de los sentimientos de Diane quedan más que resueltas.

La banda, al pie de las gradas, con sus uniformes también a juego con los colores del instituto, empieza a tocar. Distingo la cabeza morena de Emily que se mueve al ritmo de la música que sale de su saxofón. Los jugadores salen corriendo al campo. El sonido a nuestro alrededor es ensordecedor. Distingo a Peter porque es, con diferencia, el más grande. Sin darme cuenta busco a Bennet con la mirada. No me cuesta encontrarlo al fijarme en los nombres impresos en las camisetas y también porque es el que más vítores recibe al pisar el césped.

Ahora mismo debe de haber alguien en una estación espacial intrigado por saber qué son esos puntitos de color naranja brillante que se mueven por la tierra. Menos mal que los números y las letras de la equipación de los jugadores son blancos, porque si llegan a ser amarillos no creo que pudiera mirarlos directamente.

Siempre he creído que en las películas americanas exageraban con el alboroto que se monta por un simple partido de instituto, pero supongo que no son más que un reflejo de la vida real. Ojalá estuviera aquí Claudia para presenciar cómo la ficción se convierte en realidad ante nuestros ojos.

No pasan ni cinco segundos desde que el árbitro marca el inicio y uno de los jugadores lanza el balón, hasta que todos acaban en un montón a la vez que placan a Bennet, que había salido corriendo con él en las manos. Intento buscar a Peter cuando se despeja el montón para comprobar que está bien. No respiro hasta que lo veo correr para tomar posición otra vez.

Creo que este deporte me va a costar la salud.

La hora que dura el partido solo me sirve para confirmar que verlo en vivo y en directo no me va a hacer entenderlo por arte de magia. ¿El momento en el que el árbitro lanza un pañuelo a los jugadores?

Creía que a alguien le sangraba la nariz, pero no, era que habían hecho una falta. ¿Cómo se supone que sabe si hay falta o no si están todos amontonados unos encima de otros como patatas en un saco? ¿Y para qué sirve tirarse al suelo como si te fuera la vida en ello al llegar al extremo del campo si luego tienes que tirar el balón hacia la portería de mentira? Puede que necesite estudiarme algún tutorial de YouTube si voy a tener que ver más partidos.

También me doy cuenta de que el volumen de las gradas sube de forma notable cuando el balón está en las manos de Bennet. Y temo que colapse y nos caigamos todos al suelo cuando pasa la línea del extremo del campo. No entiendo nada, pero sí puedo adivinar por qué es el mejor. La forma en la que está justo donde es necesario, los lanzamientos precisos que hace hacia sus compañeros y la velocidad con la que corre mientras esquiva a los del otro equipo. Parece ser consciente de la posición que ocupa hasta la mota de polvo más pequeña a su alrededor.

—Nunca pensé que diría esto, pero prefiero el fútbol europeo —digo cuando la gente ha dejado de gritar para celebrar la victoria y el barullo se ha reducido mientras poco a poco van bajando de las gradas.

Diane se ríe.

—No digas eso muy alto o te echarán del país.

Tendría narices que me echaran de un sitio donde se han inventado la palabra *soccer* para un deporte que se juega con los pies y llaman *football* a uno en el que el balón está más tiempo en las manos.

PIZZA HAT, rezan las letras blancas luminosas sobre la fachada de ladrillo granate. Tengo que leerlo dos veces para darme cuenta de que pone «Hat», no «Hut». Me entra la risa.

—Pues espera a ver el uniforme —me dice Peter.

Cuando entramos en el restaurante, el olor a masa horneada, tomate y queso fundido inunda mi nariz. Casi puedo percibir el sabor de la comida. Las paredes color coral están cubiertas de fotografías de paisajes con marcos dorados y, aunque entra gran cantidad de luz por los ventanales, unas lámparas de techo que parecen candelabros dorados iluminan la estancia en la zona más alejada del exterior.

—¿Debería venir yo aquí después de cada partido? —pregunta Amelia de forma retórica—. Estrictamente hablando no, porque ni soy animadora, ni jugadora, pero soy la hermana del capitán y necesito enterarme de lo que ocurre en el lugar donde se reúnen los estudiantes más populares del instituto.

—Nunca pasa nada —dice mi primo, poniendo los ojos en blanco.

—Siempre pasan cosas, oh, pequeño Pete. —Se pone de puntillas y alarga el brazo para darle unos toquecitos en la coronilla—. Que tú no tengas el don de verlas es otro tema.

Peter niega con la cabeza, resignado.

Ya hay personas sentadas en las sillas del color de las nueces. Las pizzas frente a ellos, sobre manteles de cuadros blancos y rojos, tienen muchísima mejor pinta que la del instituto —lo que no es muy difícil—. Bajo el murmullo de las conversaciones puedo oír lo que parece música italiana.

—La mejor pizza del pueblo —asegura Diane a mi lado.

—¿Hay otra pizzería? —pregunto.

—No. —Se encoge de hombros con expresión divertida—. Con más razón.

El grupo camina hacia el fondo, donde una hilera de mesas ocupa todo el ancho del local. Estoy tan ensimismada mirando alrededor que, cuando me doy cuenta, me he sentado al lado de Bennet. ¿Cómo puede ser que con la cantidad de sillas disponibles haya tenido que elegir esta? Suelto todo el aire de mis pulmones, frustrada. No pasa nada, la mañana va a continuar igual de bien porque Diane está a mi lado, puedo ignorar a «don popular».

—¡Un hurra por Will Bennet! —exclama uno de los jugadores.

Todos corean su nombre mientras el chico se pone en pie con los brazos levantados y una sonrisa de suficiencia en el rostro, recibiendo los vítores como si fuera el mejor jugador de la liga nacional y no un simple *quarterback* de instituto.

Seis mil kilómetros de distancia, pero la misma energía cuando se trata de fútbol. Puede que por eso compartan nombre.

Al sentarse, Bennet no calcula bien y está a punto de aplastarme. Se disculpa con una sonrisa incómoda y yo lo miro intentando transmitirle todo mi aborrecimiento. Parece que lo entiende porque, con una mueca que no sé identificar, desvía la vista hacia el frente.

—Lo vas a traumatizar —signa Amelia, sentada frente a mí.

—Que mire por dónde va —signo en respuesta.

Mi prima enarca las cejas y suelta una carcajada, aunque más que reírse de la situación parece que lo hace de algo que ella sabe y el resto de la mesa no… Tampoco me extrañaría.

—No se lo tengas en cuenta —dice la chica sentada junto a mi prima señalando a Bennet—. Es un poco torpe. —Se encoge de hombros con una sonrisa de disculpa.

Es la animadora con la que Diane tiene un *crush*. Hoy lleva el pelo rubio recogido en una coleta alta, lo que deja más a la vista los rasgos una pizca aniñados con los mofletes redondeados y la barbilla cuadrada, lo único que podría romper la armonía sería su nariz un poco ancha, pero de alguna forma encaja con sus ojos risueños azul claro.

—Soy Candance, creo que compartimos alguna clase —me dice con una sonrisa.

Esperaba un «todo el mundo me llama Candy», pero supongo que no hay suficiente confianza.

—Anna —digo consciente de que lo sabe, pero sin saber qué otra cosa decir.

—Encantada. —Asiente con la cabeza.

Le agradezco que no haya respondido lo mismo que el resto del mundo: «ya lo sé». Me cae bien esta chica. La apruebo para Diane.

—¿Sabes lengua de signos? —pregunta Amelia, ya que antes parece habernos entendido.

Candance asiente.

—Mi abuela perdió audición cuando yo era muy pequeña, así que aprendimos a comunicarnos así.

Miro a Diane, que no ha dicho ni una palabra desde que nos hemos sentado. Su servilleta de papel se ha convertido en confeti rojo sobre el mantel. Solo levanta la vista de las manos para echar rápidos vistazos a Candance, sentada frente a ella.

—¿Necesitas algo? —le pregunto.

Diane me mira con los ojos demasiado abiertos y los labios apretados.

—No lo sé —susurra.

Como no siento que tenga tanta confianza como para intentar sonsacarle nada, le doy un abrazo. Son solo unos segundos, no quiero incomodarla.

—Gracias —me dice al separarnos con una pequeña sonrisa y el rostro un poco más relajado—. Lo necesitaba.

Cuando la gente se tranquiliza un poco, se acerca a la mesa una mujer vestida con un pantalón ceñido de color similar a las paredes, camiseta negra y delantal blanco. Pero lo mejor, sin duda, es el sombrero en forma de pizza que lleva en la cabeza. Tiene todos los detalles: la masa con manchas de harina un poco más tostada en unas partes que en otras, con rodajas de pepperoni y el queso por encima repartido de forma irregular. Miro a Peter, sentado en diagonal a mí, frente a Bennet; que me sonríe divertido, mientras yo intento aguantar la risa.

—¡Odette! —la llama Bennet a la vez que me deja poco sorda—. La primera ronda de bebidas la pago yo.

Todos estallan en aplausos y silbidos. ¿Será también de los que viven en una mansión con un padre empresario que tiene cinco coches deportivos en el garaje?

—Voy a asumir que habéis ganado el partido —dice Odette con una sonrisa amable.

—Les hemos dado tal paliza que van a necesitar semanas para volver a levantar el ánimo —dice el mismo chico de antes.

Los gritos de alegría vuelven a llenar el local. Incluso los clientes de otras mesas aplauden.

¿Cómo debe ser ese sentimiento? La satisfacción de haber hecho bien algo que te apasiona, algo por lo que madrugas un fin de semana, entrenas cada tarde de lunes a viernes y por lo que te esfuerzas hasta el último aliento.

Por mucho rechazo que me provoque Bennet, no puedo evitar dedicarle alguna mirada. La amplia sonrisa, la euforia con la que choca la mano con sus compañeros o comenta las jugadas. Siento un poco de envidia porque, a diferencia de mí, sabe qué es tener un sueño que cumplir.

—Menos mal que han ganado —dice Candance—. Imagina esto, pero, en vez de gritos de alegría, con lamentos y repasos de cada jugada. Son insoportables.

—Y eso que tú no convives con uno de los jugadores —se lamenta Amelia dándole unas palmaditas en la espalda a Peter, quien la mira con expresión interrogante—. Nada, estaba criticándote.

Mi primo pone los ojos en blanco y se vuelve a girar para seguir con su conversación.

Cuando Odette llega con las pizzas le hacemos una ola. No puedo evitar unirme, contagiada por los demás y con un estómago que empieza a rugir, ya acostumbrado al horario estadounidense.

—Eres vegetariana, ¿no? —pregunta Candance dirigiéndose a Diane.

—Sí… —dice dubitativa.

—Yo estoy intentando no consumir tanta carne, pero me cuesta mucho encontrar recetas más allá de las típicas con pasta, arroz y verduras—admite un poco cabizbaja.

Diane parpadea durante unos segundos eternos. Estoy a punto de darle un codazo cuando responde.

—En… internet hay un montón de… recetas —dice trabándose.

Supongo que cuando alguien tiene enfrente a la persona de la que está enamorada, el noventa por ciento del cerebro se le llena de corazones que saltan y rebotan entre las neuronas, porque si no, no me explico cómo puede ser que no se haya dado cuenta de la oportunidad que ha tenido de decirle a Candance que ella le puede enseñar. Nunca me ha ocurrido y viendo esto tampoco estoy segura de si quiero. El año pasado me gustaba un chico del campamento, era amable y guapo. Nos llevábamos bien, pero ya está. No sentía nada de eso que narran en los libros, ni nuestro comportamiento se parecía al de Diane. Nos dimos un beso la noche de la hoguera y no hubo fuegos artificiales ni mi pierna hizo «pop» como en *Princesa por sorpresa*.

Cuando me doy cuenta, todos han empezado a comer como si se fuera a acabar el mundo.

Pruebo un bocado de la pizza que tengo delante. La masa es tan crujiente por fuera y esponjosa por dentro que podría comérmela sola sin más ingredientes. La salsa de tomate está en su justa medida y el beicon y los champiñones junto al queso fundido se deshacen en mi boca. No puedo evitar cerrar los ojos para saborearlo todo.

—Anna —susurra Diane inclinándose hacia mí—. ¿Te gustan los bordes?

—Sí —digo en el mismo tono—. Pero ¿por qué susurras?

Me mira con una arruguita en la frente y los ojos llenos de incomprensión.

—No estoy muy segura.

Me da ternura y lástima a la vez. Y no sé bien qué hacer para ayudarla.

—¿Por qué no le has dicho que tú le puedes enseñar recetas?

Se encoge de hombros mientras arranca el borde de su trozo y lo deja en mi plato.

—Porque no quiero que se sienta obligada a decirme que sí.

Alcanzo un triángulo de la pizza barbacoa antes de que se acabe.

—¿Y si le apetece?

Diane me mira dubitativa. Pero finalmente niega con la cabeza y coge otro trozo de pizza que come en silencio mientras observa a Amelia y Candance hablar.

—No me puedo quedar mucho rato más —dice la chica—. Tengo que ayudar a mis padres con el huerto de calabazas.

—Tenemos que ir algún día a verlo —dice Amelia—. ¿A que sí, Diane?

Diane asiente sin levantar mucho la vista del plato.

Amelia suspira con expresión frustrada al ver que su amiga no consigue decir ni una palabra.

La comida ha volado en pocos minutos. Debería haber cogido un trozo de cada y habérmelos guardado cual hormiguita recolectora porque ahora solo queda uno de la de cuatro quesos.

Alargo la mano para cogerla, pero otra se choca con la mía. La aparto enseguida. Cierro los ojos un segundo e inspiro, frustrada. Me giro para mirarlo. Bennet me observa con cautela. No se puede decir que el chico sea tonto, al fin y al cabo, solo le han hecho falta dos días para darse cuenta de que no es de mis personas favoritas.

—¿Mitad y mitad? —me pregunta con una pequeña sonrisa dubitativa.

Tonto no, tal vez un poco inconsciente sí.

—No la he probado aún —digo con el tono más cortante que puedo.

—Yo tampoco.

¿Me está poniendo ojitos de pena? Pero qué se cree.

—Solo he comido cuatro trozos —digo cruzándome de brazos. No pienso dejarle ganar.

—Yo seis, pero tú eres más pequeña que yo. —Sonríe con suficiencia.

¿Quién se cree? ¿Mi primo? Si solo debe sacarme diez centímetros.

—No eres dos trozos de pizza más alto que yo. —Estiro la espalda para demostrárselo—. Como mucho uno.

—Vale, un trozo, más todos los bordes que te ha dejado Diane que valen por otro: empate.

Veo de reojo cómo una mano se acerca al triángulo de la discordia.

—¡Es mío! —exclamamos Bennet y yo a la vez.

E inmediatamente nos miramos con los ojos entrecerrados el uno al otro.

Estoy curtida en batallas de miradas gracias a mis primos y nuestras luchas por la última croqueta de mi padre. Sé que voy a ganar. Ese trozo de pizza no es solo queso y tomate, ahora es una cuestión de orgullo.

Los segundos pasan y me da la sensación de que quienes se sientan cerca de nosotros permanecen en silencio o puede que me esté concentrando tanto en sus ojos que haya dejado de oír lo que ocurre alrededor.

Sin tanta luz vuelven a ser marrones. ¿De noche cómo se verán? ¿Pero qué digo? No me puedo desconcentrar ahora.

Los segundos se alargan como el queso fundido al separar un pedazo del resto de la pizza. La pequeña sonrisa ladeada de Bennet se va desdibujando poco a poco, transformando su rostro en la misma expresión de concentración que en clase de Cálculo. La mirada se me desenfoca y siento la necesidad de parpadear, pero aguanto. No puedo rendirme ahora, no cuando sé que estoy a pocos segundos de vencer.

Y así es. Cuando por fin se rinde sonrío con superioridad y lo miro con la cabeza bien alta, evitando parpadear mucho para que no note el esfuerzo que me ha supuesto.

—Todo tuyo —dice resignado.

Doy un gritito de emoción interno. Anna 1, Bennet 0. Cojo el trozo, aún está templado. Echo un vistazo a Bennet, que tiene los hombros un poco hundidos y se ríe sin ganas de algo que le acaba de decir uno de sus amigos.

Vuelvo a dejar el trozo en el plato y, con el cortapizzas, lo parto en dos.

—Ten —le digo acercándoselo.

Me deberían dar el Nobel de la Paz, por lo menos.

Bennet dibuja una sonrisa divertida en su cara cuando se da cuenta de lo que le quiero decir.

¿Qué le hace tanta gracia? No debería habérselo dado.

—Gracias. —Hace el gesto del brindis con el triángulo y le pega un bocado.

Pongo los ojos en blanco y vuelvo a la conversación de Amelia, Candance y una aún cortocircuitada Diane.

Cuando llegamos a casa, me encuentro a mis tíos medio dormidos en el sillón del salón viendo lo que de refilón me parece otra película de *Star Wars*. Amelia se queda con ellos y Peter se va a su habitación, así que yo aprovecho para ir a la mía y llamar a mis padres.

Nos hemos intercambiado mensajes todos los días, pero no hemos hecho ninguna videollamada desde que llegué aquí. Tengo muchas ganas de hablar con ellos, aunque también se me encoge un poco el corazón al pensar que no podré abrazarlos. Solo espero no echarme a llorar como un bebé delante de la pantalla.

—¡Hija! —exclama mi padre intentando colocar el móvil de forma que se les vea a los dos—. ¿Cómo estás?

Los ojos se me llenan de lágrimas y ni siquiera he pronunciado una palabra. Procuro que no se me note porque sé que se van a preocupar y pensarán que estoy mal, pero no es nada de eso. Solo es que estoy lejos, no a un viaje en coche de distancia, como cuando me iba de campamento. Nunca he estado tan separada de ellos. Estoy bien durante el día, ocupadísima e intentando fluir con todo lo nuevo que se me presenta, pero al verlos o hablar con ellos se me aparece por arte de magia un nudo en la garganta que no consigo deshacer.

—¿Qué tal el partido? —pregunta mi madre mientras intenta ella también encuadrar la imagen.

—Han ganado —digo con la voz un poco tomada.

—Ahí —dice mi padre cuando por fin dejan quieto el móvil.

—¿Pero te lo has pasado bien? —pregunta mi madre entrecerrando los ojos. Debe de haber perdido las gafas otra vez.

—Sí, pero sigo sin entender nada —bromeo para intentar aflojar el nudo que ha mutado a ovillo.

—Pídele a Peter que te lo explique —dice mi padre.

—Ya lo intentó el verano pasado y lo único que aprendí es que para profesor no sirve.

—Bueno, da igual que no lo entiendas, ¿has hecho más amigas aparte de Diane? —pregunta mi madre.

—He conocido a Candance, la capitana de las animadoras —digo—. Y no es para nada como en las películas —río—. Es muy maja y me ha dicho Amelia que a Diane le gusta desde hace tiempo.

Mi padre se ríe.

—Amelia estará encantada —dice mi madre.

—La verdad es que no se mete en medio, se entera de todo, pero no se entromete.

—Es una pena, a veces las personas que están destinadas necesitan un empujoncito —dice mi madre acercándose al móvil emocionada—. Tus tíos empezaron a salir gracias a mí.

—¡No lo sabía! —exclamo—. No me lo habíais contado.

—Diles que te cuenten la historia —ríe.

—¿Qué locura hiciste, Sarah? —le pregunta mi padre, con la misma mirada que puso cuando la vio llegar a casa con un bonsái y una caja de herramientas de jardinería porque quería aprender a cultivar árboles en miniatura.

—No hice nada malo, Luis —se defiende mi madre cruzando los brazos—. Solo les abrí los ojos.

Mi padre suspira y vuelve la vista hacia mí.

—¿Y qué tal en la librería? —pregunta, curioso.

—Lo que os he contado en los audios, muy cansada, creía que ser librera era estar más rato sentada.

De repente, veo el techo del salón de casa a través de la pantalla. El móvil de mis padres debe de haberse resbalado de lo que sea en lo que estuviera apoyado.

—Tenemos que comprarnos un trípode de esos —dice mi padre mientras endereza el móvil.

—Eso irá a días, cariño —dice mi madre, dirigiéndose a mí—. De todas formas, si ves que no estás a gusto, puedes hablar con Ishbel y seguro que no te pone ningún problema.

Asiento a la vez que caigo en la cuenta de algo.

—Tú conoces a Ishbel. —A veces se me olvida que mi madre vivió aquí hasta los dieciocho años.

—Claro —ríe—. Su hija iba conmigo a clase.

—Oh —digo cayendo en la cuenta, no lo había pensado.

—Entonces tú, la tía y Kirsteen estuvisteis en el mismo edificio que estamos Peter, Amelia y yo… y Bennet —el último nombre lo digo casi en un susurro.

—Y Bonnie, la hermana de Kirsteen —dice mi madre—. Ahora es la alcaldesa, ¿no?

Asiento, dubitativa. Sí, creo que me suena de alguna conversación.

—¿Qué tal está Kirsteen? Hace mucho que no hablo con ella —dice mi madre un poco tristona—. Su hijo también irá contigo a clase.

Por mucho que me empeñe en negar que Bennet es nieto de Ishbel, está claro que sí lo es. Debe de haber salido a la familia de su padre.

—No la he visto mucho, pero sí, comparto algunas clases con su hijo —digo con resignación.

—¿No se llama William el chico? —pregunta estirando la espalda de repente.

Oh, no.

—¡Qué casualidad! —exclama.

No solo me pone el nombre por su película favorita, sino que ahora va a intentar juntarme con un chico solo porque se llama igual que el protagonista.

—Mamá —protesto tapándome la cara con la mano que tengo libre.

—¿Qué opina el tal William del terraplanismo? —pregunta mi padre con expresión de sospecha.

—Yo qué sé, papá, si me cae mal —digo bajando la mirada.

—Oh —dice mi madre—. Helen también decía eso de Fred cuando se conocieron.

—¡Mamá! —protesto.

—Tú primero averigua su opinión sobre la forma de la tierra y luego hablamos.

Gruño.

—Voy a colgar.

—Pero si es normal, Anna, dieciséis años, instituto nuevo… Cumples todos los requisitos para ir del brazo de alguien al baile de fin de curso —dice con ojos soñadores.

—Mamá, esto no es una comedia romántica —subrayo.

—Eso ya lo veremos.

—Con que no acabe en drama yo tengo suficiente —bromea mi padre.

—Cuando os ponéis así no os aguanto —digo enfurruñada.

Mi madre me lanza un beso.

—Cuídate mucho y llámanos cuando quieras —dice con ternura.

—Si asegura que la tierra es plana porque el agua cae hacia abajo, huye —insiste papá.

—Vale —aunque intento mantener mi expresión de hastío, no puedo evitar reírme.

—Te queremos —dice mi madre, despidiéndose con la mano.

—Y yo a vosotros —respondo imitándola.

La sonrisa se me queda en la cara durante unos segundos, hasta que el nudo que ha ido deshaciéndose poco a poco durante la conversación vuelve, y esta vez dejo que salga en forma de lágrimas. ¿Llegará el día en el que deje de echar tantísimo de menos mi casa?

Capítulo 7

Los tímidos rayos de sol de primera hora de la mañana entran por el ventanal de la cafetería de Josephine reflejándose en la superficie de metal de las mesas. Bajo el murmullo de las voces de los clientes, oigo música que no llego a distinguir, pero que me invita a balancearme despacio de lado a lado con los ojos cerrados. Podría quedarme aquí horas, disfrutando del suave y reconfortante olor a café con canela, del sonido de la cafetera y las voces apacibles de la gente del pueblo.

Quitando el primer día de clase y el de trabajo, ha sido una semana tranquila. El viernes por fin conseguí llegar a todas las clases sin perderme y en la librería los clientes me han recibido con sonrisas y curiosidad. El otro ayudante de Ishbel y yo nos escribimos a través del bloc y cada vez siento más curiosidad por saber quién es. Siguiendo con la teoría de que es alguien joven he observado a mis compañeros, pero no he visto a nadie leyendo en los ratos libres y no sé qué otra señal podría buscar para identificar a la persona misteriosa. Lo más probable es que no sea un estudiante, de ser así, todos los sabrían.

—Tengo novedades —susurra Amelia, inclinándose hacia el centro de la mesa.

Todos los domingos por la mañana mis tíos y primos tienen costumbre de desayunar y pasar un buen rato en el Sweet Pumpkin Café. Normalmente se sientan los cuatro a una mesa, pero hoy hemos juntado dos, para poder sentarnos los cinco y no estar apretujados como sardinillas en lata.

—Ayer vieron a Vonda salir de casa de Louisa a altas horas de la noche —cuenta mi prima con las cejas alzadas y una sonrisa emocionada, recolocándose uno de los ganchitos de colores que lleva en el pelo a juego con las manchas de pintura azules, amarillas y rosas del peto blanco.

—¿Cómo te has enterado si son las nueve de la mañana? —pregunta Peter escéptico mientras se quita la chaqueta de chándal negra y la cuelga de su silla. Vale que aquí dentro se está calentito, pero tampoco es como para estar en manga corta.

Amelia lo mira con los párpados caídos y los labios apretados.

—Primero: no sé por qué dudas de mí si nunca me equivoco. Y segundo: una nunca revela sus fuentes —dice parpadeando.

Peter niega con la cabeza y da un sorbo al tazón de café con solo medio terrón de azúcar.

—Yo daría esa relación por confirmada —dice mi tío después de beber un poco de su zumo de naranja.

Como hoy no es día de trabajo ha optado por no llevar chaleco ni corbata, pero los zapatos, el pantalón y la camisa que viste son del mismo estilo elegante que el resto de la semana.

—Mi duda es Genevieve —sigue mi tío, haciendo un pequeño gesto con la cabeza hacia la camarera que nos ha tomado nota y servido las bebidas—. No parece tan alicaída desde hace unas semanas.

Amelia asiente con gesto grave.

—No he conseguido averiguar nada, pero yo también me he dado cuenta. —Observa a la susodicha durante unos segundos, como si así pudiera leerle la mente.

—¿Y si hablamos de cómo nos ha ido la semana a nosotros en vez de cotillear sobre el resto de las personas? —pregunta mi tía con tono de estar agotada de estas conversaciones mientras se abrocha bien el botón del puño de la camisa beige.

—Helen, esto es importante —dice mi tío sin un ápice de broma en su rostro.

La respuesta de mi tía es la misma que la de Peter hace unos segundos: beber café de un tazón similar al de mi primo, aunque con algo más de azúcar, mientras niega con la cabeza.

Siempre he notado cierta similitud entre mi tía y Peter y mi tío y Amelia, pero ahora que vivo con ellos lo veo todavía más claro. Es gracioso observar el modo en que mi primo y mi tía niegan con la cabeza de la misma forma cuando algo les parece una pérdida de tiempo. O la seriedad con la que mi prima y mi tío comentan los últimos cotilleos de los que se han enterado.

También hace que me sienta un poquito fuera de lugar. Sobre todo, ahora, que no puedo aportar nada a la conversación, solo escuchar e intentar recordar quién es quién.

Genevieve se acerca a nuestra mesa cargada con los platos que le hemos pedido. Es joven, ni siquiera creo que llegue a los treinta. El pelo castaño levemente ondulado le cae a los lados de la cara a la altura de la barbilla. Tiene unos ojos verde claro de los que me cuesta apartar la vista y nos sonríe con los labios pintados de rojo carmín, aunque la alegría no parece llegarle del todo a la mirada. Bajo el delantal color añil lleva unos vaqueros de tiro alto y una blusa negra ancha que le facilita los movimientos.

—¿Qué tal los primeros días de clase? —nos pregunta Genevieve, con un acento que parece francés, mientras reparte los platos.

—Podría haber ido mejor si fueran los últimos —se lamenta Amelia.

La camarera sonríe divertida.

—¿Y a la chica nueva? —pregunta con una sonrisa amable, mientras deja frente a mí un plato con demasiadas tortitas humeantes, flores de nata, y fruta cortada.

—Estoy viva —digo encogiéndome de hombros—. Creo que de momento me voy a conformar con eso.

Genevieve ríe un poco.

—Está claro que sois familia —dice antes de caminar con la bandeja bajo el brazo hacia la mesa donde se sienta un señor de pelo y barba blancos que creo que se llama Carl.

Saco el libro que compré el otro día y que he metido en la mochila porque nunca se sabe cuándo puedes tener cinco minutos para leer. Lo coloco sobre la mesa junto al desayuno y lo fotografío junto a la taza con el logo de la cafetería y el plato con cuatro tortitas que tienen pinta de ser blanditas como nubes, con nata montada a un lado y varias rodajas de plátano, unas pocas frambuesas y pedazos de melocotón. Subo la foto a Instagram, donde queda perfecta junto a la de mi reflejo en la librería.

Antes de guardar el libro lo abro para hacer otra foto de una página donde he dibujado un fantasmita y una carita cabreada que representa a la protagonista. Además de algunas frases y palabras que he subrayado y decorado con florecillas. Le debería haber mencionado el título al ayudante de la librería, de esta manera, si se lo ha leído, lo podría comentar con alguien aparte de Ishbel.

Como mi plato de tortitas gigante mientras observo alrededor. La calma con la que vive la gente aquí contrasta con el ritmo frenético en el que acostumbraba a vivir en Valencia. Nadie mira impaciente a Josephine porque está charlando con Felicity sin poner cafés ni preparar comida.

En las mesas no hay ni un portátil ni móviles. Solo los platos, tazas y cubiertos, mientras los comensales pasan el rato sin pensar en todo lo que les queda por hacer al salir del local.

—¿Te has apuntado al club de punto este año, Amelia? —pregunta mi tía mientras baña un trozo de pan en la yema del huevo frito.

—He preferido no tentar a la suerte por segunda vez, si vuelvo a hacer un gorro como el del año pasado me meterán en la cárcel —responde mi prima.

—No será para tanto —digo intentando imaginarme un gorro mal hecho.

Amelia saca el móvil que guarda en el bolsillo delantero del peto. Y me enseña una foto de algo que no sé describir. Es un amasijo de lana amarilla con forma ovalada, pero tiene agujeros enormes entre las puntadas y nudos de color naranja.

—Puede que sí sea para tanto —rectifico.

—Una tiene que saber para lo que ha nacido, y tejer con lana no es lo mío.

Mi prima no solo tiene claro lo que quiere hacer en su vida, sino también lo que no quiere. Es cierto que yo tengo claras algunas cosas a las que no quiero dedicarme, como vigilante de playa o florista: las personas se ahogarían porque yo no estaría dispuesta a pisar la arena y las plantas, porque por miedo a que no tuvieran suficiente agua les echaría demasiada.

Mientras corto otro trozo de tortita veo cómo Amelia le da codazos a su padre. Me fijo en la persona a la que señala con la cabeza: es un chico de la altura de Peter, vestido con pantalón y camiseta de tonos claros que contrastan con su piel oscura. Mientras espera junto a la barra se pasa la mano por el pelo corto como si estuviera nervioso.

—Es Owen, el panadero —explica Amelia.

No sé por qué me imaginaba a un señor mayor medio calvo con mofletes sonrosados y bigote poblado. Pero el chico que hay frente a nosotras debe de tener la edad de Genevieve.

La camarera, al verlo, se apresura a ir a la barra, donde Josephine habla con otro cliente. Lo saluda y, sin preguntarle qué quiere, empieza a preparar un café. El chico se balancea adelante y atrás como si intentara arrancar a decir algo. Cuando Genevieve le tiende el vaso de cartón, Owen le paga y los dos se quedan unos segundos de más mirándose, pero finalmente solo se despiden con una sonrisa dubitativa.

—Ya tengo las pruebas que necesitaba —dice Amelia con una sonrisa triunfal.

—Ahora todo tiene sentido —dice mi tío, asintiendo con la cabeza.

—¿Por pruebas te refieres a…? —pregunta Peter con las cejas alzadas.

—Las miradas, Pete, los gestos, la tensión ambiental —enumera mi prima, gesticulando con las manos.

—Eso son intuiciones, no pruebas —insiste mi primo.

—Para ti —le señala Amelia con el dedo, como si lo acusara—, que no sabes percibir las vibraciones de los sentimientos en el aire.

—Yo estoy con Amelia en esto —la apoyo—. Se les notaba nerviosos, como si no se atrevieran a decir algo.

—No me gusta meterme en estas cosas —dice mi tía, cortando un trozo de salchicha—, pero ojalá sea verdad, Genevieve se lo merece y Owen es un buen chico.

—Lo que queráis, pero no son pruebas —insiste Peter.

—Eres un sosaina, Pete. —Amelia alarga el brazo para revolverle el pelo.

Mi primo le saca la lengua con una mueca.

La puerta de la cafetería se vuelva a abrir.

Tibby entra cogida de la mano de una mujer no muy alta, con el pelo oscuro recogido en un moño impoluto, pantalones anchos de vestir y un jersey fino en tonos verde oscuro. La siguen Kirsteen y... Bennet. ¿Hasta un domingo me lo tengo que cruzar?

—¿Puedo pedirme doble de tortitas? —pregunta Tibby con expresión de súplica mientras camina hacia la barra de la mano de su madre.

—No, que luego te duele la barriga.

—Pero vale la pena —afirma Tibby.

—A mí no me vale la pena pasarme la tarde escuchando tus quejas.

—Puedes comer tú también doble ración de tortitas y nos quejamos las dos juntas.

La cara de desconcierto de la que supongo que es Bonnie, su madre, es maravillosa. Yo, personalmente, no le veo fallos a la lógica de Tibby.

La niña se gira hacia donde estamos nosotros y cuando me ve me señala mientras tira de la mujer para acercarse a nuestra mesa.

—¡Hola, Anna! —exclama cuando se detiene junto a mí con una sonrisa de oreja a oreja.

Me alegra ver que nuestro pasado de enemigas ha quedado enterrado.

—Hola, Tibby —la saludo—. ¿Ya te has terminado el libro?

—No, pero llevo un montón, ¿a que sí, mami? —pregunta alzando la cabeza para mirar a la mujer, quien asiente.

—Hola, Anna —me saluda con una sonrisa educada—. Yo soy Bonnie.

Ahora ya puedo asociar una cara al nombre.

—Oh, encantada. —Estoy a punto de hacer una reverencia, pero me doy cuenta a tiempo y solo asiento con la cabeza.

Creo que no he conocido a una alcaldesa nunca, ¿debería tratarla de forma especial?

—Ya que te veo, te quería agradecer que hayas conseguido que Tibby lea.

La niña se estira, se alisa con las manos el suéter de rayas amarillas y sonríe orgullosa.

—No es nada —respondo mientras noto calor en la cara.

—No te quites mérito —dice Bonnie—. Me pasaré pronto por la librería, a ver qué me recomiendas.

Sonrío para disimular el pánico que, de repente, me atenaza los músculos. ¿Si no le gusta lo que le recomiende me puede prohibir la entrada al pueblo? Tengo que investigar qué poderes tiene una alcaldesa en este estado.

Peter se aclara la garganta.

—¿Y Robert? —pregunta mientras me parece ver cómo la cara se le colorea un poco de rosa.

Amelia me da un codazo y me mira con los ojos abiertos como platos y una sonrisa contenida.

—Se ha quedado en casa con su padre jugando a algún videojuego —dice con una mueca—. Cuando se rompa esa máquina del infierno no voy a permitir que entre otra en casa.

Peter asiente con una sonrisa educada y baja la vista a su plato aún con las mejillas un poco coloreadas.

Mientras, Kirsteen se ha sentado a una mesa cercana a la nuestra y habla con mi tía sobre el instituto. Echo un vistazo a la barra donde Josephine se ríe de algo que le debe de haber dicho Bennet, quien toma la taza que le sirve la mujer y camina hacia nosotros. Saluda a Peter con un choque de manos y a los demás con un asentimiento de cabeza. Solo le tiembla un poco la amplia sonrisa al posar la vista en mí un segundo. Temo que mencione el trabajo que aún no hemos empezado porque no me apetece pasar tiempo con él y lo evito cada vez que creo que va a sacar el tema, pero no dice nada.

—¿Te vienes esta tarde a casa? —le pregunta Peter.

—Vale —responde Bennet.

—¿Podemos jugar al *Mario Kart*? —pregunta Amelia con las manos en gesto de súplica.

—¿Para que nos des una paliza? —pregunta Bennet con la sonrisa ladeada—. No, me niego.

—¿Y si la paliza te la da Anna? —Sonríe mi prima de esa forma maquiavélica que todo el mundo debería temer.

Bennet vuelve a mirarme, intrigado.

—Estaré encantada de ver cómo intentas alcanzarme y fracasas estrepitosamente —digo orgullosa de mis habilidades en el juego. Ni siquiera Amelia consigue vencerme.

La sonrisa de Bennet se transforma en esa de la clase de Cálculo: entre divertida y curiosa.

—Eso habrá que verlo —responde.

Nos aguantamos la mirada unos pocos segundos en los que entrecerramos los ojos, desafiantes, hasta que el sonido de la puerta nos desconcentra. Acaba de entrar el entrenador del equipo de fútbol que, según me comentó Amelia ayer, es el padre de Bennet.

Nos saluda de forma un poco seca y se sienta junto a su mujer.

—Vente a la hora que quieras —sigue Peter—. También podemos jugar al *Madden*.

Hasta estos días no tenía ni idea de que existía un juego que es como el *FIFA*, pero de fútbol americano. Otra similitud que añadir a la lista entre los dos deportes.

—Sí…

—William tiene un horario de entrenamientos y estudio muy estricto, sin tiempo para jugar a nada que no sea fútbol de verdad —le interrumpe su padre.

Me giro hacia el hombre disimuladamente, está observando a mi primo y a su hijo con gesto serio.

—Es domingo, papá —dice Bennet.

—Que yo sepa no hay ninguna ley que prohíba estudiar los domingos —rebate su padre con las cejas enarcadas—. Sabes que necesitas cumplir la planificación si quieres entrar en un equipo universitario y conseguir la beca.

Bennet va a decir algo, pero se contiene. Niega con la cabeza hacia Peter con gesto triste y se sienta junto a Tibby, quien empieza a contarle algo tan emocionada que consigue sacarle una pequeña sonrisa.

Admito que me da un poco de lástima que no venga a casa, pero solo porque no podré demostrarle que soy invencible al *Mario*.

Mientras hago un delicioso esfuerzo por terminarme el desayuno, observo a Genevieve moverse entre las mesas con una sonrisa agradable, hablar con los clientes, servirles lo que piden siempre sin que le tengan que recordar qué es y mirar de vez en cuando por la ventana desde la que se ve la panadería. También echo vistazos hacia la mesa de Bennet, donde el chico le da vueltas a su bebida con la cucharilla cabizbajo mientras su familia charla de forma animada. Aunque el chico no me cae bien, no puedo evitar sentir un poco de lástima al ver la presión que le mete su padre y con la que él no parece muy cómodo.

Con el sol de media tarde entrando por la ventana de la cocina no me apetece mucho estudiar. Me sentaría en la cama, sobre la mullida colcha ocre bañada de hojas otoñales, con la almohada en la espalda y el libro del chico fantasma sobre mis piernas. Pero la vida es injusta y el libro de Historia de Estados Unidos aguarda deseoso de aburrirme.

Amelia y yo hemos sacado fuerza de voluntad de donde parecía no haber y, al volver de la cafetería, nos hemos sentado a la mesa de la cocina a estudiar, con los libros y apuntes alrededor y un plato de galletas de mantequilla con chips de chocolate.

No necesito leer más de tres párrafos del libro de texto para llegar a la certeza de que no voy a dedicarme a nada que tenga que ver con la historia. Es algo que ya sabía, pero ver todos estos nombres que no me suenan de nada, junto a cuartetos de números demasiado parecidos, me lo ha terminado por confirmar.

Estoy intentando ser responsable y repasar el temario que hemos dado estos dos días. ¿Cuánto me va a durar esto? Teniendo en cuenta mis años de experiencia conviviendo conmigo misma, apostaría a que poco. ¿Debería intentar seguir así durante todo el curso? Por supuesto, pero no soy una ilusa.

Aunque convivir con Amelia puede que ayude. Es más responsable de lo que seré yo en mi vida. Sentada frente a mí, se mueve con el ritmo de la música K-pop que sale del altavoz inalámbrico color malva y murmura la letra de las canciones mientras resuelve ejercicios de Álgebra avanzada.

Cuando termino de repasar lo que dimos ayer en Historia me queda claro que no tengo nada claro. Espero que leerlo trescientas veces más antes de los exámenes sirva para que se me grabe entre las neuronas.

Un poco decaída cojo el libro que compré y sigo leyendo. No he podido avanzar mucho, por la noche me quedo dormida nada más leer dos frases.

De momento la protagonista ha conseguido descubrir que el causante de todos los ruidos, desapariciones de objetos y tablones sueltos donde meter el pie es un chico más o menos de su edad que ha estado viviendo en la casa desde hace unos meses. Así que ha decidido vengarse y ahora es ella la que le tiende trampas por la casa. En algunas escenas incluso me río en voz alta. No sé por qué Ishbel me dijo que no acaba como espero, esta historia no puede terminar de otra forma, son los dos demasiado adorables.

Una mano me quita el libro. Miro al intruso con el ceño fruncido.

—No recuerdo haber tenido que leer este libro el curso pasado —dice Peter fingiendo sorpresa.

—Han cambiado el plan de estudios —respondo con la mano en alto para que me lo devuelva.

—Si no vienes a estudiar en silencio ya sabes dónde está la puerta —dice Amelia sin levantar la vista y señalando con la mano el arco que separa la cocina del salón.

—Aún no hay exámenes —responde encogiéndose de hombros.

—Ser el capitán del equipo no te convalida asignaturas que yo sepa —signa mi prima.

—Soy un genio incomprendido que no necesita estudiar —signa Peter con una sonrisa de suficiencia—. ¿Qué te apuestas a que apruebo todas a la primera?

—Veinte dólares a que no —signa con seguridad.

—Acepto —dice Peter.

—¿Cuál es tu apuesta? —signa hacia mí Amelia.

Miro a mi primo, con los brazos cruzados, los párpados caídos y los labios formando una línea recta. No sé cómo le va con los estudios, pero no es tonto, seguro que, por lo menos, puede conseguir un suficiente en todas las asignaturas.

—Todas —signo—, confío en él.

La cara de Peter se transforma en una sonrisa orgullosa.

—Solo por esta fe en mí, este curso voy a sacar mínimo notables en todo —dice mi primo, abrazándome un instante.

—Para eso tendrías que empezar a estudiar ya —replica mi prima mientras Peter sale de la cocina.

—Ve preparando los veinte dólares —se jacta desde el salón.

Amelia pone los ojos en blanco y vuelve a sus tareas. Yo cierro el libro de Historia y rebusco en la mochila intentando encontrar alguna tarea que me apetezca —o, al menos, que pueda tolerar—. Entonces encuentro el cuaderno que cogí de la tienda del tío Fred. Ya ni me acordaba de él. Vuelvo a observar el escudo grabado, como el que luce ahora en la entrada del instituto, pero un poco más recargado, con líneas intrincadas y no tan simples.

Dentro hay un listado de nombres un poco extraños, me recuerdan a los de la mitología griega. En la siguiente página, lo que parecen unas normas. Como «Nos identificamos por el descosido en el uniforme». En las demás hojas leo lo que parecen ideas, planes, la mayoría relacionado con el instituto: formas de romper las normas sin que se note, o de reivindicar alguna idea sin que las pillen. Pero también veo párrafos que hablan sobre sucesos del pueblo con los que parecen no estar de acuerdo: como la idea de levantar una estatua en honor al marido de Matilda Orange, la fundadora del pueblo, o construir un centro comercial en el parque cercano al ayuntamiento.

Quizá podríamos usar esto para el trabajo de Historia. En algún momento tendré que dejar de darle largas a Bennet y huir en cuanto me dirige la mirada.

Sigo ojeando el cuaderno. ¿Sería un club secreto? Me encanta la idea solo de pensarlo, creía que esto únicamente pasaba en las películas.

Capítulo 8

La música folk que llena la panadería encaja perfectamente con el suelo beige y las paredes revestidas de paneles de madera color café con leche. Tras el mostrador repleto de bollos, *cupcakes*, galletas y tartas, Owen está metiendo en la bolsa de tela de Vonda hogazas doradas que consiguen hacer rugir a mi estómago de lo bien que huelen. Se me hace la boca agua al ver todos los tipos de pan que descansan en el expositor de madera tras el panadero.

—¿Te puedes creer que Carl se niega a quitar el inhibidor de señal que ha colocado en su jardín? —protesta Vonda mientras busca el dinero en el monedero.

Genevieve también está aquí, de pie, al lado de una de las tres pequeñas mesas que hay junto al ventanal desde el que se ve la cafetería de Josephine y un cielo gris que amenaza tormenta. La camarera murmura mientras repasa el contenido de varias bolsas comprobando que está todo lo que han encargado para la cafetería.

—Le he dicho que voy a presentar una denuncia y ¿sabes qué me ha dicho? Que me meta la denuncia… —sigue Vonda sin darse cuenta de que la atención de Owen está puesta en la chica de labios carmín y ojos melancólicos.

Con un suspiro, Genevieve coge todas las bolsas y mira a Owen, quien rápidamente empieza a limpiar el mostrador con el trapo, como si no llevara cinco minutos con la vista clavada en ella.

—Ya nos ha llegado el pedido de café de Liberia —le dice la chica—. Como fue culpa mía que nos quedáramos sin él, te invito al primero.

Mientras pronuncia la última frase, las mejillas se le pintan del color de los *macarons* de fresa.

—No hace falta —dice Owen con la mirada clavada en el mostrador y sin dejar de restregar. Como siga así le va a hacer un agujero.

La leve sonrisa de Genevieve tiembla al entender esas tres palabras como un rechazo y se marcha con una despedida susurrada.

El corazón se me encoge un poquito al ver cómo los nervios del panadero han hecho que la camarera se vaya pensando que no hay ninguna posibilidad, que lo que ella empieza a sentir no es correspondido. Solo que sí lo es, estoy segura de ello. Llámalo señales, intuición o haber leído demasiadas novelas románticas, pero la mirada triste de Owen al ver la cagada que ha hecho no deja lugar a dudas.

—No tiene derecho a tener ese artilugio ahí —sigue Vonda sin darse cuenta del drama que acaba de ocurrir delante de sus narices—. Si aparco cerca de su casa ni siquiera puedo abrir el coche con el mando a distancia.

El panadero asiente sin prestarle atención. Con la mirada más puesta en la cafetería de enfrente que en lo que ocurre dentro del local, me hace una señal para que me acerque.

—Un *cinnamon roll* —pido.

Cuando he visto que íbamos a salir de casa pronto, junto a mi tía, me he preparado un colacao rapidísimo y lo he echado en mi taza térmica con dibujos de granos de cacao. Es lunes y necesito el desayuno perfecto. Por eso, mientras mis primos y mi tía están pidiendo sus bebidas en la cafetería, yo he venido a la panadería con la esperanza de poder comprar mi dulce favorito.

—Y Bonnie va y me dice que está dentro de su propiedad privada y no puede hacer nada para impedirlo —sigue quejándose Vonda—. La alcaldesa nunca puede hacer nada, entonces ¿para qué está?

Owen me da el rollito en una servilleta y yo le pago a la vez que Leonard entra por la puerta.

Huyo de allí antes de que empiece el interrogatorio o se una a Vonda con las quejas, no sé qué puede ser peor. Pobre Owen, que debe de estar dándole vueltas a todas las frases que le podría haber dicho a Genevieve mejor que esa.

El sabor de la canela me llena la boca y, aunque el cielo se empeña en mostrarse triste, un fino rayo de sol atraviesa las nubes y me acaricia la cara. Debe de ser verdad eso de que los valencianos atraemos el sol.

—Por mucho que mires, no va a aparecer Robert de repente —dice Amelia al salir de la cafetería con esa sonrisa maléfica que usa para tomarle el pelo a su hermano.

—No estoy mirando nada —protesta Peter después de casi atragantarse con el café.

—¿Robert, el hijo de Bonnie? —pregunta mi tía.

—Ese —responde Amelia.

—Ningún Robert —dice Peter a la vez.

Una sonrisa divertida se dibuja en el rostro de mi tía, mientras mi primo intenta disimular la vergüenza bebiendo de su vaso de cartón y echando a andar hacia el instituto.

Amelia camina dando pequeños saltitos, levantando algunas hojas de tonos anaranjados que ya empiezan a decorar el suelo, como si hacerle la puñeta a su hermano a primera hora de la mañana fuera lo que necesitaba para despertarse y no el té que lleva en la mano.

—Entonces —digo poniendo en orden los nombres de las personas en mi cabeza—. ¿Robert y Tibby son hermanos?

—Sí, y primos de Will, porque Bonnie es hija de Ishbel, es decir, hermana de Kirsteen.

Esa información la conocía, pero ¿y si me hago un dibujo del árbol genealógico de esa familia?

—¿Trabajas hoy? —me pregunta mi tía, al girar la esquina hacia el instituto.

Se ajusta la chaqueta burdeos y comprueba que no hay ninguna arruga en el pantalón del mismo tono.

—Sí, hasta las seis —respondo.

Asiente con gesto serio, supongo que hasta que no compruebe que puedo con todo no estará muy convencida de mi arrebato.

—¿Al final no te ha llamado la atención ningún otro club aparte del periódico?

Está claro que preferiría que me hubiera apuntado al club de punto antes que seguir con la idea de trabajar en la librería.

Me encojo de hombros. Miré el listado del panfleto, pero cualquiera que no coincidía con el horario del periódico iba a coincidir con los días que podía estar en la librería y, la verdad, aunque el primer día dudé de que hubiera sido buena idea, prefiero el trabajo. Además, ¿para qué va a servirme apuntarme a, no sé, al club de origami? No voy a dedicarme a ser profesora de papiroflexia en el futuro.

—De momento solo el periódico —respondo.

Miro el último pedazo de *cinnamon roll* con tristeza y me lo meto en la boca.

Paramos frente a la puerta de secretaría, desde donde se accede al despacho de mi tía.

Me sonríe y entra en la estancia, dejándonos en el pasillo a mí y a mi crisis existencial. No le he contado a nadie mis dudas sobre el futuro, el agobio que siento al pensar en él y la incertidumbre que me carcome el estómago, pero mi tía parece haberse dado cuenta.

Camino cabizbaja hacia clase, donde Diane ya está sentada en su pupitre de primera fila escribiendo en una libreta con un boli que tiene un platillo volante en la parte superior que se balancea con el movimiento.

Me siento a su lado sin molestarla y empiezo a sacar mis cosas de la mochila. Como aún faltan unos minutos para que empiece la clase saco el libro y sigo leyendo donde me quedé la noche anterior. Estoy en ese momento crítico en el que dejar de leer para seguir con mi vida es un suplicio. Sophie y Tim, los protagonistas, han dejado a un lado su disputa y, entre los dos, están intentando despejar la nieve acumulada de la puerta y el camino. De vez en cuando aún fingen no soportarse, pero no engañan a nadie. Sobre todo, cuando la chica deja la luz encendida del pasillo antes de irse a dormir porque ha notado los nervios de Tim con la oscuridad, o él la tapa con una manta cuando se queda leyendo en el sillón por la noche.

Paso la página y me encuentro con una frase subrayada. Qué curioso, ¿puede que alguien lo leyera en la librería y no lo comprara finalmente?

«Entonces Sophie se da cuenta de que en solo unos días ha podido conocer mucho más de Tim que de cualquier otro compañero de clase en años».

Saco un bolígrafo de mi estuche y dibujo pequeñas estrellitas alrededor. Ojalá supiera quién lo leyó antes. No es una de esas frases perfectas que enmarcar, pero me parece que es la más importante para Sophie.

—Hola.

Levanto la cabeza y veo a Candance frente a nosotras. Inmediatamente echo un vistazo a Diane que se ha quedado congelada.

—Hola, Candance —saludo por las dos.

La chica sonríe y cambia el peso de un pie a otro, nerviosa.

—He pensado apuntarme al periódico este curso… —dice dubitativa, mirando a Diane.

—Oh… —dice Diane—. ¿No… no tienes entrenamiento? —pregunta con la piel oscura de las mejillas de un tono un poco sonrojado.

—Martes y jueves no —responde Candance, cuya piel blanca no disimula tan bien las manchas rosadas de los mofletes.

Diane asiente con la vista clavada en el platillo del bolígrafo.

—Vale… Sí, genial… Mañana es la primera reunión. —Levanta la vista unos segundos hacia Candance.

La chica afirma con una sonrisa, se despide y se sienta en su sitio.

El profesor entra y ya no me da tiempo de hablar con Diane, que se pasa la clase con la mirada perdida en un punto de la pizarra.

—Esto es una catástrofe —dice Diane sacando unas agujas de punto de la mochila.

Amelia suspira, deja la hamburguesa y la mira con seriedad.

—Diane. —Hace una pausa dramática—. Algún día tendrás que enfrentarte a tus sentimientos.

La chica nos mira con expresión desamparada.

—¿Tanto se me nota? —pregunta.

Emily, mi prima y yo asentimos todas a la vez. Lo que provoca que Diane suspire de forma dramática y se hunda en su silla con las agujas y algo verde fosforito en el regazo.

—Piensa que si se apunta al periódico podréis hablar y entonces… —intento explicarle.

—Yo no sé hablar —me interrumpe.

—Sabes hablar mejor que cualquiera de nosotras.

—Especifico: no sé hablar con Candance —insiste Diane con la vista puesta en las agujas de punto que mueve tejiendo lo que parece un gorro de lana.

—Porque no has practicado —digo.

—Exacto, es como el club de debate —señala Amelia—: al principio es un desastre, pero desde que le pillaste el truco no te para nadie.

—Tienes que hacerlo mal varias veces hasta que empieces a mejorar —aporta Emily.

—El sábado lo hiciste fatal, así que ya solo puede ir a mejor —añado.

Diane me mira con una pizca de odio. Ya, no ha sido mi mejor intervención.

—Tengo el suficiente instinto de preservación como para no querer volver a hacer el ridículo de la misma forma que el sábado. Gracias —dice y vuelve su vista a su labor.

Amelia, Emily y yo nos miramos sin saber cómo animar a una Diane con tan poca confianza que no parece ella.

Cojo la hamburguesa con doble de queso y le doy un mordisco mientras pienso en cómo ayudarla.

—¿Sigue existiendo el club de punto? —pregunta un chico que aún no conozco mientras deja la bandeja con la comida junto a Diane.

Clava sus ojos oscuros rasgados en mi amiga, quien lo mira con las cejas alzadas.

—¿A qué debemos el honor de su presencia? —pregunta poniendo la mano en el pecho y haciendo una pequeña reverencia.

—A que me han abandonado por el fútbol —dice el chico con una mueca de disgusto mientras se aparta algunos mechones de pelo oscuro que le caen sobre la frente.

Amelia se estira para mirar la mesa donde come Peter junto a sus compañeros de equipo. Mi primo está sentado donde siempre, al lado de Bennet, quien se levanta de repente haciendo que una chica de noveno que no le llega ni al pecho y pasaba por detrás tenga que apartarse, con lo que provoca que casi se le caiga la comida de la bandeja. Bennet se disculpa enseguida al darse cuenta y la chica parece que no sabe si ponerse a llorar o hacerle una reverencia al *quarterback*.

—Oh, esto no lo he visto venir —dice Amelia con los ojos abiertos refiriéndose al abandono del chico.

Supongo que el hecho de que Bennet no se dé cuenta de que su cuerpo ocupa espacio es algo demasiado habitual como para no verlo venir.

—Si te consuela, yo tampoco —dice el chico, robando una patata frita de la bandeja de Diane, quien le da un manotazo.

Sin inmutarse por el gesto, me mira con los ojos un poco entrecerrados.

—Tú debes de ser la famosa Anna.

Soy famosa y, además, por mi nombre, increíble, soy un ente propio, no una extensión de mi familia.

Asiento sin saber qué más decir porque no tengo ni idea de quién es, aunque los rasgos asiáticos, el pelo negro como el carbón…

—Yo soy Robert.

—El hijo de Bonnie —apunta Amelia.

Hermano de Tibby y primo de Bennet, me apunto yo a mí misma.

—Así que Piper te ha dejado por un jugador de fútbol y Darren por una animadora —comenta Amelia con gesto pensativo.

Estos nombres no me los voy a apuntar en mi lista mental, me niego, si me los cruzo alguna otra vez ya haré el esfuerzo.

—Tengo la esperanza de que se les pase pronto —dice Robert, cogiendo una patata, pero esta vez de su propia bandeja.

—Buena suerte —dice Diane mientras cuenta los puntos del gorro.

—A ti no te he dado nunca ninguna pulsera —dice Emily, observando a Robert con atención.

Asiente, se quita una y se la pasa a Robert deslizándola por la mesa.

—*Fearless* —lee el chico mientras da vueltas a la pulsera en la mano.

Es similar a la mía excepto por los colores de las cuentas, que en este caso son dorados.

—Te he visto a primera hora hablar con Candance —le dice Robert a Diane con las cejas enarcadas—. ¿Estabas reservando ya calabazas de su huerto para dentro de unas semanas?

—No hace falta que hables en clave, ya lo saben, se ve que soy muy obvia —se lamenta dejando el gorro al lado de su bandeja y cogiendo la hamburguesa vegetariana a la que todavía no le ha dado ningún bocado.

—Eres muy obvia —confirma Amelia.

—Por fin, ¿cuántos años llevo guardando el secreto? —pregunta Robert de forma dramática—. Estaba a punto de salirme una úlcera.

Diane pone los ojos en blanco.

—Candance se ha apuntado al periódico —le cuenta.

—¡Genial! —exclama el chico—. Aunque sigo manteniendo mi consejo de que te sientes junto a ella en alguna clase. Eso siempre funciona.

Le roba otra patata y se lleva otro manotazo.

—¿No tienes tú las tuyas? —protesta Diane.

—¿Lo sabes por experiencia? —le pregunta Amelia a Robert con esa mirada de estar a punto de descubrir algo.

—Yo no comparto clase con… —Robert calla de golpe al darse cuenta de lo que iba a decir.

Amelia lo mira con los ojos entrecerrados.

—¿Lo vas a decir o lo voy a tener que averiguar?

—No hay nada que averiguar, solo estaba pensando en voz alta —dice antes de meterse tres patatas en la boca.

—Robert Noguchi, voy a averiguarlo —amenaza Amelia.

Y no tengo ninguna duda de que lo hará.

Hoy Ishbel no se marcha dejándome sola, lo que es un alivio. Pero se sienta en la butaca del fondo a leer mientras me deja a mí en el mostrador con el bloc de notas y unos cuantos libros que devolver al sitio. Cuando los coloco, abro la libreta para ver qué tareas tengo. Al pasar las páginas, encuentro la respuesta a lo que escribí el último día.

Sí, soy quien ayuda a Ishbel a que esto no sea un caos. Me gustaría asegurarte que el dejarte sola no es ninguna prueba, pero me temo que incluso para mí es un misterio por qué nuestra jefa hace lo que hace.

Y sí, «Orgullo y Prejuicio» son Renita y Leonard, pero no por su historia de amor, sino porque son orgullosos y prejuiciosos. No tengo ni idea de cómo llegaron a ser pareja, pero se lo puedes preguntar el próximo día, seguro que cortocircuitan al ser ellos los interrogados y no al revés.

Prometo que intentaré leerme alguno de esos dos libros. *Divergente* estaba por algún sitio, ¿puede que lo pusieras tú más a la vista? Lo voy a buscar.

Sobre las novelas de misterio... no suelo leer ese género, pero sí me gustan. Y románticas he leído alguna que otra, pero no dramas, solo las que sé que me van a hacer reír, como *Geekerella*, ¿la has leído?

Creo que sé de qué libro hablas: *El fantasma de la casa Greendale*. Es curioso porque se me olvidó mi ejemplar en la librería hace unos días y no he vuelto a encontrarlo. Qué interesante lo del relato que se parece, aunque puede ser solo casualidad, hay muchos libros con esa estética. Y sí, tiene razón Ishbel, no termina como te imaginas, pero no te voy a decir en qué sentido.

Ah, acuérdate de que esta semana deberían llegar algunas cajas, pero no debes sacar los libros aún, mira primero la fecha de publicación. Yo los suelo dejar en el almacén clasificados por día para que luego sea más fácil.

Es extraño escribir a alguien que no sé quién es. Pero, por alguna razón, el otro día, al ver su respuesta, no pude evitar seguir la conversación. Me hizo mucha gracia el mote de Renita y Leonard y que se diera cuenta de que había escondido a propósito a Nicholas Sparks. Me doy cuenta de que estoy sonriendo al releer la nota porque le gusta *Geekerella*, que es una de mis comedias románticas favoritas, y me hace ilusión que haya aceptado leer un libro que le he recomendado. Además, esto podría confirmar mi teoría de que es alguien de mi edad o un poco más mayor.

Lo que no me hace tanta gracia es que es muy probable que el libro que estoy leyendo sea suyo porque, además, lo estoy subrayando y haciendo dibujos y, aunque supongo que la frase que he leído esta mañana la marcó él o ella, puede que tantos pósits y colorines no le gusten. No quiero enemistarme con una persona con la que parece que tengo tanto en común.

—Ishbel —la llamo a la vez que me acerco hacia ella—. Estoy hablando con tu ayudante a través del bloc…

Ishbel asiente conteniendo una sonrisa y con las cejas alzadas.

—Es quien se encarga de organizar la librería, a mí se me da un poco mal —susurra esto último con una sonrisa pícara—. Le dije que te escribiera ahí todo lo que creía que necesitabas saber y supongo que te habrá respondido si preguntaste algo en esas notas.

—Me ha dicho que el libro que me diste era suyo —digo dubitativa. ¿Se lo tomará mal? ¿Me habrá mentido el ayudante para que me meta en un lío?

—Vaya, no tenía ni idea —dice frunciendo un poco el ceño—. La verdad es que tiene sentido, ya me extrañaba a mí que aún quedara algún ejemplar por aquí.

¿Por qué no dice su nombre en ningún momento? Dudo entre si

preguntarle directamente o no. Quiero saber quién es, pero también tengo un poco de miedo de que sea una persona que ya conozca y no soporte. O que sea yo la que no le cae bien a él o ella.

—¿Quién es tu otro ayudante? —decido preguntar.

Ishbel me mira durante unos segundos. Me mira curiosa, pero no molesta por la pregunta.

—No te lo puedo decir.

—Pero… ¿por?

—Es información confidencial.

Sin añadir nada más vuelve a su libro.

—¿Y esa persona sabe quién soy? —pregunto.

Levanta la vista de nuevo.

—Aún no.

—¿Se lo vas a decir?

—Solo si tú quieres.

—Sería injusto que ella o él lo supiera y yo no.

—Entonces no le digo nada.

—Vale.

¿Entiendo algo de esta situación? No. Pero tengo un bolígrafo, un bloc y sé utilizarlos —aunque no de forma muy elegante, porque vaya caligrafía—. ¿Qué podría escribir que me ayudara a descubrir quién es? Antes tengo que decidir si quiero saber quién es. Dudo mientras le doy vueltas al bolígrafo entre los dedos. Y más importante, si Ishbel no me lo quiere decir ¿es porque esa persona no quiere que se sepa? Tengo demasiada curiosidad por descubrir la identidad escondida tras estas líneas, pero sería un poco feo por mi parte intentar averiguarlo, ¿no? Suspiro con la cabeza hecha un lío y dejo la decisión para más adelante.

Paso las páginas del bloc hasta la lista de tareas donde para hoy solo hay una: inventario. El único inventario que he hecho en mi vida es el de mis propios libros, ¿pero de una librería entera? Me va a costar siglos terminar.

Hay unas escuetas instrucciones junto a la tarea. Y, por supuesto, está todo en papel, dentro de una carpeta de anillas gigante. Dentro de unas semanas, cuando tenga un poco más de confianza con Ishbel, le propondré comprar un ordenador. Aunque, sabiendo el aprecio que le tiene al datáfono, es probable que me rescinda el contrato.

Estoy haciéndome a la idea de que tengo que ponerme a ello cuando Ishbel se marcha a hacer unos recados y entran Bonnie y Tibby. ¿Sabía que iban a venir y por eso me ha dejado sola?

La niña me saluda con la mano, va directa hacia la sección infantil y vuelve a su tarea de ordenar libros. Mientras, la alcaldesa da una vuelta por la librería.

Solo unos minutos después, cuando ya me he puesto a revisar los libros que hay en los estantes de detrás del mostrador, oigo los tacones de Bonnie acercarse lentamente.

—¿Me podrías recomendar alguna lectura? —pregunta.

Solo cinco palabras y ya estoy tan nerviosa como el primer día.

—¿Qué sueles leer? —le pregunto saliendo de detrás del mostrador con una sonrisa que no siento.

—No quiero nada que suela leer, sorpréndeme —responde sonriente.

¿Qué? Pero… Sorprender a una persona de cuarenta y pico años. ¿Desde cuándo ser librera es tan complicado? ¿Es así en todos lados o es solo en este pueblo? Me siento como Linguini en *Ratatouille* cuando Ego le pide «un poco de perspectiva». Solo que yo no tengo ningún Remy que venga a salvarme de la catástrofe.

Observo alrededor. ¿Qué podría sorprender a mi madre? Fantasía, por ejemplo. Solo que la sección de fantasía sigue llena de señores y las mujeres brillan por su ausencia. Pero en juvenil no, ahí sí hay mujeres. Camino rápido hacia los estantes que hay junto a los de infantil, sabiendo perfectamente qué libro le voy a recomendar.

Alcanzo *El castillo ambulante* de una de las baldas un poco más altas y se lo tiendo a Bonnie.

—Anna —me llama Tibby mientras su madre lee la sinopsis—. ¿Cuando termine el que me diste, cuál leo?

—Pues el siguiente. —Menos mal que esta era fácil—. Hay cinco en total.

Los ojos de Tibby se abren muchísimo.

—¿Hay más de Percy y Annabeth?

—Esos cinco y luego otros cinco más donde también salen ellos, y si te gustan esas historias hay un montón más con otros personajes.

—¿Voy a tener tiempo de leerlos todos?

—¿Cuándo?

—En la vida.

—Supongo que sí —río.

Tibby me mira sin estar muy convencida. La entiendo, yo también dudo que tenga suficiente vida para leer todo lo que quiero.

—Mamá. —Bonnie levanta la cabeza del libro que ya ha empezado a leer ahí de pie en medio de la librería—. ¿Puedo leer también un poco antes de dormir?

La mujer la mira sorprendida.

—Claro. —La coge de la mano y se acerca al mostrador—. Después de cenar tú y yo nos vamos a sentar a leer.

Me apresuro hacia el mostrador para cobrarle el libro. Me siento un poco más tranquila ahora que veo que parece haberle gustado lo que ha leído.

—Ya me contarás qué tal —le digo.

—Si me gusta, vendré a por más —asegura.

¿Y si no le gusta? ¿Cerrará la librería? ¿Le quitará la licencia a Ishbel? ¿Eso lo puede hacer una alcaldesa? Tenía que haber ido a algo más seguro como un libro de romántica de Jenny Han, pero me ha dicho que la sorprendiera y parecía que le estaban gustando las primeras páginas. ¡Qué estrés!

No paro de darle vueltas a lo que ha ocurrido y a qué consecuencias puede tener mientras apunto libros en el inventario. Me planteo volver a ordenar la parte de la sección infantil que Tibby ha organizado a su gusto, pero al final la dejo, probablemente cuando vuelva por aquí va a seguir con su tarea. Lo que sí hago es colocar los libros que ha dejado sobre la pequeña mesa en las estanterías.

Sigo con el inventario entre interrupciones de clientes, unos más decididos que otros, hasta que solo faltan diez minutos para el cierre y me siento tras el mostrador a responder a la persona misteriosa.

¡Sí! Es ese libro. ¿No me digas que es tuyo? Pero si Ishbel me lo dio. Lo siento mucho, no lo sabía. Ishbel me ha dicho que no se percató. Cuando lo termine lo volveré a dejar en la mesita donde lo encontré. He visto que hay una frase marcada —que me encanta, por cierto—, pero debo avisarte de que he subrayado, anotado cosas y dibujado con bolis de colores. Espero que no te moleste, si es así, pediré uno nuevo y te daré ese. Aunque me sentiré muy decepcionada porque eso querrá decir que no sabes apreciar lo bonito que es sentir un libro de esta forma.

Sobre lo del relato: supongo que tienes razón. Es probable que solo me haya parecido similar porque estoy muy metida en la lectura.

Y claro que he leído *Geekerella* y los siguientes de la saga. Son todos divertidísimos.

Por cierto, le he vendido a Bonnie un libro de fantasía juvenil, ¿sabes si su título de alcaldesa le da poder para cerrar la librería?

Y ¿hay alguna forma de que Tibby no reordene la sección infantil a su gusto cada vez que viene?

Ah, he empezado el inventario. ¿Crees que si le digo a Ishbel que se compre un ordenador me echará a la calle?

Y ya por último, lo juro, te va a parecer superextraña esta pregunta, pero ¿eres terraplanista?

Capítulo 9

La taza térmica donde aún quedan unos pocos sorbos de té ya no me calienta las manos. Aun así, la abrazo con los dedos mientras camino hacia la última clase.

Esta mañana, al salir de casa y ver las hojas de los árboles un poco más anaranjadas, he decidido dejar el chocolate con demasiado azúcar a un lado y pedirle a Josephine mi otra bebida favorita. Ya que todavía no hay tarta de calabaza y Owen no hace todos los días *cinnamon rolls*, necesito sentir que el otoño está a la vuelta de la esquina de alguna forma y las especias de este té son la solución perfecta. He intentado que me dure todo el día, aunque el calor lo ha perdido hace horas.

Bennet pasa por mi lado rápido, por suerte esta vez calcula bien y no me atropella. Me fijo en él hasta que entra por la puerta de un aula. Lleva todo el día cabizbajo, puede que ayer también. Esta mañana al ir hacia mi taquilla lo he visto en la esquina de la escalera con su padre. No tengo ninguna duda de que le estaba echando la bronca. El rostro del entrenador se veía aún más crispado que el domingo cuando le prohibió venir a casa. Bennet parecía a punto de echarse a llorar, pero no de tristeza, sino de rabia. He apartado la vista enseguída, no me parecía el mejor sitio para discutir y menos a esas horas, todo el mundo los estaba viendo. ¿Le estaría impidiendo hacer otro plan con sus amigos?

Me termino lo que me queda de té mientras miro los números de las aulas. Cuando llego a la que me toca me doy cuenta de que es la misma por la que ha entrado Bennet. Genial.

Noto el olor a pintura y disolvente desde el pasillo, que se hace más intenso al entrar a clase. La profesora se gira hacia mí a la vez que se engancha unos mechones oscuros con reflejos morados cortos y ondulados detrás de la oreja.

—Hola, Anna. —Por supuesto que sabe mi nombre—. Bienvenida. ¿Has pintado antes alguna vez?

¿La asignatura de Plástica cuenta?

—En lienzo no —respondo al echar un vistazo a los caballetes pequeños repartidos por las tres mesas largas frente al escritorio de la profesora.

—Pues siéntate aquí —dice señalando el caballete de la primera fila junto a la ventana.

Asiento y camino hacia la esquina mientras observo los cuadros que hay colgados de forma desordenada en las paredes. Algunos son interpretaciones de obras conocidas, como *Los girasoles* de Van Gogh que, en este caso están pintados de color rosado. O *La persistencia de la memoria,* de Dalí, en el que en vez de relojes hay móviles derretidos. También hay muchos paisajes de árboles verdes y cielos azules, playas de mares embravecidos y calles de ciudades lluviosas. Son todos preciosos. Querría pensar que los ha pintado la profesora y no los alumnos, pero las firmas que destacan en las esquinas inferiores derechas me confirman que voy a hacer un ridículo espantoso en esta clase.

¿Por qué he escogido Arte como una de las optativas? No lo sé. Mis asignaturas de este curso son el reflejo del batiburrillo que tengo dentro de mi cabeza. ¿Y si tengo un don para la pintura y nunca lo he descubierto?

También he escogido Escritura creativa, pensé que sería fácil: leo muchísimo y sé qué me gusta y qué no, así que no puede ser muy complicado crear mi propia historia, ¿no? El único problema es que ya he empezado mal con el primer ejercicio que nos han mandado, porque no sé por dónde tirar. Está claro que una cosa es leer y otra muy distinta escribir. Pero no quiero desanimarme, puedo aprender. Es algo que no he hecho nunca, lo que quiere decir que no sé si puede ser ese un sueño que hacer realidad: ser escritora. Podría escribir los finales que quisiera y no tendría por qué morir ningún personaje. Todos serían felices.

La sonrisa que se ha dibujado en mi cara al pensar eso se desvanece en cuanto veo a quién tengo en el caballete de al lado. Si el lienzo no me lo hubiera tapado le habría pedido a la profesora sentarme en otro sitio con alguna excusa como que soy alérgica al sol, pero supongo que ahora quedaría mal. Y, de todas formas, Bennet sigue con la mirada perdida, sin darse mucha cuenta de lo que ocurre a su alrededor.

La campana suena y la profesora se sienta sobre su escritorio de madera clara llena de manchas de pintura de todos los colores y tamaños. ¿Hay una que parece un… culo? No voy a pensar en ello.

—Lo primero que debéis saber es que la primera capa solo es un esbozo. No os desaniméis, ni os rindáis. Pintar es como construir una cebolla, cada capa es necesaria y los errores no tienen por qué asustaros.

Coge un folio que hay junto a ella y nos los enseña. La imagen es la misma que tenemos sujeta a nuestros lienzos con una pinza. En ella se ve un pedazo gris del edificio del instituto, pero la mayoría de la imagen la ocupan las hojas anaranjadas y marrones en las ramas de los árboles de alrededor y sobre el césped. Y luego hay quien sigue dudando acerca de cuál es la mejor estación del año.

—Tendréis que pintar esta fotografía del instituto con vuestro estilo —remarca las últimas dos palabras—. No quiero una copia, quiero veros en los trazos, en las formas y en los colores.

No quiere una copia, dice, pues menos mal, porque no creo que sea capaz ni de conseguir que los árboles no parezcan pompones naranjas deformes. Y yo que creía que esto iba a ser fácil. Debería haber elegido Políticas, al menos estaría con Diane.

La profesora Groves nos da un tiempo para que marquemos las formas a lápiz en el lienzo y enciende un pequeño altavoz con forma de capibara que tiene sobre la mesa. Solo necesito escuchar los primeros acordes para saber que es «I Will Always» de The Cranberries. Creo que llevo oyendo a este grupo desde antes de nacer. No tengo pruebas, pero es muy probable que la primera canción que escuchara en mi vida fuera «Dreams» cantada por mi madre mientras intentaba que me durmiera. Mi repertorio de nanas: The Cranberries y Guns N' Roses. Así he salido.

Ahora echo un montón de menos a mis padres. Genial.

Durante los primeros veinte minutos de clase, la profesora camina entre nosotros, ayudándonos a no hacer un estropicio nada más empezar.

No puedo evitar echar un vistazo al de Bennet de reojo mientras la profesora explica cómo debemos pintar. La línea del lápiz se ve mucho más definida que el mío, en el que parece que lo haya dibujado con miedo —un poco sí, para qué mentir—. Le miro el rostro un segundo, antes de girarme hacia la profesora. Muestra una expresión más relajada, aunque sigue sin tener esa inclinación de los labios con la que siempre parece a punto de sonreír.

Con las indicaciones de la profesora hago las mezclas de colores y voy pintando sin estar muy segura de lo que hago. El naranja que saco es intenso, casi tanto como el de la equipación de fútbol. Una sonrisa me estira los labios, sin que sea muy consciente de ella, cuando el pincel deja ese color en el lienzo.

—¿Cómo has conseguido ese naranja?

Me sobresalto un poco al oír la voz de Bennet demasiado cerca.

Se ha inclinado hacia mí y está mirando mi cuadro con el ceño fruncido, como si estuviera enfadado con mis árboles.

¿Por qué no le pregunta al chico que hay a su otro lado? Un vistazo hacia él me deja claro por qué: solo ha conseguido pintar el cielo y es de un tono azul rarísimo. La profesora está junto a él intentando averiguar cómo lo ha hecho.

—Como ha dicho la profesora —respondo con tono neutro porque no me apetece mucho hablar con él, pero tampoco quiero ser antipática.

Bennet levanta la mano donde sujeta su paleta blanca de plástico y me muestra su naranja pálido con expresión de tristeza.

—Necesita tomar un poco el sol —digo al verlo.

La expresión de Bennet cambia una pizca y las comisuras de su boca casi vuelven a su sonrisa habitual.

—¿Lo saco al jardín? —pregunta.

—Prueba —digo encogiéndome de hombros y haciendo un esfuerzo titánico por mantener mi expresión indiferente. ¿Por qué siempre me sigue las bromas? Así es más difícil odiarlo con todas mis fuerzas.

Bennet se levanta y camina hacia la ventana.

—¡Que era broma! —exclamo demasiado fuerte, al ver que pretende abrir la ventana del aula.

—¿Qué pasa ahí? —pregunta la profesora desde la fila de detrás.

Bennet se ríe bajito para que no lo pille.

—Nada, nada —digo con la cara a punto de entrar en combustión espontánea.

La profesora Groves nos mira unos segundos más, mientras Bennet vuelve a su sitio, pero parece decidir que no necesitamos de su intervención.

La sonrisa baila en los labios del chico y cuando me mira la veo también en sus ojos. No quiero echarme flores, pero soy la mejor animando a la gente —incluso a la que no me cae bien.

Respiro hondo y me ajusto las gafas, volviendo a centrarme en el problema anaranjado que tenemos delante e intentando no hacer bromas que se vuelvan en mi contra.

—¿Y si le pones más rojo? —pregunto, porque yo no tengo mucha idea y, aunque antes pensaba que él ya había dado esta clase, parece que no.

Niega con la cabeza.

—No ha funcionado, cambia el tono, pero es igual de pálido.

Miro los botes que tiene junto a su caballete: rojo, cian, amarillo, blanco y negro. Los mismos colores que yo, no entiendo nada.

—¿Y si vuelves a empezar?

Bennet asiente. En una zona limpia de la paleta pone un poco de amarillo. Me mira con expresión interrogante y yo asiento, más o menos es lo mismo que he echado yo. Luego coge el bote de rojo y lo pone boca abajo, pero no cae nada.

—¿Quieres el mío? —pregunto alargando el brazo, pero niega con la cabeza mientras desenrosca la boquilla.

—Antes había —dice con el ojo derecho sobre la abertura del bote—, no he usado tanto.

Me lo enseña y veo que aún queda, pero está al fondo. Lo vuelve a cerrar y, con el dedo tapando la boquilla, lo agita hacia abajo para que caiga la pintura.

—Por cierto, he pensado en un montón de leyendas que hay en el pueblo para el trabajo de Historia —comenta ahora que estoy atrapada y no puedo huir con cualquier excusa poco creíble—. La de la cabaña que hay en la arboleda junto a la casa de Carl o la de la calle Kolton.

Respiro hondo. Tengo que hacerlo, cuanto antes nos lo quitemos de encima menos tiempo tendré que pasar con él.

—Historias de terror, no, me niego. —Hago una equis con los dedos índices de las manos frente a él.

—Venga, pero si son las mejores —dice abriendo el bote para comprobar la pintura.

—Son las más típicas y, además, quiero seguir durmiendo por la noche —me quejo—. ¿Y sobre la fundación del pueblo? —propongo.

—Va a haber por lo menos otras tres parejas que elijan ese tema —dice arrugando la nariz y agitando el bote abierto sobre la paleta.

—Tiene que haber algo que sea agradable e interesante.

—A la gente no le interesa lo agradable, mira los *thrillers*, nunca pasan de moda.

—Ni las comedias románticas —rebato.

Me mira divertido y yo intento no devolverle la sonrisa. Esto no va a ser fácil. No nos parecemos en nada.

—Bueno, vale, pero no podemos hacer el trabajo de una historia de amor —afirma.

Cuando parece convencerse de que agitar el bote de pintura no es suficiente, aprieta con fuerza. Con demasiada fuerza. Además de una cantidad de líquido enorme, también sale aire que hace que las gotas de pintura vuelen disparadas en varias direcciones, sobre todo, a mis gafas.

—¿En serio?

—Perdón, perdón —se disculpa Bennet, que deja el bote en la mesa y levanta las manos hacia mí, como si quisiera limpiarme él mismo las gafas.

Me echo hacia atrás para proteger los cristales de más daños.

—Ni lo intentes —le digo molesta.

¿Lo ha hecho a propósito? ¿Se cree que ha sido gracioso?

—Si querías molestarme no hacía falta que primero me entretuvieras con la excusa de que no sabías conseguir el color —digo mientras me quito las gafas.

—No es eso, de verdad, no pensaba que fuera a salpicar.

Al mirarlo sin las gafas no sé qué expresión tiene, no está lo bastante cerca como para que mis ojos vean algo más que formas borrosas. Me las vuelvo a poner y lo miro a través de las gotas rojas. Parece agobiado de verdad.

¿Cómo puede ser? Cuando juega al fútbol se mueve a la perfección, no se tropieza, no se choca con nadie, no se equivoca. Y, en cambio, en el resto de su vida, parece la persona más torpe del mundo. ¿Lo hace a propósito? ¿Es su forma de llamar la atención?

La campana suena antes de que sepa qué decirle: aceptar sus disculpas o reprocharle que no haya ido con más cuidado. A una parte de mí le da un poco de pena que haya vuelto a la expresión de antes, pero no debo pensar eso; si tiene un mal día ya se apañará, yo también los tengo, «don popular» también se merece días malos como el resto del mundo.

—Hoy recojo yo, pero el próximo día, os avisaré cinco minutos antes para que limpiéis el material y guardéis los cuadros en el secadero —dice la profesora.

Me echo la mochila a la espalda y salgo rápido de clase, antes de que haya mucha gente y me vean con las gafas manchadas. Quitármelas no es una opción porque entonces me verían estamparme contra alguna papelera y sería muchísimo peor.

—Anna, espera —me llama Bennet.

Lo ignoro y oigo alguna exclamación de dolor tras de mí y una disculpa. Reprimo con todas mis fuerzas el impulso de girarme y comprobar si ha sido Bennet el causante. El pasillo se empieza a llenar y por muy gacha que lleve la cabeza, alguien se dará cuenta del desastre de gafas que llevo. Ahora que ya empiezan a olvidarse un poco de mí no necesito volver a recordarles mi existencia.

Obviamente, Bennet me alcanza —probablemente dejando algún estudiante contusionado a su paso— y camina junto a mí sin decir palabra hasta que llegamos a los aseos.

—Te prometo que no lo he hecho a propósito —me dice cuando me giro hacia él con la mano en el pomo de la puerta.

Observo su expresión, con las cejas caídas y las comisuras de los labios inclinadas hacia abajo. Estamos demasiados segundos en silencio, o al menos a mí me lo parecen. Y, aunque su actitud en general me molesta, es cierto que hoy no parece el mismo y tampoco me ha hecho nada, aparte de no verme, lo que parece habitual en él. En realidad, ni siquiera estoy enfadada, puede que solo un poco molesta, y sé perfectamente que no ha sido adrede. Si fuera un mal chico, mi primo no le tendría el aprecio que le tiene. Aunque eso no quita que sea un creído.

—Si no te gustaban mis gafas me lo podrías haber dicho —digo fingiendo una mueca de disgusto.

Bennet sonríe un poco, entre desconcertado y aliviado.

—Necesitaban un toque de color —responde encogiéndose de hombros y recuperando una pizca su expresión engreída de siempre.

Pongo los ojos en blanco, reprimiendo la sonrisa y me meto en el baño sin más.

El Nobel de la Paz me merezco, no me cansaré de decirlo.

Estoy a punto de entrar en la sala del periódico cuando veo a Peter en la esquina que da al pasillo por el que se va a la parte trasera del campo de fútbol. Voy a saludarlo, pero me quedo con la boca abierta como un pez globo al darme cuenta de que está hablando con Robert. Eso no es lo extraño, sino la mano de mi primo en su propia nuca y la cabeza un poco gacha, como si estuviera muriéndose de vergüenza. Robert, en cambio, parece tranquilo, se encoge de hombros al decir algo a lo que Peter asiente antes de despedirse con un gesto y seguir su camino. El hermano de Tibby se queda unos segundos mirando la pared hasta que, por fin, camina hacia la salida del edificio.

Abro la puerta de la sala sin tener ni idea de qué me voy a encontrar. ¿Será de estilo un poco clásico como las aulas o más actual como el comedor? ¿El profesor encargado será un señor que quiere imponer su opinión y se le olvida que el periódico es de los alumnos? ¿Tendremos que hablar sobre lo que queremos escribir delante de todos o con decir el tema será suficiente?

Siento un pequeño nudo en el estómago que me recuerda que nunca he hecho esto. Ni escribir artículos, ni coordinarme con otras personas más allá de los trabajos de clase que casi siempre hacía con Claudia.

Inspiro hondo y suelto el aire a la vez que bajo la manilla dorada de la puerta caoba. Se me pasan un poco los nervios al percibir el aroma a dónuts y chocolate sobre el de tinta y papel, y ver a Emily alargar el brazo para coger uno de los dulces que hay dentro de la caja de cartón abierta sobre la mesa larga de madera clara y ligera que ocupa el centro de la estancia y deja poco espacio para moverse alrededor. Mientras le da un mordisco al dónut trastea con el móvil hasta que «A Place in this World» de Taylor Swift empieza a sonar por el altavoz cilíndrico que hay sobre la mesa.

—Lo tenía aquí —dice Diane mientras rebusca en su mochila morada con dibujos de *marcianitos* verdes.

Amelia y ella están en un extremo de la mesa, cerca de la pizarra blanca donde ya hay varias líneas escritas a rotulador. Mi prima echa un vistazo a la cabeza de su amiga, alarga el brazo y le quita del pelo algo que llevaba enganchado en las trenzas. Se lo tiende a Diane con expresión divertida y sin decir una palabra.

—Eres la mejor —dice Diane, dándole un abrazo—. Gracias.

Dos estudiantes que me suenan de vista reorganizan los papeles clavados con chinchetas en varios corchos que cubren las paredes, tan agujereados que a duras penas sujetan los carteles, artículos de prensa y fotos. Al acercarme a ver uno en el que hay algunas portadas de lo que parece el periódico, paso junto a una mesa estrecha pegada a la pared derecha de la estancia, en la que hay cuatro ordenadores totalmente distintos entre sí y una máquina de escribir con un dedo de polvo. La sala es un poco más grande que un aula, pero no lo suficiente como para albergar todo lo que se necesita para gestionar el periódico. Como la impresora de oficina, tan alta que me llega al pecho, que está encajada en una esquina junto a una estantería repleta de enciclopedias y diccionarios.

Al ver las fechas, confirmo que lo que he visto son las portadas de los periódicos del curso pasado. Me hace gracia el de fin de curso, en el que la foto principal muestra un grupo enorme de gente posando sobre el césped del campo de fútbol con el titular: «Las previsiones de apocalipsis zombi no se han cumplido. Confiemos en el curso que viene». Es algo que podría haber escrito Amelia perfectamente.

—Anna —me llama Diane, mirándome un segundo, antes de volver la vista a los papeles que tiene sobre la mesa—. Ya has llegado, maravilloso.

Camino hacia ellas y dejo la mochila en el suelo, junto a una silla distinta a cualquiera de las demás. Parece que hayan ido rescatando sillas de cualquier sitio para traerlas aquí, la verdad. Una tiene los hierros verdes y el respaldo y el asiento marrones, otra es de madera maciza oscura más acorde con la mesa redonda del rey Arturo que con el periódico del instituto, la mía diría que es de la cafetería y las demás son similares a las de las aulas, solo que más desgastadas.

—Venga, todos —dice Diane—, nos sentamos.

Amelia escoge la silla frente a mí —la de madera maciza— y Emily la de su lado mientras yo alcanzo un dónut con cobertura de chocolate negro. ¿Cómo puede ser que todo en este pueblo esté tan rico? La masa es esponjosa y el amargor del chocolate contrarresta su sabor demasiado dulzón para mi gusto.

—¡Hola! —exclama Candance al entrar, con la respiración agitada y expresión agobiada—. Perdón, perdón, no volverá a pasar.

Miro a Diane, que ha cortocircuitado otra vez y observa a la chica con cara de no creer que esté aquí.

—No… no pasa nada —responde con una sonrisa amable e incrédula a la vez.

No recupera la compostura hasta que Candance se sienta y Amelia tose de forma exagerada.

—Como sabéis, la profesora Hammond está embarazada —explica Diane mirando a todos lados menos a Candance—, por lo que le he asegurado que puede descansar mientras nos encargamos nosotros del periódico.

Esta versión seria y profesional de mi amiga no me la he visto venir. Nada que ver con la persona que el viernes se equivocó de dirección al salir del instituto para ir a casa.

—Y este año tenemos unas nuevas integrantes. —¿De verdad mi propia amiga me va a hacer presentarme delante de todos?—. Anna va a formar parte de la sección de cultura, en concreto del área de literatura. —Hace una pausa—. Y Candance…

—Yo puedo encargarme de los deportes… —duda—, o ¿hay una sección de agricultura? —dice en tono de broma.

Diane suelta una risita, lo que parece que la relaja un poco y consigue aguantar la mirada de la chica.

—Lo que quieras —responde.

Candance asiente con confianza.

—He estado pensando en dedicar un espacio al pueblo —sigue Diane—. Con alguna noticia interesante o temas que les preocupen a los vecinos. —Camina hacia la pizarra y coge el rotulador verde—. Sé que sacar adelante el de septiembre es lo más difícil por el tiempo, pero vamos a conseguirlo como todos los años —dice con tono animado.

—Yo había pensado en hacer entrevistas a la gente del pueblo este curso —dice la chica bajita y con cara aniñada de la que no sé el nombre— sobre cómo fue su experiencia en el instituto.

—¡Me gusta! —exclama Diane a la vez que empieza a escribirlo en la pizarra—. Eso nunca lo hemos hecho y hará que no solo los estudiantes quieran leer el periódico.

No puedo dejar de observar cómo parece convertirse en otra persona cuando hace de editora del periódico. Aunque el momento en el que no encuentra el rotulador porque se lo ha metido, sin darse cuenta, en el bolsillo de la camisa verde fosforito, demuestra que debajo de esa imagen sigue estando la caótica Diane.

—¿Una columna de sociedad como la que hago ahora, pero de la gente del pueblo? —pregunta Amelia.

Lo llama columna de sociedad, aunque, para ser exactas, es de cotilleos.

—¿Quieres quitarles el puesto a Renita y Leonard? —pregunta Emily divertida.

—Eso nunca —responde solemne.

Cada uno se queda con un artículo relacionado con Orange Hollow, excepto yo. Lo que me hace sentirme un poco fuera de lugar y me recuerda que estoy aquí de paso.

—Anna —me llama Diane—. Tú podrías encargarte de revisar periódicos antiguos del pueblo. Había pensado en que sería interesante recordar hechos importantes. Y creo que tú puedes dar una visión distinta a todos los demás. —Una forma sutil de decir que voy a escribir sobre temas de los que no tengo ni idea.

Aun así, le agradezco con una sonrisa que se haya dado cuenta de que yo no sabía por dónde tirar.

Una vez aclarados esos temas, pasamos a decidir las secciones habituales del periódico donde Candance propone escribir sobre las posibilidades que tiene nuestro equipo en función de los cursos anteriores o destacar los jugadores que podrían conseguir una buena beca y Diane opta por la idea que tuvo la semana pasada sobre el medioambiente.

Cuando me toca el turno tengo claro sobre qué quiero escribir.

—Distopías —digo—. Puedo compararlas con el presente y comentar las que han predicho algo que ya está ocurriendo y ver cuáles pueden ser más cercanas a lo que nos espera.

—Perfecto —da una palmada—. Lo tenemos todo entonces. Recordad que necesito los primeros borradores el martes que viene para que podamos revisarlos.

Primero, no, no soy terraplanista. Es una pregunta extraña, pero algo importante que saber de otra persona. Espero que tú tampoco lo seas, sino estas notas terminarán y este trabajo ya no tendrá ningún aliciente para mí.

Suelo leer fantasía, terror o novelas de estilo gótico y cualquier libro que encuentre que me parezca un poco extraño, como el de *El fantasma de la casa Greendale*. Si quieres leer algún libro de esos géneros y no sabes cuál elegir tengo un listado gigante que recomendarte.

Es probable que Ishbel fuera plenamente consciente de lo que estaba haciendo cuando te dio mi libro. Ya hablaré con ella. Y no me importa que tenga anotaciones. Yo no tengo paciencia para eso, ya ves que solo marqué una frase, pero me encantará ver qué has escrito y subrayado.

El inventario te llevará unas semanas. Lo mejor sería cerrar uno o dos días para hacerlo bien, pero Ishbel no permite que la gente se quede sin libros. Dice que sería como cerrar la farmacia –en mi opinión exagera–.
Y sobre lo del ordenador: olvídalo, ni lo intentes.
La última vez que se lo dije ~~me dej~~ no me dirigió la palabra en una semana.

No me esperaba lo de Bonnie, normalmente se lleva novelas policíacas.

Lo de Tibby es un caso perdido, solo se me ocurre que la entretengas lo suficiente como para que no tenga tiempo de aburrirse y ponerse a ordenarte la librería entera –yo aún no lo he conseguido.

Por cierto, ya he empezado *Divergente*.

Yo tampoco soy terraplanista. ~~Podríamos~~ Podemos seguir escribiéndonos :)

No leo terror y no lo voy a intentar, quiero seguir durmiendo por la noche, bastante tengo con no poder ir por la casa a oscuras por si aparece un vampiro, y eso que mi referente de esa criatura es Edward Cullen lo que no es que dé mucho miedo —bueno, un ser de más de cien años mirándote mientras duermes puede que sí sea un poco *creepy*—. Sobre los de fantasía no te digo que no, de momento, he decidido que voy a seguir con *Asesinato para principiantes* que hace tiempo que lo tengo pendiente.

Me alegro de que hayas decidido empezar *Divergente*. Espero que te guste lo suficiente como para seguir con la saga entera y así, cuando leas el final, puedas entender el dolor que siento cada vez que lo recuerdo.

Espero que no te hayas enfadado con Ishbel por darme tu libro, seguro que no se dio cuenta.

Ah, como aún no lo he terminado te he dejado el ejemplar de *Orgullo y prejuicio* de ~~Ame~~ una amiga en el cajón. Tiene anotaciones mías. No sé si te lo has leído, pero deberías.

Capítulo 10

La cafetería del instituto hoy está impregnada del olor de los espaguetis con carne que llevo en la bandeja, también he vuelto a coger las terroríficas patatas sonrientes y un yogur blanco sin gracia.

Camino hacia la mesa donde están Amelia, Emily y Diane, esta última negando con la cabeza. Mi prima tenía razón en que esta semana la gente ya se habría olvidado de mí. No del todo, porque aún hay algunas cabezas que se giran a observarme sin ninguna vergüenza, pero es algo más tolerable y fácil de ignorar.

Cuando paso junto a la mesa de los del equipo de fútbol, un brazo sale disparado en mi dirección. Intento alejarme, pero no soy lo bastante rápida. Cuando en las películas ocurre esto, siempre pienso que es una tontería, ¿cómo puede ser que no te dé tiempo de apartarte? ¿O a la otra persona de esquivar tu bandeja? No debemos olvidar que la realidad siempre supera la ficción. Ya me he enfrentado a tener que presentarme frente a mis compañeros de clase, ahora me toca acabar con los espaguetis en la camiseta y solo me falta que me den un balonazo en Educación física. Teniendo en cuenta que aún me queda todo el curso aquí, no descarto que eso ocurra.

Siento que todo pasa a cámara lenta, pero eso no hace que pueda reaccionar. Es como si lo estuviera viendo sin poder moverme. La bandeja parece volar por los aires y los espaguetis saltan del plato como en los dibujos animados. Cuando caen lo hacen de forma que resbalan por mi sudadera blanca hasta formar un dibujo abstracto rojizo sobre el suelo blanco.

Al levantar la cabeza, me doy cuenta de que no oigo el barullo típico de la cafetería. Miro alrededor temiendo ver justo lo que me encuentro: todos los ojos fijos en mí. Incluso las mujeres que sirven la comida tienen la vista clavada en el desastre.

La vergüenza hace que el rostro me arda. Ahora mi piel también va a juego con la comida. ¿Dónde están los portales a otro mundo cuando los necesitas? Preferiría que me raptara un feérico antes que quedarme aquí plantada sin saber si irme corriendo, hacerme una bolita o seguir mi camino como si no hubiera pasado nada.

Con el corazón latiéndome tan fuerte que si alguien estuviera hablando no lo oiría, miro hacia el lado de donde ha salido el brazo.

Will Bennet me mira con los ojos tan abiertos que temo que se le salgan de las cuencas. Tiene los brazos aún extendidos, como si se hubiera quedado congelado en el movimiento que estaba haciendo. Todo el mundo parece haberse congelado, en realidad.

—Lo siento mucho —dice muy despacio, como despertándose de un trance—. Lo siento, lo siento, perdón —repite ahora mucho más rápido, mientras alcanza todas las servilletas que hay en su mesa.

Da un paso hacia mí con la intención de limpiarme la sudadera, pero está claro que este chico tiene una maldición porque su pie resbala y cae de culo sobre la salsa de tomate.

Por un momento temo que rompa a llorar. Parece frustrado y se queda ahí sentado unos segundos, mirándose las piernas y tomando grandes bocanadas de aire.

Me debato entre tenderle la mano o no. Es cierto que este desastre lo ha provocado él, pero no ha sido a propósito y por muy mal que empezáramos, nadie se merece ser tan torpe.

Ni siquiera estoy ya segura de que me caiga mal. ¿Me sigue pareciendo un creído? Sí. En mis dieciséis años de vida me he equivocado pocas veces con mis primeras impresiones, no voy a empezar ahora a dudar de mi intuición. Además, siempre sonríe, excepto estos últimos días. ¿Cómo puede una persona estar siempre feliz? Seguro que es todo fachada. Aunque también es cierto que las pocas veces que hemos hablado más de dos frases ha sido divertido. Sin embargo, no lo voy a reconocer en voz alta ni aunque amenacen con destrozar mi edición especial de *Percy Jackson*; puede que esto sea un poco exagerado… es una edición muy bonita.

Me agacho frente a él y le tiendo la mano. Hace un intento de sonrisa que le sale de pena y acepta mi ayuda. Cuando estamos en pie, Peter se acerca a nosotros con más servilletas.

—Tampoco están tan buenos —dice Amelia, que ha venido a rescatarme junto a Diane.

Hago una mueca, agradeciendo el intento de destensar el ambiente.

Una de las mujeres de la cocina se acerca a limpiar el estropicio, y eso parece que es la señal para que los demás estudiantes vuelvan a sus conversaciones. Poco a poco, el murmullo de voces vuelve a su nivel habitual.

Me aparto a un lado, unos pasos más lejos de Bennet, quien me observa con la cara de un cachorrillo de golden retriever que te ha destrozado las zapatillas sin querer. Baja los brazos y mira al suelo y a mi ropa alternativamente sin saber qué hacer.

—De verdad que lo siento —se disculpa de nuevo, mirándome a los ojos—. No te he visto.

—No pasa nada —digo, y suspiro.

Creo que este encontronazo en vez de aumentar mi odio hacia Bennet ha producido la reacción totalmente contraria, y no sé si estoy de acuerdo con ello.

—Yo tengo un pantalón en la taquilla, seguro —dice Diane.

—Espera —dice Bennet limpiándose las manos con las servilletas. Abre su mochila y saca una sudadera—. Ten, guardo ropa en la taquilla.

Por alguna razón que probablemente tenga su origen en la cantidad ingente de comedias románticas que he visto y leído, ponerme su sudadera me parece demasiado.

Debo de quedarme bastante rato mirando la prenda en sus manos porque Amelia la coge por mí, le da las gracias al chico y engancha su brazo al mío para irnos.

Diane me deja un pantalón negro y vuelve con Amelia a la cafetería después de que les asegure varias veces que estoy bien.

Mientras me cambio de ropa en un cubículo del baño me siento un poco mal por no haberle asegurado que de verdad no pasaba nada. Mostraba tal expresión de derrota cuando hemos salido de la cafetería que se me ha encogido un poco el corazón.

Finalmente, me pongo su sudadera con el escudo del equipo de fútbol e intento no pensar en la sensación reconfortante del suave olor a café que desprende. Lo que sí pienso es que me viene bastante grande. Al menos no pasaré frío.

Cuando vuelvo a la cafetería, algunas cabezas se giran hacia mí, pero ni punto de comparación al interés que despertaba los primeros días. Menos mal.

—No puede haber sido para tanto —está diciendo Amelia cuando me siento en el sitio frente a ella donde me espera una bandeja como la que ha acabado hace unos minutos en el suelo.

Echo un vistazo a Peter, que me sonríe desde su mesa; el hueco que suele ocupar Bennet está vacío.

—No, ha sido para más —responde Diane junto a mí.

—¿De qué habláis? —pregunto mientras enrollo espaguetis en el tenedor.

—Diane ha intentado hablar con Candance en clase de Español —me explica Amelia.

—¡Me alegro mucho! —exclamo feliz de que se haya atrevido por fin.

—Yo no —responde Diane con voz ahogada.

Desenrollo los espaguetis porque, como siempre, he cargado demasiados.

—No será para tanto —digo a Diane, intentando animarla.

—Cuéntanoslo bien —le pide Emily.

—Objetivamente —añado.

—¡Eso es imposible! —se queja Diane.

—No hay nada imposible —digo antes de meterme en la boca una cantidad aceptable de espaguetis.

—Hay muchas cosas imposibles y la primera es que yo tenga una conversación con Candance —dice con tristeza.

—A mí me parece imposible que a Anna le ocurran tantas cosas en poco más de una semana, y mira, aquí estamos —aporta mi prima, la más graciosa del mundo entero.

Le tiro una de las patatas sonrientes que consigue atrapar con la mano y se la come.

—Me he sentado a su lado —empieza a contar Diane—, como siempre me insiste Robert. Y le he pedido un bolígrafo en español porque la profesora no nos deja hablar en otro idioma en su clase.

—Hasta ahora no veo nada malo —dice Amelia.

—¡Porque no me has escuchado decirlo! —exclama Diane, llevándose las manos a la cara—. Estaba tan nerviosa que lo he dicho rápido y mal. ¡No me ha entendido ni una palabra! Seguro que se ha pensado que soy una negada o que le estaba tomando el pelo.

—No creo que haya pensado eso —digo mientras Amelia me pasa los trozos de cebolla de su ensalada.

—Se lo he repetido más despacio —sigue Diane sin apartarse las manos de la cara—. Y, cuando lo ha entendido, me ha dejado el que estaba usando ella, que era una calabaza monísima con puños y tiene unas palanquitas para moverlos.

—Me encantan esos —digo sin terminar de masticar—, yo tenía uno de un reno.

—Pues cuando ha terminado la clase —sigue Diane, levantando la cabeza con expresión aterrada— estaba tan concentrada en qué podría decirle para tener una conversación con ella mientras íbamos a la cafetería, que lo he guardado en mi estuche.

—Así tienes una excusa para volver a hablar con ella —dice Emily.

—No, porque no sé dónde tengo el estuche. —Levanta los brazos y los deja caer con fuerza sobre la mesa.

—Estará en algún sitio, Diane —digo acariciándole la espalda—, no te preocupes, lo encontraremos.

Puede estar en cualquier sitio, conociéndola.

—¿Dónde has ido después de clase? —le pregunta Amelia.

—Aquí.

—¿Y no has hecho nada entre medias? —pregunto yo.

—No —niega con la cabeza con ímpetu—, porque cuando he ido a hablar con Candance, ella se ha acercado a Piper y me he ido.

Nos quedamos unos segundos comiendo en silencio. Bennet no aparece y me arrebujo en su sudadera sin saber muy bien por qué.

Lleva alicaído toda la semana —no es que me haya fijado, pero compartimos clases y no voy a cerrar los ojos cuando lo veo— y lo de ahora no creo que haya mejorado su ánimo. Esta mañana he intentado bromear con él cuando me ha preguntado sobre un ejercicio en Cálculo y solo ha levantado un milímetro las comisuras de la boca.

Diane coge su mochila, abre el bolsillo pequeño y saca su labor de punto verde fosforito.

—Anda. —Saca un estuche con dibujos de planetas del mismo bolsillo—. Está aquí.

La expresión de incredulidad que ha puesto es tan graciosa que no puedo evitar reírme. Amelia y Emily se unen y, hasta la misma Diane se lleva la mano libre a la cara y suelta una carcajada.

Mientras Amelia nos cuenta algún cotilleo sobre gente que no conozco, le doy vueltas a cómo averiguar algo más sobre el cuaderno que encontré en la tienda de mi tío. Le pregunté a mi tía si le sonaba de algo «Las amazonas de Matilda Orange» y me miró como si me hubieran crecido orejas de elfo. Incluso le enseñé el cuaderno, pero me dijo que no tenía ni idea, que puede que fuera de antes de que ella estudiara allí. La verdad es que es una pena que no indique ninguna fecha en todo lo que hay escrito, así al menos tendría un hilo del que tirar. Aunque mañana tenía pensado ir a la biblioteca para lo del artículo del periódico… puede que allí encuentre algo sobre lo de la estatua o el centro comercial que se menciona en el cuaderno.

—Por favor, sacad la alfombra roja, las joyas más brillantes, el oro más pesado —dice Amelia de repente de forma dramática, sacándome de mis pensamientos—, el capitán del equipo ha llegado.

Termina inclinándose hacia delante como si hiciera una reverencia.

Peter niega con la cabeza y se sienta junto a mí.

—¿Estás bien? —susurra al seguir mi mirada.

Amelia nos mira con los ojos entrecerrados.

—Susurrar está feo, Pete. —Se come una zanahoria mientras no nos quita la vista de encima.

Peter suspira.

—Cuánta gente hay aquí hoy —dice Robert al sentarse frente a Peter—. Bonita sudadera, Anna.

Le hago una mueca con la que solo consigo que se ría.

—¿Desde cuándo esta mesa no es un remanso de paz? —pregunta Diane sin apartar los ojos de lo que creo que es una manopla a juego con el gorro del otro día—. ¿No tenéis otro sitio donde comer?

Emily nos mira mientras come lechuga como si estuviera viendo una película.

—El primer sábado de octubre es el primer torneo de ajedrez del curso —dice Robert a nadie en particular.

—¿Están locos? —pregunta Amelia horrorizada—. Ese día está prohibido organizar nada que no sea el festival de otoño.

—Sabes que el torneo es algo estatal, ¿no? —le pregunta Robert, alzando las cejas.

—Como si es mundial. —Se encoge de hombros—. ¿Lo hacen aquí?

Robert asiente.

—El mundo está loco —sentencia mi prima.

—No pueden venir a verme ni mis padres —dice Robert con una mueca.

—Yo iré —salta Peter, de repente.

Lo miro, divertida, antes de hacer una mueca por la patada que me acaba de dar alguien por debajo de la mesa. Amelia me está mirando con su sonrisa maquiavélica y señalándome con la mirada a Peter y Robert. Supongo que podemos confirmar que a mi primo le gusta el hijo de la alcaldesa.

—¿En serio? —pregunta Robert, sorprendido.

—Claro. —Asiente mirando su comida con las mejillas un poco sonrosadas—. Solo es un rato por la mañana, ¿no?

—Sí, es pronto —responde Robert como si estuviera pensando en otra cosa más que en lo que está diciendo—. Nos dará tiempo de llegar al festival.

—Podemos ir antes, cambiar las piezas por calabazas pequeñitas y así no tendréis que jugar —dice Peter, alzando la vista con una sonrisa divertida.

Lo miro sin entender bien dónde está la gracia de eso, pero a Robert parece que le hace muchísima porque se ríe con ganas. ¿Puede que esto indique que es correspondido?

—Las podemos tallar con la forma de las piezas —propone.

—Ponemos las piezas de verdad de aperitivo y las otras en las cajas —sigue mi primo.

Los dos ríen mientras me doy cuenta de que están hechos el uno para el otro.

—¿Puedo? —pregunta Candance que ha aparecido junto a Diane y la mira con una sonrisa dubitativa.

Diane se queda mirándola con los labios un poco separados y las agujas a punto de resbalársele de las manos.

—¡Claro! —exclama cuando le doy una patada suave por debajo de la mesa.

—¿A Candy no la echas? —le pregunta Robert a la vez que alarga el brazo y le roba una patata.

Diane le tira una de las manoplas al chico, que le da en la cabeza.

—Prefiero que me llamen Candance —dice la chica, mirando a Robert con expresión de disculpa, pero de resolución en la mirada.

Robert asiente sorprendido y le tira la manopla de vuelta a Diane que la coge al vuelo.

Es raro comer con tanta gente alrededor, conversaciones cruzadas, que se cortan con otras y se vuelven a retomar. Es extraño y agradable. Me siento más arropada de lo que me he sentido nunca. Incluso en España, casi siempre hemos sido Claudia y yo, y aquí, hay tantas personas a mi alrededor que me abruma, y a la vez me hace sentir que tengo un hueco cuando me incluyen en las conversaciones o Robert me roba patatas fritas.

—En fin, ¿todo bien? —me pregunta Peter, volviendo a la conversación de antes.

Juego con los tres espaguetis que me quedan en la bandeja.

—Sí… —dudo—. No ha sido para tanto.

Alzo la vista hacia la mesa donde Bennet ya ha vuelto a sentarse vestido con un chándal. Levanta la vista hacia mí, como si notara, de alguna forma, que lo estoy mirando, y yo la aparto, confiando en que no se haya dado cuenta.

Peter me observa con mirada interrogante.

—¿Se lleva mal con su padre? —Decido preguntarle.

Peter hace una mueca.

—Es muy estricto —responde sin añadir nada más.

Vuelvo a mirar a su mesa y ahora es él quien aparta la vista. Por alguna razón que no quiero saber los nervios trepan por mi estómago.

Las dos clases que quedan las comparto con Bennet. Estoy a punto de decirle algo, pero la vergüenza gana la batalla y no cruzo palabra con él, ni siquiera cuando lo pillo mirándome sorprendido mientras aprovecho los minutos antes de que empiece Física para avanzar con el libro. Tengo muchas ganas de terminarlo y poder comentarlo con la persona de la librería.

Gracias por el libro. Por supuesto que me lo he leído. Me encanta que hagas hasta pequeños dibujos en el margen. Llevo unos días bastante malos y poder empezar a releerlo con tus anotaciones ha sido como ver caer el primer copo de nieve del invierno. Con tus comentarios mejora muchísimo, deberían vender una edición así.

Te aseguro que Ishbel era consciente de que te estaba dando mi libro. Va de señora adorable y un poco despistada por la vida, pero sabe perfectamente lo que hace.

¿Me has recomendado una distopía, de tres libros y que encima me va a destrozar al final? Si lo llego a saber no te hago caso y sigo con *Los chicos del cementerio* –te lo tienes que leer.

Cada vez estoy más segura de que es alguien de mi edad. Pero, si lo es, entonces va al instituto. Pero, si fuera al instituto, Diane o Amelia sabrían algo y, el otro día cuando les pregunté, no tenían ni idea. Puede que tenga solo unos pocos años más que yo.

Voy al almacén a sacar los libros que se ponen a la venta hoy. Nada más entrar recuerdo la advertencia del bloc de notas y dejo una de las cajas junto a la puerta para impedir que se cierre. Doblo las mangas de la sudadera de Bennet para que no me molesten y me doy cuenta de que se la voy a tener que devolver. Siento algo que parece tristeza, pero no es posible, seguro que el peso en el pecho se debe al agobio de tener que hablar con él.

Cuando termino de colocarlos y apuntarlos en el inventario vuelvo al mostrador sin ganas de seguir buscando y anotando libros. Suspiro. Es horrible. Hoy tengo aún menos ganas que cualquier otro día. Ya es viernes y necesito descansar de la vida. Supongo que no pasa nada porque remolonee un poco y siga leyendo a Sophie y Tim, a quienes he dejado en mitad de una cena que, según ellos, no es una cita.

Unos minutos después, suena la campanilla de la puerta con ese tintineo que me provoca alegría y nervios a partes iguales cada vez que lo oigo. Dejo el libro sobre el mostrador y salgo de detrás de él con la cabeza bullendo de posibles libros que recomendar aun sin saber qué me van a pedir.

Felicity camina hacia mí. Hoy no lleva sombrero, sino un trozo de la misma tela que el vestido de flores anaranjadas a modo de turbante, despejándole el pelo de la cara.

—Hola, Anna —me saluda con una sonrisa un poco nerviosa—. ¿Los libros de historia?

Fuerzo mi mejor sonrisa porque estaría feo hacer una mueca de disgusto.

El género del que menos idea tengo.

La acompaño pasando la sección infantil, a la derecha. Como no me pregunta nada más, los nervios se me pasan y decido ponerme con el resto de las tareas de hoy para que no crea que estoy aquí pasando el rato. Mientras reviso los libros de política, oigo a Felicity tararear «Close to You», de Gracie Abrams, que suena por el altavoz inalámbrico que tengo en el mostrador.

—Anna —me llama unos minutos después—. ¿Me podrías recomendar alguno?

Supongo que, al final, no me he librado.

—¿Quieres ficción histórica o hechos reales? —le pregunto acercándome a ella.

Felicity me mira confundida. Puede que yo sepa poco, pero creo que ella está todavía más desorientada; al menos no haré el ridículo.

—Si no has leído nunca, será mejor la primera opción —digo con una seguridad que no siento— porque está dentro de un contexto histórico, pero los personajes son inventados y pueden ser románticas, de misterio…

—Sí, eso mejor —asiente al entenderlo.

—Vale —digo—. ¿Sobre qué época te gustaría leer?

Echo un vistazo a los títulos de los libros, pero estoy perdida, ¿quedaría muy mal si lo miro en el móvil?

Al darme cuenta de que Felicity no me responde, me giro hacia ella. Tiene los labios apretados en una línea fina y los ojos preocupados. Se enrosca una y otra vez un mechón de pelo en los dedos de la mano izquierda.

—¿Si te pregunto una cosa queda entre tú y yo? —susurra.

—Claro —respondo sorprendida en el mismo tono, aunque en la tienda solo estamos ella y yo.

Sigue jugando con el pelo unos segundos antes de atreverse a preguntar.

—¿Qué época crees que es la favorita de Mathiew?

—¿Mathiew? —pregunto intentando recordar quién se llama así en este pueblo y por qué yo debería saber su época favorita.

—¿No es tu profesor de Historia? —pregunta con tristeza—. Oh, vaya.

Ah, vale, ya lo entiendo.

—¿Linwood?

—¡Sí! —exclama, esperanzada.

—Sí, es mi profesor —la observo intentando no entrecerrar los ojos.

¿Esto es lo que yo creo que es?

—Pues no sé… —digo, y la sonrisa se le apaga un poco—. Puedo intentar averiguarlo…

—¿Me harías ese favor? —me pide con ojos suplicantes.

Tendré que pedirle al profesor Linwood que me recomiende algún libro, así se lo podré decir a Felicity… Pero me lo tendré que leer para disimular. Uf.

Entonces me viene a la cabeza la imagen del escritorio del profesor hoy.

—Espera. Creo que recuerdo…

Era uno amarillo, con una mujer en la cubierta. Miro los lomos buscando un tono similar. Saco dos o tres, pero no son. Puede que no lo tengamos… Entonces lo veo, en el estante de abajo, apretujado al final de la balda.

—Este —digo tendiéndoselo con alivio.

Menos mal que soy un poco cotilla de libros.

—*Las fuentes del silencio* —lee en voz alta—. ¿Sabes de qué va?

Niego con la cabeza.

—Pero si lo quieres para tener algo de lo que hablar con él, este es perfecto.

La mujer se sonroja al darse cuenta de que la he pillado y yo tengo que reprimir una sonrisa divertida.

—Gracias —dice cuando le cobro con el libro abrazado contra su pecho—. Por favor no digas nada a nadie —vuelve a pedirme.

—No lo haré, tu secreto está a salvo conmigo.

Con una sonrisa decorada por las mejillas aún un poco sonrosadas sale de la tienda.

No voy a contárselo a nadie, pero eso no significa que no pueda observar a Felicity y al profesor Linwood para saber si el plan surte efecto.

Puede que sí se me dé bien ser librera.

Que Ishbel sabe perfectamente lo que hace no tengo ninguna duda, ¿pero por qué me daría tu libro? Eso no tiene ningún sentido.

Te he recomendado una trilogía maravillosa, no tergiverses mis intenciones. Todas las distopías tienen como fin destrozarte el corazón, si no lo hacen, es que no son buenas.

Me alegro de que mi faceta payasa te haya hecho sentir un poquito mejor, aunque sea. Espero que no dure mucho la mala racha y siempre puedes quejarte en estas páginas. No se lo contaré a nadie, lo juro.

Tengo otra pregunta un poco extraña para ti, ¿siempre has tenido claro cuál es tu sueño? ¿O eso a lo que quieres dedicarte toda la vida?

Ah, hoy ha venido Felicity a por un libro, pero no te puedo contar nada, es secreto profesional. Solo espero que la ayude a conseguir lo que quiere.

Termino de escribir en el bloc cuando Ishbel entra por la puerta.

—¿Qué tal la tarde, Anna? —pregunta al entrar.

—Tranquila —sonrío, cansada.

Ishbel me devuelve la sonrisa con bastante más energía que la mía.

—Voy al almacén un momento y cuando salga ya te puedes ir —me dice dándome unas palmaditas en las manos que tengo apoyadas sobre el mostrador.

Asiento intentando mantener los ojos abiertos.

Ha sido una tarde tranquila, pero el cansancio de toda la semana se me acumula en los párpados. Me quito las gafas un momento y me froto los ojos. Espero que haya algo preparado para cenar y pueda irme a dormir pronto.

Levanto la vista hacia la calle, donde solo veo borrones. Uno en concreto con forma de persona está al otro lado de la puerta sin moverse. Me vuelvo a poner las gafas para ver quién es, pero cuando enfoco la vista ya no está. Supongo que ha sido un alma caritativa que al ver mi estado de agotamiento ha pensado que era mejor volver otro día.

Los caminos que traza Ishbel son inescrutables. Y es inútil preguntarle, ya lo he intentado y me ha respondido con evasivas, para sorpresa de nadie.

Espero que algún día me puedas contar lo de Felicity, ahora estoy intrigado.

Por cierto, ya me he terminado *Divergente*, esta noche empiezo *Insurgente*. Te iba a dar la razón sobre tu gusto por las distopias, pero voy a esperar a terminar los tres libros. Depende del dolor que me provoque.

Y sobre el futuro, no lo he tenido claro siempre, ni siquiera lo tengo claro ahora. Sé lo que espera la gente de mí, y supongo que eso sería lo fácil, conozco los riesgos y sé que, pasara lo que pasara, mi entorno me apoyaría. Pero el camino que me gustaría seguir de verdad no se parece en nada y, si no funciona, no solo decepcionaría a los demás después de haberme enfrentado a ellos, sino también a mí mismo. Y, de todas formas, no creo que sea posible conseguir mi sueño. En cambio, lo otro, aunque también es complicado, no es tan inalcanzable, creo. No lo sé.

Lo siento, he escrito algo muy caótico. Me cuesta poner estos pensamientos en palabras porque no es algo de lo que hable a menudo.

¿Y a ti? ¿Qué crees que te depara el futuro?

La nada. Ese es mi futuro. Quedaría genial decirte que no me importa, sonaría como una persona que se deja llevar. Como no soy en absoluto esa persona, estoy bastante preocupada.

Y por eso creo que deberías luchar por ese sueño, aunque sea un poco difícil, ¿no? Si los dos caminos son complicados, ¿por qué vas a ir a por el que no te apetece y dejar de lado el que sí? No considero que decepciones a nadie por intentar alcanzar algo que deseas. Si yo supiera qué quiero que sea de mí en la vida no dudaría ni por un momento en centrarme en ello. Ojalá algún día pueda sentir esa certeza.

El dolor que te provoca un libro es directamente proporcional a la implicación emocional durante la lectura. Así que espero que te duela muchísimo y llores como un bebé.

Me queda muy poco para terminar *El fantasma de la casa Greendale*. Y, en este caso, espero no sentir ni una pizca de dolor con el final porque si no, lo siento mucho, quemaré el libro. Necesito que Sophie y Tim acaben juntos, no acepto otra opción.

Por cierto, he inventariado ya la mitad de la librería. Aunque creo que Ishbel no está anotando todo lo que vende, así que tengo dudas de que esto sirva para algo.

Capítulo 11

El mostrador del Sweet Pumpkin Café no me lo pone nada fácil para elegir el desayuno. Junto a la tarta de chocolate rellena de crema de queso, está la de vainilla decorada con flores blancas de azúcar y la *carrot cake* con pequeñas zanahorias de mazapán, como las de Sant Donís, en casa, por encima; hay una de nueces pecanas con base de galleta que, por el aroma que me llega, debe de ser la mejor que vaya a probar en la vida. Cuando he visto el mazapán sobre la de zanahoria he tenido claro que iba a pedir esa, echo demasiado de menos España ahora mismo como para dejar pasar un pequeño pedazo de ese dulce. Pero la de nueces… no puedo resistirme. Sobre todo, porque el chico de la librería —al menos en las últimas notas ha utilizado el género masculino— me dijo que tenía que probarla en cuanto pudiera. Me encanta que me recomiende libros y dulces, son mis dos cosas favoritas del mundo.

—¿Te has decidido? —me pregunta Josephine mientras pasa el trapo por el mostrador.

Asiento mirando alternativamente las dos tartas.

—La de nueces pecanas —digo, convencida.

Josephine me observa unos segundos con los ojos un poco entrecerrados antes de cortar un trozo de la que le he pedido. Alargo el brazo para coger la servilleta, pero no me lo da; en cambio, con unas pinzas, alcanza una de las zanahorias de mazapán y la deja junto al triángulo de tarta.

—Owen está probando a hacer algunos dulces típicos de España —me susurra Josephine inclinándose sobre el mostrador de piedra gris—. No quería que te dijera nada por si le salían mal.

Es una tontería, lo sé, pero los ojos se me llenan un poco de lágrimas. No he cruzado con Owen ni cinco frases y ya se ha tomado la molestia de buscar recetas de dulces españoles e intentar hacerlos.

—¿Le puedo decir que me lo has dicho o se enfadará contigo? —pregunto aguantando las lágrimas.

Josephine sonríe con cariño.

—Ese chico no se enfada con nadie, si no te lo ha dicho es porque le da vergüenza —ríe un poco con la boca cerrada—. Seguro que le hace ilusión.

Le doy las gracias a Josephine y espero a mis primos mientras observo los dulces.

La zanahoria de mazapán es tan mona que hasta me da pena comérmela, es de color naranja y con las ramitas verdes en la parte de arriba, incluso le ha hecho pequeñas arruguitas. Saborear la textura una pizca arenosa y el sabor de la almendra me lleva a octubre en casa.

Pruebo también la tarta de nueces que, como ya me había dicho el ayudante de Ishbel, está buenísima. Es muy dulce, como todo aquí, pero el sabor de los frutos secos le da ese toque que consigue que no me empalague. Un sorbo al chocolate caliente me lleva a pensar que debería haber pedido un zumo o un té. Estoy segura de que el sesenta por ciento de mi cuerpo que corresponde al agua ahora mismo es azúcar.

Espero a mis primos junto a la barra y observo a la gente que pide su café de la mañana, buscando una flecha luminosa que me indique quién es el chico de la librería.

Una parte de mí no quiere admitirlo, pero se me ha pasado por la cabeza que pueda ser Bennet. No tiene sentido porque no me lo puedo llegar a imaginar ahí sentado detrás del mostrador escribiendo en el bloc. Ni siquiera lo he visto con un libro que no sea de texto. Además, todo el mundo lo sabría, es el nieto de Ishbel, no es ningún desconocido. Aun así…

—¿Y si es Bennet? —pregunto cuando salimos de la cafetería sin mucha convicción.

—¿De qué hablas? —pregunta mi primo.

—En la librería trabaja alguien más aparte de mí.

Peter me mira con las cejas alzadas mientras bebe de su vaso de café.

—No sabía que Ishbel tenía más empleados —dice sorprendido.

Amelia termina de masticar un mordisco de *bagel* mientras se limpia la crema de queso de las comisuras de la boca antes de responder:

—Dice que se intercambian notas —le cuenta a su hermano.

—¿Y crees que es Bennet? —me pregunta Peter—. Imposible —afirma mi primo, negando con la cabeza—. Se pasa el día entrenando y estudiando, su padre no le deja un minuto libre, ya lo sabes.

Asiento. Eso es bueno, ¿no? Sería rarísimo haber estado hablando con el *quarterback* del instituto por notitas, ni que esto fuera *Una cenicienta moderna*. Por no hablar de lo feo que estaría por su parte no decirme quién es porque estoy segura de que sabe que trabajo en la librería de su abuela. Lo malo es que sigo en el mismo punto que al principio: sin tener ni una pista.

—¿Quieres que lo averigüe? —me pregunta Amelia.

¿Quiero saberlo? Sigo sin estar segura. ¿Y si la idea que me he hecho de esa persona no tiene nada que ver con la realidad? Creo que es alguien más o menos de mi edad, que se pasa el día leyendo y que le tiene mucho cariño a la gente de este pueblo, aunque les ponga motes. Me da la sensación de que podría hablar con él durante horas. Pero ¿y si nos conocemos y nos caemos fatal? O si es alguien que ya conozco y a quien no aguanto.

Si le digo que sí a Amelia estoy segura de que conseguirá averiguarlo. Por otra parte, si la persona no quiere que nadie lo sepa será por algo, ¿no? No tengo derecho a descubrirle sin su permiso. Y si tiene la confianza de Ishbel, no puede ser un psicópata.

—No —digo mientras doy suaves patadas a las hojas anaranjadas que cubren el suelo—. De momento no.

Amelia asiente, reticente.

No sé quién pensó que poner Historia a primera hora la mayoría de los días era buena idea, pero se merece un círculo del infierno solo para él. La voz del profesor Linwood casi consigue que me quede dormida sobre la mesa. Leer hasta las tantas tampoco ha ayudado y ni siquiera ha servido para terminarme el libro porque caí dormida a falta de unos pocos capítulos para el final. Menos mal que Diane está a mi lado para clavarme el codo en las costillas cada vez que pestañeo y los párpados deciden no volver a subir.

Al terminar la clase, saco de la mochila la sudadera de Bennet y se la dejo en la mesa mientras la recoge.

—Gracias —susurro.

Bennet mira la prenda y a mí con los labios entreabiertos, como si estuviera debatiéndose entre decir algo o no. Parece decidir que no porque respira hondo y alcanza la sudadera para meterla en la mochila.

—De nada —dice en el mismo tono que yo—. ¿Podrás quedar esta semana para el trabajo? —Alza una comisura de la boca y enarca las cejas, esperanzado.

—Lo intento —respondo sin saber cómo comportarme con él.

Bennet asiente y sale de clase.

Cuando paso por delante de la mesa del profesor veo el libro que compró Felicity.

—Profesor —digo demasiado alto, tanto que el hombre se sobresalta.

—Dime, Anna, ¿alguna duda? —Coloca los folios donde tiene sus apuntes en un montón ordenado antes de mirarme con una sonrisa amable.

—No, es solo que ese libro —digo señalándolo— lo compró Felicity hace unos días. Qué curioso —añado sin ninguna vergüenza.

—Oh. —El profesor mira el libro pensativo—. No sabía que a Felicity le gustara leer literatura histórica.

Yo me encojo de hombros como si no supiera nada del tema.

—Gracias por contármelo, Anna. —Sonríe con una pizca de ilusión en la mirada—. Hablaré con ella por si quiere más recomendaciones o que lo comentemos.

—Seguro que le encanta hablar con usted sobre el libro —digo antes de despedirme y correr a alcanzar a Diane, quien ha salido disparada con Candance.

El resto del día sigue tranquilo y hacia tercera hora el sueño se me empieza a pasar. En Escritura creativa le entrego un ejercicio a la profesora. Me ha costado sangre y sudor —lágrimas, por suerte, no—, pero estoy muy orgullosa. Es como un primer capítulo en el que la protagonista se levanta en su antigua cama después de haber vuelto a su pueblo natal. Muy de película navideña.

En el periódico consigo terminar mi artículo de la sección de literatura para que Diane lo revise. No estoy tan contenta como con el relato, siento que me ha quedado un poco simple, pero creo que tiene un toque divertido. Espero mejorar en los siguientes, al fin y al cabo, solo es el primero. También empiezo con el otro, gracias a las fotocopias que hice el sábado de los periódicos del *The Orange Times* que hay en la biblioteca del pueblo. Conseguí encontrar las noticias sobre la estatua del marido de Matilda Orange y utilizo esas noticias y la inspiración del cuaderno para hacer un poco de crítica hacia la necesidad de representar a un hombre que no hizo nada. Se lo envío a Diane mucho más satisfecha que con el otro.

Nada más llegar a casa me voy directa a la habitación para hablar con Claudia. Me siento sobre la colcha con las piernas cruzadas e inicio la videollamada. El sonido de espera se alarga un segundo tras otro hasta que para sin que Claudia haya respondido. Puede que se le haya olvidado que habíamos quedado o que se haya dormido.

Le dejo un mensaje para quedar otro día en el que podamos las dos y lo intento con mis padres.

No tengo que esperar ni dos segundos antes de ver a la que creo que es mi madre, aunque bien podría ser un alien. Lleva una especie de mascarilla morada embadurnada por toda la cara.

—¡Anna! —me saluda sin mover mucho los labios.

—¿Es Anna? —Se oye muy lejos la voz de mi padre.

—¿Qué tal te ha ido la semana? —pregunta mi madre como si no les estuviera narrando mi vida por mensaje a todas horas.

Antes de que pueda responder, aparece mi padre en una esquina de la pantalla.

—Hola, Anna, ¿qué tal? —pregunta sin aliento.

Lleva una cinta de correr sobre la frente y, cuando mi madre aleja el móvil para que quepan los dos, veo que también va vestido con la camiseta de deporte amarillo fosforito que hace años que no se pone.

—¿Has vuelto a correr? —le pregunto, extrañada. Cuando era pequeña solía salir a correr antes de llevarme al colegio e irse a trabajar, pero al empezar a ir sola perdió la costumbre.

—Lo estoy intentando —dice con un poco más de aliento quitándose la cinta de la cabeza—. He ido hasta el río, me he tirado en el césped y he vuelto andando.

No puedo evitar reírme.

—¿Te estás riendo de tu padre? —me pregunta, fingiendo indignación.

Mi madre también se ríe, aunque intenta no cambiar la expresión para que la mascarilla no se agriete.

—¿No podías empezar por un recorrido más asequible? —le pregunto cuando consigo articular palabra.

—Tu padre se cree que aún tiene veinte años —dice mi madre, dándole palmaditas en el pecho.

—Ya está bien de hablar de mí —se queja.

—Tienes razón —asiente mi madre—. ¿Has hecho las paces con William?

—¡Mamá! —exclamo.

No le tenía que haber contado nada. Está empeñada en que seamos amigos solo porque ella y Kirsteen lo eran, y porque se llama William.

—¿Le has preguntado si es terraplanista? —pregunta mi padre, acercándose al móvil.

—No he hecho las paces porque no hay paces que hacer, somos dos personas que van juntas a clase, fin. Y no sé si es terraplanista y tampoco me importa.

Mi madre ha desistido de mantener el rostro inmutable y me mira con una expresión de tristeza igual de exagerada que la de mi padre. Pero cómo no voy a ser una dramática con estos dos progenitores que me han tocado.

—No me ha pasado nada nuevo que no os haya contado ya. —El nudo en la garganta aparece antes incluso de decir la siguiente frase—. Solo quería veros un rato.

—Oh, hija —dice mi padre un poco apenado—. ¿Pero estás a gusto?

—¿Te encuentras bien? —pregunta mi madre preocupada.

—Sí, sí —afirmo—. Solo os echo de menos.

Ahora los tres tenemos los ojos llorosos.

—Owen, el dueño del horno, ha hecho mazapanes y me he dado cuenta de que no estaré en casa para la *mocadorà* —les cuento.

—¿Y ahora quién elegirá el pañuelo? —pregunta mi padre entrando en pánico de repente.

—Papá —digo paciente—. Puedes elegirlo tú solo.

—No puedo.

—No puede —afirma mi madre, probablemente recordando algún año en el que mi padre le regaló, como manda la tradición ese día de fiesta, los mazapanes envueltos en un pañuelo; en este caso, el más hortera de Valencia.

Pongo los ojos en blanco.

—Te enviaré una foto cuando esté en la pastelería y me dices cuál elegir —me pide.

Me río.

—Vale, como quieras.

Hablamos un rato más de tonterías, como la bufanda que está tejiendo mi madre, ya que, por lo visto, al nombrarle el club de punto en el que está Diane, le dio por probar a tejer. O la nueva película de superhéroes que quiere ir a ver mi padre y que, como yo no puedo acompañarlo, está intentando convencer a mi madre.

Cuando nos despedimos con el nudo en la garganta impidiéndome tragar, cojo el libro del que solo me quedan unos capítulos con la esperanza de distraerme.

Tengo que terminarlo para saber qué está ocurriendo en ese pueblo, en la casa y con el chico fantasma. Además, quiero devolverlo al ayudante de Ishbel lo más pronto posible.

Leo sin entretenerme, ni mirar el móvil cada cinco minutos, paso las páginas como si las devorara, ni siquiera subrayo o escribo anotaciones, necesito saber la verdad.

Y la verdad no me la esperaba. Tenía razón Ishbel. Y lo peor es que en cuanto se ha descubierto, me he dado cuenta de todas las señales que la autora ha ido dejando en cada escena.

Un pueblo fantasma. El chico es un fantasma, la vecina y el barrendero también, incluso su perro. Pero lo mejor es que la protagonista también es un fantasma. Falleció en un accidente cuando de camino a la casa de su abuela, intentando esquivar a un ciervo, resbaló y cayó, por el puente de entrada, al río. Y todos los impedimentos que encontraba para volver a casa eran las barreras del mundo de los muertos.

Me quedo varios minutos tumbada en la cama, mirando al techo, mientras en el exterior la luna empieza a abrirse camino en el cielo.

Al menos puedo decir que yo también tenía razón y el único final aceptable para esta historia es que acabaran los dos juntos y felices en casa de la abuela, aunque no sea vivos.

Gracias por leerme y por intentar ayudarme. Supongo que tienes razón, voy a luchar por lo que me hace feliz de verdad.

He visto que has puesto una sección específica de *rivals to lovers* clasificados por género. Y voy a suponer que *Dramones y mazmorras* es tu favorito, simple intuición, no ha tenido nada que ver con que lo hayas colocado de frente y con flores artificiales alrededor destacando sobre todos los demás. Ese sí me lo he leído. Me encantó que mezclara el teatro con los juegos de rol.

Esto me ha recordado algo que pensé leyéndolo. ¿Crees que es posible en la realidad? ¿Que dos personas que se llevan mal puedan llegar a entenderse?

Por cierto, te he dejado en el cajón del mostrador que no se abre bien un libro. Espero que te guste.

Uf, me parece una pregunta muy complicada. Si dos personas se llevan mal puede ser por un malentendido o porque no se conocen, ¿no? Creo que sí puede pasar si esto cambia y empiezan a conocerse, aunque es algo complicado porque si no se soportan, ¿cómo se acercan? Es difícil, aunque si una de las dos personas no es tan reacia... O si, por algún motivo tienen que hacer algo juntos... Es uno de mis clichés favoritos, pero, si te digo la verdad, no sé si yo podría cambiar la opinión que tengo de una persona lo suficiente para pasar de <<no lo soporto>> *to lovers*. ~~Aunque estos días me~~

Si es un cotilleo quiero saberlo, jajaja.

Por cierto, ¿te acuerdas del relato que te conté que había leído? Pues he podido leer otro de la misma persona y no puedo dejar de pensar que se ha inspirado en *El fantasma de la casa Greendale*. Tiene demasiados detalles en común. ¿No sabes de alguien del ~~inst~~ pueblo que también lo haya leído?

Me has dejado *Frankenstein*, este también estaba en la mesita, ¿era tuyo también? ¿Todos los que estaban en la mesa eran tuyos? ¿Qué pretendía Ishbel?

Ah, y te he dejado tu libro del pueblo fantasma en el cajón. Ahora que vuelves a tenerlo ~~podríamos ¿crees supongo~~ ¿Te apetece que venga un día que estés tú y así podemos hacer nuestro propio club de lectura?

No, el ejemplar de *Frankenstein* no es el mío, así lo puedes subrayar y pintar a tu gusto y luego quedártelo. Aunque ojalá te hubiera prestado el mío porque me encanta lo que has hecho con el de Greendale. Creo que te voy a ir dejando poco a poco todos mis favoritos para que los conviertas en ediciones especiales como esta. Gracias por devolvérmelo. Me lo releeré pronto y así disfruto de todo lo que has escrito.

No tengo ningún cotilleo sobre tramas románticas similares al *rivals to lovers* en este pueblo, lo siento, pero la verdad es que no era una pregunta porque sí. Hay una persona con la que empecé con mal pie y no sé cómo arreglarlo. No solo empecé mal, sino que he seguido peor. No era mi intención, han sido accidentes. Creo que tenemos muchas cosas en común, solo que no sé cómo acercarme después de todos los desastres que han ocurrido. He pensado en hablar con ella de alguno de esos temas que compartimos, pero no quiero que suene forzado.

Es posible que haya más gente que se haya leído el libro, pero como Ishbel no apunta nunca nada es imposible saberlo.

Sobre lo de hacer nuestro propio club de lectura... ~~me enc puede q~~ nunca sé con certeza qué días voy a poder ir a la librería y no quiero que me esperes en balde. Así que prefiero que sigamos hablando por aquí.

Me ha extrañado no ver tu respuesta. Espero que no dijera nada que te pudiera molestar. Sea lo que sea, espero que no te haya sucedido nada.

Capítulo 12

Los robles y los arces que rodean las casas a los dos lados de la carretera mueven sus hojas pintadas del naranja y marrón del otoño al son del viento suave que me revuelve el pelo mal recogido en una trenza hecha a toda prisa. Incluso el sol se ha hecho un hueco entre las nubes para disfrutar de los tonos cálidos que trae consigo el inicio de la mejor estación del año.

La fachada lateral de la panadería cubierta de enredaderas de tonos borgoña y caoba destaca respecto a los pinos de alrededor. En la parte frontal, bajo el cartel rústico de madera con las palabras THE FLUFFY LOAF talladas de forma irregular, los dos ventanales a los lados de la puerta acristalada dejan salir la luz cálida del interior, donde algunos vecinos hablan mientras Owen prepara las comandas.

Entro en el local y suspiro por el agradable cambio de temperatura y el aroma a pan y dulces que ojalá se me quedara impregnado en la piel para poder llevarlo conmigo todo el día.

Me balanceo adelante y atrás mientras espero a que me toque el turno y decido qué desayunar. Los *cinnamon rolls* esponjosos y tiernos manchados de glaseado blanco me hacen la boca agua, igual que la tarta de manzana o la de nueces pecanas que probé en la cafetería de Josephine. Hoy también tiene *banana bread* y *cheesecake*. Pero cuando veo la tarta de calabaza con base de galleta, de color brillante, cortada en triángulos decorados con nata montada encima y lo que parece canela espolvoreada, todas las dudas desaparecen.

—Hola, Anna —me saluda Owen cuando Carl ya sale por la puerta, protestando sobre no sé qué de las ondas móviles—. ¿Qué te pongo?

—La tarta de calabaza —digo con la misma ilusión con la que me he despertado esta mañana.

El otoño siempre es maravilloso, pero aquí, en Estados Unidos, en un pueblo perdido de Connecticut, donde los tonos cálidos de esta estación colorean todos los espacios, donde si cogemos el coche en unos pocos minutos podemos llegar a una granja donde se cultivan calabazas, donde celebran un festival dedicado a esta estación y una noche de Halloween con disfraces, chuches y música, intuyo que será algo increíble.

Owen me tiende la tarta con una servilleta debajo y yo dejo de soñar despierta.

—Feliz otoño, Owen —le digo cuando me devuelve el cambio.

—Igualmente —me responde con una sonrisa de dientes blanquísimos.

Lo mejor de todo es que puedo felicitar el inicio de la estación sin que me miren raro.

Que el día en el que, por fin, me siento cómoda caminando por la acera gris junto a mis primos mientras esquivo a la niña de siempre que sale corriendo de su casa, o al señor que mira el móvil con el café en la mano, coincida con el inicio del otoño solo puede ser una señal de que empieza una época maravillosa.

Doy un mordisco a la tarta. El sabor de la calabaza, la nata y la canela se mezclan de una forma tan perfecta que creo que nunca más voy a disfrutar de ninguna otra comida. Quiero alimentarme para siempre de la tarta de calabaza de Owen. La próxima vez la compraré entera y así podré ir tomando trocitos durante todo el día.

Me reúno con mis primos y caminamos hacia el instituto como cada día, mientras Amelia nos pone al día y Peter duda de la mayoría de los rumores.

El gato de Vonda pasa corriendo frente a nosotras y no lo pisamos porque Peter nos coge de las mochilas para que nos paremos antes de que ocurra una desgracia, lo que hace que casi se me caiga la tarta de la mano.

—¿Qué le pasa? —pregunto mirando al pobre gato que se ha subido a las ramas bajas de un árbol.

Entonces un gran danés enorme de pelo claro, con la correa arrastrando detrás de él, pasa por delante de nosotras, seguido del padre de Robert y Tibby.

—¡Scooby! —grita el hombre—. ¡Te he dicho cientos de veces que no hagas eso!

El perro sigue corriendo sin hacer ningún caso a su dueño.

Doy otro mordisco a la tarta antes de que ocurra alguna desgracia.

—Para el señor Noguchi no es el mejor día —dice Amelia y da otro bocado al gofre.

Peter me pasa un brazo por los hombros.

—¿Qué tal estás? —me pregunta—. Aparte de encantada con lo otoñal que es este pueblo.

Levanto la cabeza para ver esa sonrisa divertida y cariñosa a la vez que suaviza sus facciones y le destroza el aura de chico malo.

—Genial porque, al fin, he podido comer tarta de calabaza —digo enseñándole el pequeño pedazo que queda sobre la servilleta.

Peter ríe y niega con la cabeza. Amelia se despide de nosotros a la vez que sale corriendo hacia Emily, que la espera en la esquina.

—Pero ¿estás a gusto?

Asiento.

—Más de lo que esperaba.

Me aprieta un poco más contra él, lo que hace que pierda el paso y la tarta vuelva a estar al borde de la caída. Me meto el último trozo en la boca. No me voy a arriesgar más.

—Te veía tan poco convencida en verano que temía que te fueras a los dos días —me confiesa mordiéndose un poco el labio inferior.

—Yo también lo creía. —Hago una mueca.

Aunque la gente camina y corre a nuestro alrededor, nadie nos presta atención, ya no soy la novedad y empiezan a estar demasiado preocupados con sus propias vidas.

—Tengo que hablar con Bennet —le digo no sé bien por qué.

Supongo que es la persona más cercana a él.

—Habla —me dice sin más, como si fuera tan fácil.

—Ya…

—Te aseguro que Bennet es buen tío —me dice al verme dudar.

Hago una bola con la servilleta y la aprieto en la mano.

—Es solo por el trabajo de clase —le aseguro.

Alzo la vista hacia Peter que me mira divertido y aprieta los labios, como si se debatiera entre decirme algo o no.

—Creo que le gustas —me dice.

Le miro con los ojos abiertos como platos.

—No debemos de haber cruzado más de dos palabras —aseguro notando las mejillas ardiendo—. ¿Tiene síndrome de princesa Disney?

Peter me mira divertido.

—No te digo que le gustes para casarse contigo —ríe—, le resultas curiosa.

—Ni que yo fuera un manatí con peluca —digo sintiéndome un poco ofendida.

Peter suspira por mi comentario.

—Sales demasiadas veces en nuestras conversaciones y la mayoría de las ocasiones no soy yo el que te menciona.

¿Qué tiene Bennet que hablar de mí con mi primo? Llevo una semana sin cruzar palabra con él más que para asegurarle que esta nos ponemos con el trabajo de Historia. ¿Me he fijado en que se ha cortado el pelo y ya no parece un surfista? Sí ¿Y en que cuando aparece su padre por el pasillo él se va en dirección contraria? También. Pero no me voy a arrancar los ojos para no mirarlo.

—Estoy segura de que solo está preocupado por el trabajo. Llevo dándole largas demasiado tiempo —afirmo.

Me despido de Peter con un abrazo y voy hacia la taquilla a descargar algunos libros. Allí está Bennet, apoyado en la suya, hablando con su madre. Kirsteen me sonríe amable y yo le devuelvo el saludo. Bennet solo me echa un vistazo y agacha la cabeza.

—Y tus compañeros, ¿qué? —susurra Kirsteen.

No quiero escuchar —bueno, un poco sí—, pero están a mi lado y, por muy bajito que hablen, es imposible que no los oiga.

—Se pueden apañar un día sin mí perfectamente, no soy imprescindible —responde Bennet en el mismo tono.

Vaya.

—No digo que lo seas, pero ellos no tienen la culpa.

—Pues la solución es fácil, que no me obligue a hacer lo que no quiero.

Estoy dejando la taquilla más ordenada de lo que ha estado nunca.

—William —pronuncia con el acento escocés tan marcado que la uve doble parece una u.

—No, mamá, no voy a ir al entrenamiento, no quiero verlo.

Oigo cómo Bennet se va, pero no saco la cabeza de la taquilla porque no quiero que Kirsteen piense que he estado haciendo tiempo para escuchar la conversación entera. Cosa que no he hecho, por supuesto.

Solo cierro la taquilla cuando oigo los zapatos de la mujer alejarse. Teniendo en cuenta cómo intenta evitar a su padre estos días y que, por lo que he visto, su relación no es la mejor, supongo que es él a quien no quiere ver. Es cierto que no sé casi nada de Bennet, pero está claro que el fútbol es lo más importante para él y no puedo evitar sentir un poquito —un grano de arena— de pena porque no pueda disfrutarlo de verdad por culpa de la presión de su padre.

No dedico ni un segundo más a pensar en él. Ahora mismo tengo problemas más importantes, como el puñal que me han clavado entre las costillas —no sé si por la espalda o de frente y con alevosía, tendría que valorarlo—. El chico de la librería me ha decepcionado tanto como Netflix cuando canceló *Julie and the Phantoms*.

En realidad, sabía que podía pasar, por eso no le había propuesto vernos antes. Pero es que no solo ha rechazado mi invitación, sino que lo ha hecho con una excusa más grande que un alce. Lleva escribiendo en el bloc todos los días desde que empecé a trabajar allí y ahora dice que nunca sabe si se podrá pasar para que nos veamos. Pensaba que nos estábamos haciendo amigos. Me enfadé tanto con él que ni siquiera le respondí. Y encima va y se sorprende de que no le haya respondido. Increíble. Es más, he decidido que hoy es el día en que voy a descubrir quién es. Ya me he cansado. Voy a ir a la librería todos los días que no tengo turno hasta que coincida con él. Las notas eran muy divertidas hasta que me ha mentido con tanto descaro. ¿En qué más lo habrá hecho? Puede que después de todo no esté leyendo *Divergente*, al fin y al cabo, no me ha comentado nada de lo que ocurre en los libros. O que el ejemplar de *El fantasma de la casa Greendale* no sea suyo.

Por la tarde salgo del periódico con Amelia, pero me despido de ella en la puerta de la librería con la excusa de comprar un libro. Cuando me acerco a la entrada me fijo en el cartel de VUELVO EN CINCO MINUTOS. Es una señal de que es el momento de descubrir al chico misterioso. Me asomo por el cristal de la puerta, intentando vislumbrar algo del interior. Las luces están encendidas y me parece escuchar música. Hay alguien y no debe de ser Ishbel porque si no, no estaría cerrado.

Saco la llave plateada con el llavero de un libro abierto que me dio la mujer hace unos días —casi me puse a llorar de la emoción porque eso significa que confía en mí— y abro despacio, procurando que la campanilla no se mueva de forma brusca y haga el menor ruido posible. Cuando cierro por fin, se oye un leve tintineo, pero su sonido se ha disimulado con la música que suena desde el altavoz inalámbrico del mostrador. ¿Es una canción pirata? Esto es la prueba que necesitaba para saber que hay alguien aquí que no es la dueña.

Camino sigilosa, asomándome por todas las estanterías, pero no veo a nadie. Hasta que oigo un golpe y un quejido que viene del almacén. Claro. Tiene sentido, si no quiere que nadie sepa que trabaja aquí supongo que se encargará de todas esas cosas que no se ven, como el almacén, por eso está siempre tan ordenado, si fuera por Ishbel sería un caos.

Voy hacia las guías de viaje. Ahí, al fondo, está la solución a mi misterio. Las dudas vuelven a asaltarme y hacen que mi determinación se tambalee. Y una pregunta que no me había planteado surge de repente como un champiñón. ¿Y si yo no soy como él espera? Cuando descubra quién soy pondrá alguna excusa peor aún que la de la nota y ya no volverá a escribirme y, por supuesto, nunca más querrá quedar conmigo. Me he hecho ilusiones pensando que podríamos hablar de libros en persona, pero ¿y si lo estropeo todo?

No. No voy a estropear nada porque no hay nada, solo tinta en papel. Necesito saber quién es. Si sale mal se acabó y ya está. No hay ningún drama.

Soy una catástrofe intentando convencerme a mí misma de algo que no creo, pero ahora ya no puedo echarme atrás.

A través de la puerta solo veo la luz encendida y oigo ruidos de cajas y libros, y algún tarareo no muy afinado de la canción que está sonando. Quien sea debe de estar detrás de la puerta.

Cada paso que doy siento que es una sentencia. Solo quedan dos para cruzar el umbral. Estoy tan nerviosa que incluso las manos me tiemblan un poco. ¿Le digo que soy yo la chica de las notas? ¿O finjo ser una clienta? No, eso estaría mal. No sería justo que solo uno de los dos supiera quién es el otro.

Uno. Dos. Tengo el pie dentro. Tres. Me asomo. Cuatro. Lo veo. Hay un chico de pie de espaldas a mí justo detrás de la puerta. Un chico con el pelo castaño ondulado un poco revuelto.

No puede ser.

—¿Bennet?

El grito que da me haría gracia si no estuviera en estado de shock. Se le cae la caja que tenía en las manos encima del pie. Vuelve a gritar y da un salto hacia atrás empujando la puerta que se cierra con un golpe seco.

—¡La puerta! —gritamos los dos a la vez.

Nos miramos con los ojos abiertos como platos. ¿Qué hace aquí? ¿De verdad es él quien escribe las notas? ¿Cómo puede ser que nadie sepa que trabaja aquí? No puede ser. No. Solo habrá venido a ayudar a su abuela. ¿Cuánto va a tardar Ishbel en venir y darse cuenta de que estamos encerrados?

—Anna —susurra entre sorprendido y temeroso.

En un segundo pasan mil preguntas por la cabeza: ¿qué haces aquí?, ¿eres tú quien escribe en el bloc?, ¿no has ido al entrenamiento para venir aquí?; pero por mi boca no sale ninguna de esas.

—Nos hemos quedado encerrados —digo con un quejido final.

Me acerco a la puerta e intento abrirla, pero es inútil, ya lo decían las notas. Entonces saco el móvil de la mochila. No hay cobertura, claro que no. También lo decía en las notas.

Estoy haciendo todo lo posible por no mirarlo, lo que resulta muy difícil porque aquí no hay mucho sitio y él está ahí parado mirándome sin hacer nada.

—Anna —vuelve a llamarme.

Cierro los ojos, respiro para calmarme y lo miro.

La bombilla vieja que cuelga del techo nos ilumina tan poco que sus ojos son como pozos negros. Ya no está sorprendido, solo veo dudas y un poco de miedo en su rostro.

—¿Has sido tú todas estas semanas? —pregunto por fin sin anestesia.

Ojalá su mirada hubiera sido de incomprensión y no de derrota.

Bennet asiente y a mí se me escapa el aire de los pulmones. Intento juntar la imagen que tengo de él con la del chico de mi cabeza mientras no aparto la vista de su rostro y no puedo. No encajan. Son como dos piezas de puzles distintos. Una amable de bordes redondeados y otra con aristas, difícil de encajar.

Pero hay algo que me doy cuenta de que he pasado por alto. Una pregunta que no me ha hecho.

—¿Por qué no me has preguntado qué hago aquí?

Bennet traga saliva y sé lo que va a decir. Sé por qué no le ha extrañado que supiera lo de la puerta, por qué no se ha sorprendido de verme allí más allá del sobresalto inicial.

—Porque me imagino qué haces aquí.

—Ah, ¿sí? —pregunto con tono cortante.

¿Por qué lo ha hecho?

—Supongo que querías saber quién era y has venido a averiguarlo.

—¿Desde cuándo lo sabes tú? —pregunto con la mandíbula tan tensa que cuando cierro la boca siento que voy a destrozarme las muelas.

Bennet hace una mueca y se resiste a responder durante unos segundos.

—Más de dos semanas —dice al fin.

Me toma el pelo. Tiene que ser eso. Todo es una broma. No sabía cómo conseguir hablar conmigo y se le ha ocurrido esta locura. No hay otra razón. Habrá hablado con el chico que de verdad ayuda a Ishbel…

—Quería decírtelo. —Da un paso hacia mí y yo me alejo dos, dándome en la espalda con una de las estanterías—. El lunes después de haberlo averiguado, de verdad.

—Pero no lo hiciste.

El enfado, la tristeza y la incomprensión se me enredan en el pecho, haciendo que el corazón me lata tan rápido como el de un ratón.

—No quería estropearlo.

Me dejo caer en el suelo, con la mochila aún en la espalda, apoyada contra la pared contraria a la puerta. Hundo la cara entre las manos e intento respirar con normalidad. Necesito poner mis pensamientos en orden. Necesito juntar al Bennet que tengo delante con el que he conocido hasta ahora.

—No lo entiendo —digo contra mis manos.

—Lo siento mucho.

Parece que cuando estamos juntos siempre acaba teniendo que decir esas palabras.

Lo oigo moverse y noto que se sienta a mi lado. Dado el poco sitio que hay, no creo que nos separen más de dos palmos.

—Pero no me arrepiento —asegura.

—¿Cómo? —pregunto incrédula, alzando la cabeza.

Sí, efectivamente, demasiado cerca.

—Si te lo hubiera dicho se habría terminado. No habría habido más notas.

Quiero gritarle, pero me doy cuenta de que no es enfado lo que siento, sino tristeza. La de haber perdido un amigo, alguien que no es la persona que tengo delante. Las lágrimas me llenan los ojos, pero no voy a dejar que caiga ni una.

—Eso no lo puedes saber —digo con la vista clavada en mis zapatillas.

Aunque no empezáramos bien... si me lo hubiera contado no me habría enfadado con él, me habría sorprendido y puede que no le hubiera creído al principio, pero al menos no estaría así como estoy ahora, replanteándome semanas enteras.

—Sí, porque tú misma me lo dijiste: no sueles cambiar la opinión que tienes de la gente. Te parece muy difícil acercarte a alguien con quien no te llevas bien.

Cierro los ojos con fuerza.

—Por eso me preguntaste si dos personas que no se aguantaban podían llegar a entenderse.

No lo veo, pero sé que asiente. Me dan ganas de coger el bloc y releerlo entero para ver todas esas señales. Como cuando terminas un libro y necesitas identificar las pistas que hay en cada escena.

—Tu respuesta me confirmó que era mejor no decir nada. Me arriesgué porque sabía que cuando te enteraras te enfadarías, con toda la razón, pero si lo hubiera hecho no me habrías contado que te preocupa el futuro o que subrayas los libros, tampoco que no eres terraplanista.

Dice eso último con intención de destensar el ambiente, pero no lo consigue.

—Pero me has contado cosas de ti que no parece saber nadie más y sabías que en algún momento me enteraría de que eras tú, ¿por qué?

Apoya la cabeza en la pared y clava la vista en el techo.

—Puede que porque te las habría contado igual si hubieras sabido que era yo.

El corazón me retumba en los oídos.

—¿Por qué?

Vuelve a clavar la vista en mí con una pequeña sonrisa como si estuviera a punto de desvelar el mayor secreto del mundo.

—Que tú me odies a mí no significa que yo te odie a ti.

Lo miro sin saber qué responder. Baja la vista a sus manos un segundo y vuelve a alzarla.

—¿Te acuerdas de la primera clase de Arte? —Como para olvidarla—. Había discutido con mi padre esa mañana, estaba hecho polvo y solo quería irme a casa, cosa que no podía hacer porque luego tenía entrenamiento y, encima, lo iba a volver a ver. —Juega con el borde de la sudadera verde antes de volver a mirarme con una sonrisa dubitativa—. Me cambiaste el día. Fue una tontería, pero ya no me sentía tan mal. Luego la volví a liar como siempre. No eres consciente del alivio que sentí cuando volviste a bromear antes de entrar en el baño. —Se ríe un poco—. Eres divertida y parece que ni siquiera te das cuenta.

Me quedo bloqueada unos segundos porque eso es un halago y responder a los halagos no es mi fuerte.

—Ser payasa de circo es uno de los futuros que me he planteado —digo con una mueca sin poder evitarlo.

Bennet se ríe. Y, por alguna razón, mi corazón reduce el ritmo hasta latir casi con normalidad.

—Justo esto es a lo que me refería —dice con la sonrisa de siempre.

Respiro hondo. Necesito pensar. Aclarar el batiburrillo que tengo en la cabeza.

Si yo hubiera descubierto que era él el de las notas, ¿qué habría hecho? ¿Se lo habría dicho? Es muy probable que me hubiera obcecado en que tenía que haber otra explicación, aunque lo hubiera visto con mis propios ojos. Pero ¿y después? No lo sé. No sé cómo habría reaccionado. Puede que hubiera hecho lo mismo que él. Yo también he temido estropearlo hoy al venir aquí. En realidad, si no hubiera sido Bennet, o si él no lo hubiera sabido desde hace días, venir aquí y descubrirlo sabiendo que él no quería… supongo que es lo mismo que ha hecho él, ¿no? Podríamos haberlo hablado, podría haberle respondido a la nota diciéndole que me había molestado su respuesta. Supongo que los dos teníamos demasiado miedo como para pensar en las consecuencias.

—No te odio —le confieso—, creo —añado.

Me mira receloso.

—Me pareces un creído y me molestaste muchísimo el primer día cuando ni siquiera te diste cuenta de que casi me tiras al suelo, pero no me caes mal.

El rostro de Bennet cambia un poco, la comisura izquierda de su boca se alza una pizca y la preocupación de sus ojos se mezcla con un poquito de diversión.

—Es que soy el mejor jugador del equipo, es normal que me lo crea —dice con una sonrisa torcida.

—Eres lo peor —digo mientras me cruzo de brazos.

—Es broma —responde un poco más serio—. No me creo el mejor ni nada de eso. Puede que juegue bien y que sea el *quarterback*, pero Peter es mucho mejor que yo, es quien mantiene unido al equipo, quien consigue que las jugadas funcionen y que nos coordinemos, por eso es el capitán.

El silencio que se instala entre nosotros pesa como un elefante. Bennet alcanza uno de los libros de la caja que se le ha caído y juega con él entre las manos. Yo me quito la mochila de la espalda y la dejo a un lado después de volver a comprobar que el móvil sigue sin cobertura.

—Me di cuenta —susurra.

Frunzo el ceño.

—El primer día —aclara—. Fui totalmente consciente de que casi te quedas sin gafas.

Lo miro boquiabierta. ¿Pero qué le pasa a este chico?

—Estaba nervioso —confiesa—. Y no quería empezar disculpándome porque me paso la vida así. —Hace una mueca de disgusto—. Pensaba que si hacía como que no me había dado cuenta no le darías importancia y ya está, como si no hubiera pasado nada.

—Eso no tiene sentido.

—Ya, bueno —sonríe de lado—, hay gente menos rencorosa que tú.

Le saco la lengua y se ríe el muy sinvergüenza.

Bajo la vista a mi pantalón naranja y juego con el pequeño agujero que hay a la altura de la rodilla.

Pasamos unos minutos en un silencio menos asfixiante que antes en el que lo único que se oye es el sonido que hace al pasar las páginas del libro.

¿Y ahora qué? ¿Debería hablar con él como si fuera el chico que me regala libros para que los subraye o el que intento evitar cada día en los pasillos del instituto? ¿Cómo pueden convivir los dos en un mismo cuerpo?

—¿Por qué me llamas Bennet? —pregunta de repente, mirándome.

—Mi primo te llama Bennet —respondo sin comprender a qué viene esto.

—Pero tú no eres del equipo.

—Entonces ¿no te puedo llamar Bennet? —pregunto, extrañada.

Duda.

—Sí, pero es raro. —Arruga la nariz.

—Hay más gente que te llama así. —Todo el mundo excepto Diane, Amelia y dos o tres más.

—Ya…

Quita la sobrecubierta del libro y la vuele a poner.

—¿Entonces? —pregunto.

—No sé.

¿Cómo que no sé? Pero ¿qué le pasa?

—¿Prefieres que te llame Will? —pregunto harta de que no me diga una respuesta concreta.

—Si te digo que sí, ¿vas a seguir llamándome Bennet solo por fastidiar? —Me mira con expresión dubitativa.

—Pero ¿por quién me tomas? —pregunto sorprendida de que me conozca tan bien.

—Es decir: sí —dice con una media sonrisa.

Bufo.

—No pongas palabras en mi boca que no he dicho —digo cruzándome de brazos, otra vez.

—Ferrer —pronuncia mi apellido. No lo hace como los demás, que se comen las erres. Ni como mi madre, que lo pronuncia con acento español casi perfecto. Es una mezcla extraña, casi musical.

—Price —digo. Me mira confuso—. En España tenemos dos apellidos.

—Anna Ferrer Price.

Un escalofrío que no entiendo —o no quiero entender— me recorre la columna.

—¿Estás memorizando mi nombre para intentar invocarme como si fuera Beetlejuice? —pregunto intentando desprenderme de esa sensación.

—Estoy seguro de que si te convirtieras en espíritu maligno serías mucho peor que Beetlejuice. —Ríe.

Lo miro con los ojos entrecerrados, evitando reírme a toda costa.

—Muy gracioso, William Bennet.

—William Tomas Bennet —me corrige y se queda pensativo—. Y Fraser si fuera español.

—William Tomas Bennet Fraser. Suena genial para decirlo cuando me enfade contigo. —Esta vez no puedo evitar reírme.

Me mira sonriente, con una expresión que no consigo descifrar.

—¿Esto significa que hemos hecho las paces? ¿Me perdonas por no haberte contado que era yo? —pregunta.

No me queda ni una pizca de enfado del que poder tirar para negarme. Supongo que ya no habrá más notas, lo que me entristece porque se habían convertido en el mejor momento del día, pero escribir en un bloc sin saber quién lo está leyendo es muy distinto a hablar frente a alguien y no sé si le contaría al Will que tengo delante todo lo que le he contado a través de las páginas del bloc.

—Estamos en paz —digo con una sonrisa un poco melancólica.

Will me imita y me mira durante unos segundos. De repente, me toca el entrecejo con el dedo durante dos segundos en los que lo miro extrañada, intentado disimular el escalofrío que me ha provocado.

—¿Sabes que casi siempre lo tienes fruncido? —pregunta con una pequeña sonrisa curiosa.

—Ya, cuando me doy cuenta intento relajarlo —digo a la vez que me subo las gafas.

—No te dura mucho.

Le saco la lengua.

—Tú siempre parece que estés a punto de sonreír —digo y alargo el brazo para tocar ese punto de la mejilla izquierda donde le sale el hoyuelo a veces.

—Admite que eso es mucho mejor que dar la sensación de que estás enfadada.

—No doy esa impresión —rebato, aunque sé que sí.

—Lo que tú digas.

Gruño, con lo que solo consigo que se ría.

—Ya que estamos aquí encerrados y no puedes huir —dice con tono cauto—, ¿qué te parece si empezamos por fin con el trabajo de Historia?

Me encojo de hombros. Tampoco tengo nada mejor que hacer aparte de darle vueltas a lo mismo una y otra vez sin llegar a ningún sitio.

—Encontré esto en la tienda de mi tío. —Rebusco en la mochila y saco el cuaderno—. Creo que debió ser de algún club —explico enseñándole la página con las normas—. Y en los periódicos de hace unos treinta años hay noticias sobre esto. —Le muestro las páginas donde mencionan lo del centro comercial y la estatua.

Bennet me mira con una sonrisa que casi llega a formar los hoyuelos de las mejillas y asiente, para que siga.

—Podemos intentar averiguar quiénes eran y qué hacían —dudo, desanimada al pensar en lo difícil que será—. Puede que sea un poco complicado.

—Seguro que en la biblioteca del instituto hay algo o les preguntamos a las mujeres que fueron alumnas… como mi madre o mi tía —dice Bennet.

—A mi tía le he preguntado, pero me ha dicho que no sabe nada. Puede que tu madre nos cuente algo. —Me estiro volviendo a ilusionarme.

—Podemos preguntar un poco y después buscar información —propone.

—Vale —digo mientras noto una sonrisa dibujándose en mi rostro.

Bennet me imita y yo no sé qué sentir. He descubierto, por fin, quién es el chico con el que puedo hablar de libros y no lo estoy haciendo porque se me hace raro comentar qué me está pareciendo *Frankenstein* con Will Bennet, *quarterback* del Matilda Orange.

Sin previo aviso se levanta de un salto dándole un golpe a la caja que tiene junto a él.

Gruñe y yo no puedo evitar reírme. Al menos esta vez no he sido yo la víctima.

—Voy a seguir con lo que estaba —dice arremangándose.

Lo miro unos minutos mientras coloca los libros y los anota, hasta que decido que, ya que tenemos que estar encerrados hasta que Ishbel se acuerde de que su nieto estaba aquí, puedo ayudarle.

Mientras sacamos y metemos libros en cajas le hago preguntas, intentando unir a los dos chicos, al amigo que empezaba a conocer a través de las notas del bloc y al *quarterback*, en uno solo:

—¿Cómo puede ser que nadie sepa que trabajas aquí? —le pregunto.

Will se pasa la mano por el pelo enredando más las ondas.

—No es que nadie lo sepa… —duda—. ¿Te parece raro que el nieto de una señora vaya a ayudarle en su negocio?

—No —respondo.

Anota el libro que le paso y saco otro de la caja.

—Exacto. Es lo más normal de mundo y, por tanto, a nadie le interesa.

Lo miro con los ojos entrecerrados.

—¿Y ya está? —pregunto.

—Vale —admite—, también voy con cuidado al entrar y salir, no atiendo al público y siempre digo que voy a la biblioteca o al gimnasio.

—¿Por qué? —pregunto sin entender a qué viene tanto esfuerzo.

—Mi padre no se puede enterar.

Frunzo el ceño, esperando a que me explique un poco más.

—Para él lo más importante es el fútbol y el tiempo que no esté entrenando o en el gimnasio debo estar estudiando.

Sabía que era estricto, pero esto ya me parece demasiado.

—Lo único que debería preocuparme es conseguir una beca en Stanford —se ríe de una forma que no le había visto nunca, sin ninguna alegría, y mientras se pasa la mano por la cara como si estuviera cansado.

—¿Por qué no? —pregunto, extrañada. No me pega nada este Will sin confianza con el chico engreído que conozco.

Niega con la cabeza.

—No quiero que toda mi vida gire en torno al fútbol.

Se agacha para sacar otro libro.

—¿No te gusta? —pregunto extrañada.

—Claro. —Me pasa el libro para que lo deje en su sitio—. Pero no me… apasiona como a Peter o mi padre. Y para él solo existe esa opción. No admite nada que no sea seguir sus pasos. Todos y cada uno de ellos.

Con cada palabra que dice se le crispa más el gesto. Ningún día lo he visto enfadado, ni siquiera el domingo pasado cuando, después de todo el día lloviendo, jugaron el partido contra su rival directo poco antes del anochecer y perdieron por una diferencia abismal. Los del otro equipo se estaban pasando tanto con la celebración que Amelia fue al cuadro de luces y bajó los fusibles dejándonos a oscuras a todos.

—Entonces ¿te escondes para que no se enfade contigo? —le pregunto.

—Me escondo para que no me lo quite. —Su mirada es tan triste ahora mismo que tengo que echar mano de toda mi fuerza de voluntad para no darle un abrazo—. Mientras piense que estoy en la biblioteca o en el gimnasio no podrá prohibírmelo. Si algún día se entera, no dudes que hará todo lo que esté en su mano para evitar que pierda el tiempo en la librería.

—Pero si tu abuela necesita ayuda, no te puede prohibir que lo hagas —digo.

Will me mira divertido.

—Mi abuela no necesita ayuda de nadie.

Voy a replicar, pero me quedo con la boca abierta sin saber qué decir. La verdad es que la mujer se apaña perfectamente, puede que su librería fuera un caos si nosotros no nos preocupáramos de tenerla ordenada, pero está claro que no nos necesita.

—Por eso no has ido hoy a entrenar.

Se ríe.

—Sabía que estabas escuchando la conversación con mi madre.

—Haberos ido a otro sitio más discreto —protesto.

—Últimamente discuto mucho con él y ayer por la noche… me reprochó algo que me molestó y… exploté.

Hay algo que no me quiere contar en esas pausas. Intento hacer memoria y recordar nuestras conversaciones en el bloc. Puede que sea por ese sueño que quiere alcanzar y que no es el que los demás esperan de él del que me habló. No le pregunto, si ni siquiera en las notas me contó mucho más, supongo que no es fácil para él. Pero no puedo evitar preguntarme en qué consistirá ese sueño si no es en ser el *quarterback* de una gran universidad como Stanford.

Seguimos unos minutos hasta que me surge otra duda.

—¿De verdad no te importó que le hiciera anotaciones a tu libro?

No es lo mismo preguntarlo a una hoja en blanco y que la otra persona tenga tiempo de enfadarse antes de escribir una respuesta educada que responder cara a cara.

Will me mira con el ceño fruncido sin comprender la pregunta.

—Claro que no, te lo dije, me encanta. Puedes hacer anotaciones en todos mis libros, si quieres.

Asiento, nerviosa, no sé muy bien por qué y bajo la vista al libro que tengo en las manos. Noto sus dedos acariciar mi frente y levanto la cabeza para darme cuenta de que me está apartando un mechón suelto de la trenza.

—¿Qué pasa? —pregunta con suavidad, con la misma que engancha el mechón detrás de mi oreja.

Creo que me quedo demasiado rato perdida en sus ojos, imaginando todas esas palabras escritas dichas por él.

—Es raro… estar hablando contigo, sabiendo que eres tú quien escribía en el bloc.

Parece que vaya a acercarse, pero la puerta se abre de repente.

—¡Anna! —exclama Ishbel al verme. Se asoma detrás de la puerta—. ¡William! —Lo pronuncia como Kirsteen: cambiando la uve doble por una u— Pero ¿qué hacéis aquí?

La mujer nos mira con una expresión de sorpresa tan exagerada que, por un segundo, se me pasa por la cabeza que está fingiendo.

—Se nos ha cerrado la puerta —dice Will cruzándose de brazos y mirando a su abuela con los ojos entrecerrados—. Pero algo me dice que ya lo sabías.

La mujer pone los brazos en jarras.

—Un poco de respeto a tu abuela —dice con el ceño fruncido—. Encima de que no tenéis cuidado aún será culpa mía.

Dejo el libro en la estantería y alcanzo mi mochila.

—Si no fueras tan cabezota, ya podría haber venido Jerome a arreglarla.

—Ya te he dicho muchas veces que no hace falta arreglar todo lo que se rompe.

Es gracioso observarlos discutir, sobre todo, porque ahora veo todos esos detalles similares que no había percibido antes. Como la nariz de Will, que no es tan aguileña como la de su madre y su abuela, pero sí tiene una curva sutil en el puente. O la forma en la que alzan las cejas inclinando la cabeza un poco hacia arriba. También tienen la misma mirada que no muestra ni una pizca de enfado, sino cariño.

No me doy cuenta de que estoy sonriendo divertida hasta que Ishbel me mira y estiro la espalda, intentando cambiar mi expresión a una más seria.

—Perdón por esta escena, Anna, y por tener que aguantar a mi nieto tanto rato.

—¡Oye! —se queja el chico.

—No pasa nada —digo educadamente.

—Ahora por lo menos no tendré que hablar en clave —dice la mujer con un suspiro que parece más falso aún que la sorpresa de antes.

—Te quejas de Renita y Leonard, pero tú eres mucho peor —le dice Will antes de salir por la puerta del almacén.

Siguen discutiendo de forma cariñosa hasta que salimos por la puerta. Dudo unos segundos sin saber en qué dirección está la casa de Will, pero cuando emprende el mismo camino que debo seguir yo, camino junto a él.

—Tú madre y tu abuela te llaman Uilem —intento imitar su pronunciación.

Will asiente.

—En realidad ese es mi nombre oficial: Uilleam —deletrea—, pero Will es más fácil para todo el mundo—. Y el segundo es sin hache y con tilde en la o: Tòmas.

—Me gustan las tildes —digo

Will me mira divertido.

—¿Cómo una persona llega a la conclusión de que le gustan las tildes?

Me encojo de hombros.

—Son distintas. La gente que habla inglés no sabe lo que se pierde.

Me mira con curiosidad. Supongo que un manatí con peluca se sentiría feliz con una mirada así, a mí lo único que me hace sentir es ganas de retorcer las mangas de la sudadera.

Nos despedimos hasta el día siguiente en la esquina que debo doblar para ir hacia casa.

Cuando llego, la cena ya está lista y, aunque Amelia no para de charlar sobre los cotilleos de los que se ha enterado hoy, no le presto atención a ninguno. No puedo dejar de intentar unir a Will Bennet, *quarterback* del instituto, con el chico de la librería con el que llevo semanas compartiendo notas sobre libros, dulces y sueños.

Capítulo 13

Ya es octubre y la lluvia no ha querido perderse el inicio de mes. Las botas de agua amarillas me protegen los pies y la mitad de las piernas, pero el paraguas de plástico trasparente no consigue salvarme del agua cuando el aire sopla hacia mí. Sería el día perfecto para quedarse en casa, tapada con una manta, un colacao y un libro. Pero debo ser una persona responsable e ir al instituto.

El olor a tierra mojada se hace más intenso cuando recorremos el camino de entrada al instituto. No solo nos caen encima las gotas de lluvia, sino también el agua que resbala desde las hojas de los árboles.

—Que llueva todo lo que tenga que llover, pero el sábado ni una gota —dice Amelia con la cabeza alzada como si le hablara al cielo.

Asiento. Ya sería desgraciada si el año que puedo disfrutar del festival de otoño de Orange Hollow lo cancelaran. Es una de las cosas que más he estado esperando desde que me vine aquí.

Pero antes de eso tengo que sobrevivir a lo que queda de clases esta semana. Intento atender y tomar apuntes en Historia y Química que me puedan servir cuando tenga que estudiar, aunque estoy casi segura de que se los voy a pedir a Candance.

A tercera hora vamos al vestuario y nos vestimos con el chándal para la clase de Educación física.

—Venga, venga, que no tenemos todo el día —dice el profesor mientras caminamos hacia el centro de la pista cuando suena la campana de inicio de clase.

El hombre, alto como un jugador de baloncesto y de expresión enfurruñada, no es conocido por su gran paciencia.

Oigo correr a varias personas detrás de nosotras y menos mal, porque me da tiempo justo a apartarme antes de que Will se choque conmigo. ¿Quién en su sano juicio corre hacia atrás sabiendo que hay gente en la dirección hacia la que va? Y más siendo él, que se choca con gente incluso yendo hacia delante. El chico me mira con una sonrisa de disculpa al darse cuenta de mi movimiento brusco.

No hemos hablado mucho desde el día que lo descubrí, aunque sé que ha hecho las paces con su padre —más o menos— porque ha vuelto a los entrenamientos. Me gustaría preguntarle, pero no tenemos mucho tiempo libre en el que podamos estar solos. Ni siquiera hemos podido quedar aún para el trabajo de Historia porque él tiene fútbol todas las tardes. Aun así, los mensajes a las doce de la noche en los que me culpa del sufrimiento que le está causando *Insurgente* me han ayudado a juntar al Will del instituto con el de la librería. Y también los pocos minutos entre clases como ayer antes de Cálculo cuando le enseñé el ejemplar de *Frankenstein* que me regaló lleno de pósits y dibujos en los márgenes. Se me hizo raro hablar con él en persona de libros y con los ejercicios de Matemáticas en la pizarra, pero fue tan fácil que por la noche me lo terminé solo para poder comentar el final esta mañana frente a nuestras taquillas.

—Voleibol. Bennet, Noguchi, Sanders, Ferrer y Lorenz —nos llama el profesor—: equipo azul, coged los petos. —Tampoco es un hombre de muchas palabras.

El profesor nos reparte en grupos y nos manda a cada par de equipos a una de las pistas del pabellón cubierto en las que las líneas del suelo verde que marcan el campo de voleibol se cruzan con las de las áreas del de baloncesto.

Diane nos pasa los brazos por encima de los hombros a Candance y a mí.

—¡Nos ha tocado juntas! —exclama feliz.

Candance ríe con ganas.

—Y tenemos a Will, así que seguro que ganamos —digo.

Las dos chicas me miran sin entender.

—Se le dará bien, ¿no? Es deporte.

Mientras lo estoy diciendo me doy cuenta, por la cara que ponen mis amigas, de que no puedo estar más equivocada.

—Tú intenta no estar muy cerca de él —me advierte Candance.

—Will es un desastre en cualquier deporte que no sea el fútbol —añade Diane para que me quede claro.

Me lo tenía que haber imaginado.

Robert nos lanza los petos usados y sudados por cientos de estudiantes antes que nosotros y me pongo el mío intentando aguantar la respiración. Hacer deporte es bueno, dicen.

—Noguchi, Sanders y Lorenz detrás —grita el profesor desde fuera del campo—. Bennet y Ferrer delante.

—Si Will se mueve, tú apártate —me dice Robert mientras se coloca en la esquina derecha.

—Te he oído —le dice Will con una mueca.

Lo miro divertida.

—¿Tan mal se te da? —le pregunto.

Sonríe con los labios apretados y el entrecejo fruncido.

—No se me da bien.

Eso ha sonado a que nos van a dar una paliza. Y nos la dan en el primer set. Cuando la pelota va hacia Will está a punto de atraparla en vez de golpearla, cambia la posición de las manos en el último segundo y la manda contra la red. Solo Diane y Robert nos salvan de quedar a cero. Al menos conseguimos mejorar un poco en el segundo, incluso yo anoto algún punto que celebro como si fuera un diez en el examen de Química.

Estoy tan concentrada que, en uno de los pases de Candance, doy un paso lateral y salto con todas mis fuerzas sin darme cuenta de que Will también va a por ella. Nada más hacer ese movimiento, en los milisegundos que aún estoy en el aire siento un golpe en el costado izquierdo. Caigo al suelo con Will encima, por suerte sobre la nalga derecha y, aunque el golpe me duele igual y la cabeza me rebota en el aire, el culo amortigua la caída. No son ni dos segundos, pero noto el peso de Will en cada átomo de mí. Mis rodillas han quedado atrapadas bajo su ombligo, aunque le ha dado tiempo de apoyar los brazos a los lados de mi cuerpo y no ha llegado a caer del todo sobre mí.

—¡Anna! —exclama apartándose de mí con las mejillas rojas.

—A este paso, voy a empezar a pensar que me odias y quieres mandarme al hospital —bromeo.

La expresión de Will pasa de la preocupación a la diversión.

—No podría odiarte —susurra con los ojos clavados en los míos.

Lo dice de una forma que hace que las mejillas me ardan. Abro la boca para decir algo, no sé muy bien qué.

—¿Estáis bien? —nos interrumpe Robert al acercarse a nosotros junto a Diane y Candance.

Los dos asentimos mientras nos ponemos en pie.

—Estoy acostumbrada a que Will me arrolle —digo intentando que mi corazón vuelva a latir a un ritmo normal.

—Y que lo digas —ríe Diane mientras vuelve a su posición al ver que ninguno tenemos nada roto.

—¿Es el día nacional de meterse con el pobre Will? —pregunta haciendo un puchero muy mal fingido.

—¿Quieres quedarte detrás? —me propone Candance mientras Diane sigue bromeando con su amigo—. Así descansas.

Niego con la cabeza.

—Estoy bien —le aseguro.

Los del otro equipo no tienen piedad, pero yo me he dado cuenta de que me gusta y siento que se me da bien controlar la fuerza y la dirección de los golpes. Conseguimos aguantar hasta el final del set y ganar por un punto.

—Se te da bien —me dice Will, tumbado a mi lado sobre la superficie de caucho verde en los cinco minutos de descanso que nos ha dado el profesor antes del último set.

—¿Lo debería tener en cuenta para mi futuro? —le pregunto sentada con los brazos sobre las rodillas dobladas.

—Sin duda —dice con una sonrisa. No la de verdad, sé que esa no es para mí, sino la normal, la de las bromas, la que parece estar ahí aguardando en las comisuras un poco alzadas, dispuesta a mostrarse en cualquier momento.

—¿Quedamos a la hora de la comida para ir a la biblioteca y seguir con el trabajo? —me pregunta—. Si no, nunca lo haremos.

—Vale, pero que nos dé tiempo de pasar por la cafetería.

Will asiente.

El profesor nos llama para que sigamos con el partido. Cuando voy a pasar por su lado para ponerme en mi sitio, cojo un poco de impulso y le doy un empujón por detrás que lo desestabiliza, aunque no lo tira.

—Ups, ha sido sin querer —me encojo de hombros—, pero ahora solo te debo uno —le digo sin poder contener la sonrisa.

Hay un segundo de confusión en su rostro, pero entonces lo entiende, sonríe mostrando uno de los hoyuelos y asiente, aceptando el golpe y el otro que está por venir.

Empezamos el último set como hemos terminado el anterior. Will se mueve con cuidado y deja el centro para que lo cubra yo. Eso me da la oportunidad de que, cuando Diane lo llama para que se encargue él de la bola que va un poco centrada, yo también vaya a por ella, dándole otro empujón. Perdemos el punto, pero merece la pena por ver cómo se ríe y me da la mano en señal de paz.

Al final ganamos. Los cinco nos abrazamos y lo celebramos como si fuera una competición nacional y no un partido de instituto.

—¡Qué asco! —exclama Diane separándose de los demás—. Malísima idea abrazarnos sudados.

Me río y la vuelvo a abrazar con fuerza.

—Quita, quita. —Me aparta.

Candance se une al abrazo y, aunque Diane sigue quejándose, ya no lo hace con tanto disgusto.

Mientras espero a Will en la puerta de la biblioteca leo una y otra vez las letras rojas del comentario de la profesora de Escritura creativa. Me siento como en *Operación Triunfo* cuando el jurado le dice a la concursante: ejecución perfecta, pero sin sentimiento. ¿Cómo se mide el sentimiento? ¿Tengo que entregar un frasco con mis lágrimas junto al ejercicio? Supongo que esto de escribir no es lo mío.

—Vaya —oigo una voz detrás de mí demasiado cerca y pego un pequeño grito del susto.

Me giro con el corazón disparado y me encuentro a Will mirando mi ejercicio por encima del hombro.

—¡Oye! —exclamo bajando los folios para que no lo vea—. No seas cotilla.

—Te debía un susto —dice con una sonrisa ladeada.

Suspiro y le hago un gesto para entrar en la biblioteca, no tenemos mucho tiempo si queremos comer algo después.

Aún no había venido aquí en todas estas semanas y me sorprender ver que, así como en el resto de edificio el mobiliario es un poco más moderno, aquí han respetado los muebles de madera de caoba antiguos que encajan a la perfección con el resto del edificio. Incluso hay pequeñas lámparas verdes con el pie dorado sobre las mesas. Las estanterías son altísimas, tanto como el ventanal desde donde vemos la calle, y están repletas de libros de todos los tipos. Me he quedado tan embobada mirando alrededor que, cuando me doy cuenta, Will ya está hablando con la bibliotecaria.

—... sobre cuando esto era un instituto femenino.

La mujer, con las gafas pequeñas y redondas en la punta de la nariz, asiente.

—No queda mucho porque hace unos años nos deshicimos de bastante material que estaba obsoleto —dice a la vez que sale de detrás del mostrador—, pero podéis mirar si os sirve algo.

La seguimos a un rincón del fondo de la biblioteca donde hay dos estanterías viejas repletas de cajas de cartón etiquetadas, libros ajados, cilindros de los que se usan para guardar mapas y archivadores desgastados que acumulan polvo. Si no me diera vergüenza me pondría a dar pequeños saltos de la emoción. Investigar un club secreto de hace más de treinta años es para lo que he venido a este mundo, no tengo dudas.

—Aquí está todo lo que tenemos. No podéis coger nada, solo consultar —nos advierte con mirada severa.

Will y yo asentimos intimidados, aunque la mujer sea dos palmos más baja que nosotros.

Cuando se marcha echándonos una última mirada, nos acercamos a las estanterías. Soplo para quitar un poco de la capa de polvo que cubre todos los objetos y me doy cuenta al estornudar de la mala idea que ha sido.

—¿Has averiguado algo? —pregunta Will mientras leemos las etiquetas.

—Nada. Mi tía no ha vuelto a negar que sepa de qué le hablo, pero me ha dicho que, como directora, no se puede implicar en un trabajo de una alumna del instituto. —Suspiro de forma dramática.

Abro una caja donde hay papeles desordenados. Parecen carteles y panfletos del instituto.

—Mi madre me ha dicho algo parecido… Yo creo que sí saben cosas.

Saca algunos trofeos de otra caja y lee las placas.

—Pues habrá que descubrirlas —digo animada.

Me agacho para ver los libros que hay en los estantes de abajo. Algunos parecen tomos de alguna enciclopedia antigua, aunque no son esos los que me llaman la atención sino los de lomos estrechos en los que hay escritos años. Saco uno de ellos y veo que es un anuario del año noventa y ocho.

—Will —lo llamo emocionada mientras paso las páginas buscando las típicas fotos de estudiantes.

El chico se acerca y se acuclilla frente a mí.

—¡Mira! —exclamo sin alzar mucho la voz al encontrar la foto de mi madre.

Incluso con diecisiete años era guapísima, con la melena rubia lisa cayéndole a los lados de la cara y una sonrisa que se contagia incluso a través de la foto.

—Sois iguales —dice sorprendido cuando giro el libro para que lo vea de frente.

Frunzo en el ceño. No sé dónde ve el parecido.

—No lo somos —aseguro volviendo a mirar la foto de mi madre.

—Tenéis la misma sonrisa —insiste.

Observo la expresión feliz de mi madre que ilumina cualquier lugar donde esté y no consigo ver el parecido conmigo.

—Necesitas gafas —le digo.

—Llevo lentillas —responde con las cejas enarcadas.

—Pues ve a que te las revisen.

Will niega con la cabeza sin dejar de sonreír y observa las fotos.

—Esta es mi madre —dice señalando la foto de una chica pelirroja con la misma sonrisa que él y gafas de pasta marrones.

—Qué guapa —digo—. No os parecéis en nada.

—Eso ha dolido —dice llevándose la mano al pecho.

Me río porque sí se parecen un poco en pequeños detalles, como la forma de los labios al sonreír.

—En la nariz un poco sí —digo observando la foto, donde se nota más aún la similitud en los rasgos todavía un poco aniñados de Kirsteen.

—A mi madre le encanta su nariz —dice divertido.

—Y a mí me…

Un momento. ¿Estaba a punto de decir que me gusta su nariz? ¿Pero dónde tengo la cabeza? Me han hechizado, no puede haber otra explicación. Seguro que la bibliotecaria es un hada de seiscientos años a la que le he caído mal.

Will me mira esperando que termine la frase.

—Y a mí me gusta la mía —digo encogiéndome de hombros.

Sigo pasando páginas hasta llegar a una donde hay un montón de firmas. Me llama la atención, en la esquina inferior izquierda, un pequeño texto.

—¿Qué pone aquí? —pregunto volviendo a girarlo hacia Will porque no entiendo bien la letra.

—¿Me lo pasas a mí porque he practicado un montón estas semanas intentando descifrar tu caligrafía?

Lo miro con los ojos entrecerrados y el muy idiota se ríe.

—«Recordad no conformaros. Las amazonas de Matilda Orange» —lee.

—Las amazonas de Matilda Orange —repito—. ¡El club del cuaderno! —exclamo demasiado alto y me tapo la boca con las manos.

—Esto confirma que sí existió —afirma.

—Me he dejado en casa el cuaderno —me lamento—, pero creo que decía algo así como que llevaban descosido el uniforme…

Volvemos a las fotos y las observamos con atención, intentando ver algo distinto en los chalecos de las estudiantes. Desistimos pronto al llegar a la conclusión de que son demasiado pequeñas como para que podamos distinguir algo.

—Revisaré el cuaderno, tiene que haber alguna pista sobre quiénes eran.

—Vale, ¿quedamos todos los días este rato para avanzar?

Asiento. Me hace mucha ilusión esta pequeña investigación y también hacerla con Will. Es tan fácil hablar con él en persona como lo era a través del bloc y es divertido, excepto cuando critica la película de *Hércules*. Ayer se pasó todo el camino desde la cafetería hasta clase de Historia enumerándome todos los fallos que tiene. Como si yo esperara de una película de Disney que fuera fiel a la leyenda. Yo lo único que quiero es ver cómo Hércules renuncia al Olimpo por Meg.

Salimos de la biblioteca con la mirada de la bibliotecaria en la nuca.

—¿Quieres que te ayude? —pregunta Will de camino a la cafetería.

—¿Con qué? —pregunto extrañada.

—Con los ejercicios de Escritura creativa.

Lo miro con los ojos entrecerrados. ¿Hasta dónde ha leído? Siento calor en las mejillas de la vergüenza.

—¿Pero tú has dado la asignatura?

—No.

Alzo las cejas.

—¿Entonces?

—Pero leo mucho —sonríe orgulloso.

Frunzo el ceño.

—Yo también.

—Ya.

Lo miro unos segundos en los que no consigo descifrar su expresión. Creo que es esa que pone cuando tiene algo que decir, pero no se atreve. ¿Me dará tiempo antes de volver a España de aprender qué significa cada uno de sus gestos?

—El número de septiembre ha sido un éxito —dice Diane alzando los brazos cuando todos estamos sentados en nuestras sillas desparejadas—. La entrevista a Renita ha sido una maravilla, tanto que incluso he visto a gente del pueblo con el periódico en la mano. Felicidades, Piper.

La chica sonríe, encantada.

—Lo único que he visto más flojo es el artículo de literatura —dice mirándome con expresión apenada—. Tenemos que darle una vuelta a la sección, intentar diferenciarla de lo que puedes encontrar en cualquier vídeo de TikTok. En cambio, el de la estatua del señor Orange ha gustado mucho, sobre todo fuera del instituto. Enhorabuena.

Asiento, contenta y un poco decepcionada también. Se supone que los libros es mi tema favorito y después de la revisión de Diane creía que había quedado bien, pero supongo que no ha funcionado como nosotras creíamos. Me da un poco de rabia que sea el otro artículo el que haya tenido mejor acogida.

—¡Y los relatos! —exclama—. Como siempre: lo más esperado. La gente sigue pensando que somos nosotros quienes los escribimos, pero aun así no dejan de desear leerlo e intentar averiguar quién es el o la autora.

Comentamos entre risas el artículo tan gracioso que escribió Candance sobre el futuro de los jugadores y también el de Amelia, donde todos terminamos convertidos en zombis.

—¿Ideas para octubre? —pregunta Diane ya con el rotulador en la mano.

—Halloween —dice Amelia, encogiéndose de hombros.

—Criaturas —aporta Emily—. No solo las típicas de vampiros o zombis, sino de otras culturas, leyendas o que nos provoquen incertidumbre.

—Me gusta lo de la incertidumbre —dice Diane, apuntándolo en la pizarra y haciendo un círculo alrededor.

—El instituto está lleno de incertidumbre —dice Amelia con una sonrisa malvada—, me encanta.

—Anna tú deberías hablar sobre libros que traten algún tema que nos provoque malestar, pero que no sean de terror. Y para el otro artículo alguna noticia de misterios sin resolver, por ejemplo.

Asiento. Esta vez, para el de literatura, voy a buscar algo que de verdad llame la atención, algo distinto.

—Yo estoy pensando en hablar de la información que el FBI ha sacado a la luz sobre los ovnis.

Diane lo apunta todo en la pizarra y detallamos un poco más cómo vamos a hacer cada artículo antes de ponernos a trabajar. Mi amiga se sienta delante del ordenador de al lado al que estoy yo.

—¿Cómo te diste cuenta de que querías entrar en el FBI? —le pregunto con curiosidad.

—¿Sabes la de información clasificada sobre vida extraterrestre que han sacado a la luz? Y ninguno de esos documentos es importante de verdad. Estoy segura de que han hecho descubrimientos que no pueden mostrar al resto del mundo y, si consigo trabajar en la sección encargada de las amenazas externas, seguro que podré averiguar la verdad.

—Pero ¿y si nunca llegas a esa sección? No tengo ni idea de cómo funciona el FBI —digo—, pero si es algo tan delicado no habrá mucha gente que pueda acceder a esos puestos.

—Lo intentaré —afirma mi amiga decidida.

—¿Y si no lo consigues?

Diane se queda con la mirada perdida.

—No lo sé —juega con su boli del platillo volante.

—¿Hay algún otro trabajo dentro del FBI que te guste? —pregunto dándome cuenta de que no debería haberla hecho dudar.

—No me lo había planteado —responde pensativa.

Se me encoge un poco el corazón. Creo que, sin querer, le he contagiado la enfermedad de no saber qué hacer con el futuro. ¿Quién me manda meterme en la vida de los demás? Como si no tuviera bastante con la mía.

Capítulo 14

El día del festival de otoño el sol brilla desde primera hora de la mañana del sábado atravesando los pequeños huecos entre las hojas de los árboles y pintándolo todo alrededor de dorado y bronce. Los pájaros escondidos entre las ramas pían alegres como si, incluso ellos, hubieran estado esperando este día. La lluvia no ha parado hasta bien entrada la madrugada y el suelo y la tierra siguen mojados, envolviéndonos con ese aroma, el petricor, tan característico.

La plaza del pueblo no puede estar más abarrotada de gente que camina sobre el suelo empedrado o charla frente a los puestos de comida y bebida que bordean el espacio ovalado. El olor del puesto de Owen, repleto de manzanas de caramelo, hace que mi estómago proteste y se indigne cuando paso de largo.

—Este año voy a ganar la carrera en el laberinto de heno —declara Amelia que camina con la espalda estirada y las manos en los bolsillos del peto vaquero pintado con dibujos de hojas y setas.

No se ve ni una pizca de las columnas y barandillas del gazebo que se alza en el centro de la plaza, cubierto por entero con calabazas. Solo el techo hexagonal de madera oscura se ha librado de la invasión otoñal.

—No sé por qué tanto empeño, si no te dan nada, solo un trofeo minúsculo —dice mi tío, esquivando un charco gigante que le habría remojado hasta los calcetines de ardillas.

Arrugo la nariz cuando una leve brisa nos hace llegar el aroma no tan agradable del laberinto de heno que hay al fondo, en el descampado junto al ayuntamiento.

—Es el orgullo de ganar —aclara mi prima, muy seria.

Una gota gigante que ha resbalado de alguna rama me cae en las gafas. Al menos no ha sido una caca de pájaro.

—Prefiero terminar el día conservando una hija que con un trofeo de latón para decorar el salón —dice mi tía que hoy, y sin que sirva de precedente, se ha puesto unos vaqueros y lleva un bolso de cáñamo gigante.

—Tendrás las dos cosas, mamá, no te preocupes —asegura Amelia.

—¡Mermelada de calabaza! —exclama mi tío que se apresura hacia el puesto en el que está Candance con los que supongo que son sus padres.

—Lo hemos perdido —dice mi tía con resignación yendo tras él a un ritmo más calmado.

El puesto de Candance es precioso. Han amontonado cajas de madera desgastadas pintadas con dibujos de calabazas y brotes verdes, sobre las que se sostiene una tabla de un tono más claro donde también hay distintas variedades de esa misma verdura: las típicas redonditas, alargadas, unas pequeñas e incluso algunas verdes. La chica sonríe al vernos y nos saluda sin dejar de atender a los clientes vestida con un peto vaquero, camisa de cuadros rosa sobre una camiseta del mismo tono y zapatillas de deporte sucias. Es otra persona. Otra persona que parece mucho más feliz que en el instituto.

Mi tío va directo a los botes de cristal que hay a un lado, junto a boles llenos de trozos asados de calabaza y montones de manzanas rojas, verdes y amarillas.

—Ah, no, eso sí que no, no vale estudiar el laberinto antes de la carrera —protesta Amelia antes de echar a correr hacia allí, donde un chico parece estar observando el laberinto con atención.

—Solo quedamos tú y yo… —dice mi tía.

—¡Anna! —oigo que me llama alguien desde atrás.

Cuando me giro veo a Ishbel, saludándome desde la zona de tallado de calabazas.

Sonrío a mi tía, que pone los ojos en blanco y se conforma con observar a mi tío probar todas las mermeladas del puestecillo.

—Hola, Ishbel —la saludo sin acercarme mucho a los niños que, con unas herramientas demasiado peligrosas para ellos, intentan agujerear las calabazas.

—¿Te podrías quedar aquí un rato? —me pregunta con una sonrisa tan amable que es difícil negarse—. Quiero dar una vuelta por los puestos.

—Claro, sin problema —acepto mientras la mujer ya está saliendo de detrás de las mesas blancas de plástico.

Intento recogerme el pelo suelto en una trenza, aunque no lleve coletero para que me moleste lo menos posible.

—¡Uilleam! —grita hacia otro lado mientras yo me pongo en su puesto y le quito a un niño un punzón demasiado peligroso—. Anda, quédate aquí un rato ayudando a Anna.

Ishbel se va dejándonos a los dos a cargo de unos niños que no parecen tener mucha percepción del peligro. En los pocos segundos que me despisto mirando cómo Will se arremanga la chaqueta vaquera para ayudar a una niña a vaciar de semillas la calabaza, el niño de antes vuelve a alcanzar el punzón. Se lo quito de nuevo, lo escondo en una caja donde hay más herramientas y le doy otro más pequeño.

—¿A quién se le ha ocurrido que esta actividad es para personas de entre siete y doce años? —pregunto en voz alta al leer el cartel que cuelga del borde de una de las mesas.

—A la misma gente que le ha parecido divertido hacer carreras de calabazas.

La voz de Will suena demasiado cerca detrás de mí. Me giro y lo veo a dos pasos con la sonrisa de siempre, mirando hacia la zona junto al laberinto, donde varios niños están metiendo los pies en calabazas gigantes.

Cuando vuelve la vista hacia mí me sobresalto un poco. Pero ¿qué me pasa?

—Se os ha ido de las manos lo de usar las calabazas para todo —digo para disimular que me he quedado demasiado rato mirándolo.

Se encoge de hombros sin dejar de mirarme, curioso.

—Llevo días queriendo preguntarte una cosa…

Inclino la cabeza hacia un lado, en un intento de disimular que me he puesto un poco nerviosa. ¿Qué puede querer preguntarme tan complicado como para que le haya costado días decidirse?

—Lo que escribiste… —duda—. Lo de que no sabes qué hacer en el futuro…

No es una pregunta, pero parece que no se da cuenta porque me mira esperando una respuesta.

Vuelvo a sentir esa inquietud que llevo semanas intentando ocultar en el lugar más recóndito de mí. Me dan ganas de enfadarme con él por sacar el tema, pero me mira como si de verdad le interesara lo que me ocurre.

Dudo unos segundos antes de decidirme a contarle lo de la beca de Claudia y también la otra razón por la que decidí venir, esa que no le he contado a nadie. Will me escucha sin comentar nada a la vez que ayudamos a los niños a cortar o vaciar calabazas.

Al terminar me parece que respiro mejor, como si me hubiera quitado de encima algo que me estaba comprimiendo el pecho.

—¿Y has encontrado algo que te guste? —pregunta.

Antes de responder me agacho para detener una discusión entre dos niños por una pequeña paleta.

—No lo sé. El periódico me gusta, pero creo que no se me da muy bien.

—A mí me gustaron tus artículos —dice intentando animarme.

Se lo agradezco con una sonrisa.

—Y también me gusta escribir los ejercicios de Escritura creativa, pero…

—Acabas de empezar con las dos cosas, date tiempo —dice con expresión amable.

Alza la mano, me da un toque en el entrecejo y me sube las gafas, haciéndome sonreír. Parece que va a decirme algo, pero una voz que conocemos muy bien nos interrumpe.

—Wiiiiiill. —Tibby llega corriendo y se lanza a los brazos del chico que la coge de milagro, no sin antes tropezar con la caja de calabazas, y la levanta del suelo.

—¿Vas a hacer la calabaza más bonita de todo el estado? —le pregunta.

—De todos los estados —asegura Tibby, alzando los brazos hacia el cielo.

Will la deja en una de las sillas libres mientras yo cojo las herramientas que se ha dejado uno de los niños que se ha ido sin terminar su calabaza. Me agacho para buscar una de las más grandes y encuentro una de un precioso tono naranja. La saco y otras dos manos también la cogen, rozándonos los dedos un segundo más de lo necesario. Will me mira con una expresión que no consigo descifrar.

¿Puede mi corazón dejar de latir como si estuviera huyendo de un ejército de *trolls*?

—Trabajar en la librería te gusta —afirma cuando Tibby está atareada con los dibujos de los cortes que quiere hacer.

—Sí… —dudo—. Pero no estoy segura de que se me dé lo bastante bien como para dedicarme a ello. Aún me agobio cuando me piden que les recomiende algo.

Will me mira confuso.

—Has hecho que Tibby lea por voluntad propia —dice señalándola—. Nadie lo había conseguido antes.

De eso estoy muy orgullosa, aunque lo hice sin darme cuenta, no sé si debería contar como logro laboral.

—Sí, pero sigo sin acertar con Leonard, y Josephine nunca me pide opinión —me lamento.

No le he contado a nadie mis preocupaciones sobre este tema porque decirlo en voz alta me da la sensación de que lo hace demasiado real y solo existe dentro de mi cabeza.

—Pero eso es normal —responde Will con expresión preocupada—. A Leonard parece que nunca le gusta nada y Josephine siempre prefiere ir a su aire.

Retuerzo los puños del jersey morado.

—Tu abuela acierta siempre con todos.

Will sonríe y me coge las manos unos segundos para que deje de destrozar el jersey. Cuando me suelta quiero pedirle que no lo haga, pero no me atrevo.

—No es verdad —dice—; además, aunque lo hiciera, conoce a toda esta gente desde hace muchísimos años más que tú.

Siento su mirada clavada en mí mientras alcanzo una calabaza de la caja para dársela a una nueva niña con cara de haber comido demasiados dulces.

—De todas formas, ¿qué más da si no se te da bien del todo? —me pregunta cuando vuelvo a su lado.

—Si quiero dedicarme a ello tendré que hacerlo bien.

Bajo la vista y entrelazo los dedos de mis manos en un intento de no pagar mis nervios con la ropa.

—Pero puedes aprender, ¿no? Yo al principio también era un desastre e... —duda unos segundos— en el fútbol.

Lo miro intentando averiguar qué iba a decir de verdad.

—¿Y si elijo algo y nunca se me llega a dar bien? —pregunto.

—Pruebas con otra cosa.

Niego con la cabeza. No le llego a decir que me siento un bicho raro viendo cómo todos alrededor parecen tener claro eso que les apasiona. Aun así, debe notar que hay algo más que no le cuento porque alarga el brazo y me toca los dedos de la mano con los suyos, como si me pidiera permiso para entrelazarlos.

—Anna —me llama Tibby y Will se separa un paso de mí—. ¿Tú crees que debería hacer una calabaza tonta o una que de miedo?

—Eeeeeeh... ¿Qué es una calabaza tonta? —pregunto acercándome a ella.

Tibby inclina la cabeza hacia un lado, pensando cómo explicármelo.

—Como Will ahora. —Lo señala y yo vuelvo la vista hacia él.

Debía de estar sonriendo, pero cuando lo miro solo pone cara de sorprendido.

—¡Oye! Que estaba poniéndole un ejemplo a Anna —se queja Tibby.

—Me estabas llamando tonto —protesta el chico.

—No. —Mueve la cabeza de lado a lado—. Solo tu cara.

Fracaso estrepitosamente al intentar disimular la risa y la expresión de indignación fungida de Will solo consigue que ría con más ganas.

—Está claro que yo también puedo dedicarme a payaso —dice con los brazos cruzados.

—Podemos montar un circo —digo entre carcajadas.

Ishbel vuelve en ese momento y yo intento ponerme seria sin mucho éxito. Nos felicita porque ningún niño ha salido herido. Para tener tan poca confianza en nosotros, bien que nos ha dejado solos.

—¿Has probado ya las manzanas? —pregunta Will cuando salimos del puesto.

Niego con la cabeza, buscándolas con la mirada.

Me coge de la mano y empieza a caminar. No puedo evitar tensarme un poco al sentir su mano. No ha entrelazado los dedos con los míos, solo ha rodeado toda mi mano con la suya. No es nada, es algo que Diane ha hecho muchas veces cuando me desoriento por el instituto. Pero por alguna razón la de Will me ha provocado un escalofrío. Será porque la mía está congelada y la suya parece un hornillo.

Me suelta cuando llegamos frente al puesto de Owen, que vende manzanas de caramelo tan rojas como la de *Blancanieves*, y el frío vuelve a acariciarme la piel. También ha cocinado los dulces de siempre: tarta de calabaza, de nueces pecanas, *cinnamon rolls* y *cheesecake* con cobertura de mermelada de calabaza.

—Qué bonito —dice Carl mientras paga a Owen su dulce—. Yo también invitaba a la chica que me gustaba a manzanas de caramelo cuando era joven.

Las mejillas me arden de inmediato. Voy a responder que no es nada de eso, pero Will se adelanta.

—¿Cuánto hace de eso, doscientos años? —pregunta, divertido, en vez de negar lo que ha dicho el hombre.

—No te pases, muchacho —dice Carl, fingiendo disgusto mientras se aleja.

Le echo un vistazo de reojo a Will, que mira alrededor como si buscara algo. ¿Por qué no le ha dicho que no le gusto? ¿Le gusto? No. Ni siquiera nos conocemos tanto.

Antes de que me pille mirándolo, vuelvo la vista a los dulces.

—Anna —me llama Owen cuando termina de atender a Louisa—. Tengo una cosa para ti.

Lo miro, expectante, mientras deja en el centro de la mesa de plástico gris una bandeja tapada con un trapo que tenía apartada a un lado. ¿Me habrá hecho más mazapán? La almendra no encaja mucho con el festival, pero no me voy a quejar.

Cuando quita el trapo no me puedo creer lo que hay debajo: doradas bolas irregulares con un agujero en el medio. El olor de la masa de calabaza me trasporta a Valencia, a las avenidas abarrotadas y a las fallas plantadas en las calles.

—Estuve buscando recetas de dulces con calabaza en España —explica Owen con expresión insegura—. No estoy muy seguro de haberlo hecho bien…

—¿Qué es? —pregunta Will acercándose para observarlos.

—Buñuelos —digo con un nudo en la garganta.

Alcanzo uno y lo aplasto un poco con los dedos, está blandito y parece esponjoso. Le doy un mordisco con los ojos cerrados, aún está tibio por dentro y sabe tanto a calabaza como los que hace mi abuela. Es rarísimo comer buñuelos en un pueblo perdido de Estados Unidos en el mes de octubre, pero consigue que me sienta un poquito más en casa.

—Están buenísimos, Owen —le digo con los ojos un poco empañados de la emoción—. Muchas gracias.

—No es nada —sonríe el chico, aliviado al ver que me ha gustado.

Coge una bolsa de papel marrón y la llena con, por lo menos, seis buñuelos.

—Azúcar —dice como si se acabara de acordar y echa varias cucharadas en la bolsa.

—¿Cuánto es? —le pregunto sacando el monedero del bolsillo del pantalón negro.

—Para ti son gratis.

Le vuelvo a dar las gracias y empiezo a comer otro.

—¿Y yo? —pregunta Will.

—Solo si pronuncias «buñuelos» bien —dice mientras le llena otra bolsa como la mía.

—Bunuuuelooos —lo intenta.

No puedo evitar soltar una carcajada mientras Owen niega con la cabeza.

—Pero si tú tampoco lo dices bien —se queja.

El panadero se encoge de hombros y no le da la bolsa de papel hasta que Will le paga.

Mientras paseamos intenta pronunciar bien la palabra varias veces sin conseguirlo.

—Esto está muy bueno —dice después de probar el primero.

Sonrío, feliz y rarísima a la vez por estar tanto rato con Will fuera del instituto y comiendo algo que me recuerda a la primavera.

Nos paramos en el puesto de la abuela de Diane, donde venden hortalizas y flores que cultivan en su huerto. La mujer me engancha con mimo una florecilla amarilla entre los mechones de mi melena suelta y a Will le hace una pulsera con unas ramitas verdes y se la coloca en la muñeca.

—Os he visto cogidos de la mano —susurra Diane mientras su abuela habla con Will.

—Ya… No sé. ¿Puede que sea para saber dónde estoy y no tropezarse conmigo? —Me río un poco nerviosa no sé bien por qué.

Diane me mira con las cejas alzadas.

—Yo he cogido de la mano a Candance esta mañana y no era para no tropezarme con ella.

—¡¿Has cogido a Candance de la mano?! —exclamo sorprendida y feliz.

Diane me hace gestos para que baje la voz.

—No me cambies de tema.

—¿Qué tema? —pregunta Will al acercarse a nosotras.

—El de que le…

—Nada, nada —la interrumpo—. Adiós, Diane, que vaya bien —me despido mientras empujo a Will lejos del puesto con la cara más roja que las manzanas de Owen.

—¡El lunes no te escaparás tan fácilmente! —me grita.

Will me mira confuso y divertido hasta que dejo de empujarlo. Nos sentamos en un banco de madera que ha perdido el brillo del barniz por el uso mientras observamos a la gente de nuestro alrededor que está comiendo, bebiendo y dándose tortazos en las carreras de calabazas.

—¿Has hecho las paces con tu padre? —le pregunto.

—Más o menos —dice después de terminar de masticar el buñuelo—. He conseguido que las tardes de los fines de semana no se meta en lo que hago o dejo de hacer.

De reojo veo que está mirando al frente con expresión relajada, hacia el puesto de los padres de Candance donde mi tío sigue poniéndose las botas a pan con mermelada y mi tía habla con Kirsteen.

—¿Qué piensa tu madre de todo esto? —pregunto con miedo de que no quiera responderme, de haber cruzado una línea invisible.

—Está harta de nosotros y dice que somos unos cabezotas —sonríe un poco, cansado.

Observo a Kirsteen con esa forma tranquila de moverse. Así como Edward, el padre de Will, me parece un hombre muy refunfuñón, ella, en cambio, no me la puedo imaginar enfadada.

—¿No está tan empeñada en que vayas a Stanford?

Will niega con la cabeza. Aprieta los labios un segundo, como si estuviera decidiendo si hablar o no.

—Ella estudió en Juilliard —me cuenta.

—Oh. —Tenía que haberme apuntado a Música.

—Cuando terminó se pasó años de un estado a otro acompañando con el piano en orquestas, en conciertos como solista… —me explica—. Hasta que se tomó un descanso y volvió aquí unos meses.

Guarda silencio durante unos segundos en los que juega con un buñuelo entre los dedos.

—Se quedó embarazada de mí y lo dejó todo para instalarse aquí con mi padre.

¿Qué se supone que debería decir ahora? ¿Lo siento? Pero él no tiene la culpa de nada.

—¿Se querían? —pregunto sin saber si debería.

Will asiente y me mira con una sonrisa tranquila.

—Se quieren muchísimo.

Justo en ese momento aparece Edward que le da un beso a Kirsteen y la coge de la mano mientras les dice algo a ella y a mi tía que hace que las dos nieguen con la cabeza divertidas.

—Me dan un poco de envidia —dice después de masticar el pobre buñuelo aplastado.

—¿Porque son adultos que no tienen que tomar decisiones que les marcarán para toda la vida? —pregunto partiendo mi último buñuelo en trocitos para que me dure más.

Will se ríe.

—También, pero sobre todo porque me parece tan difícil encontrar a alguien con quien puedas estar tan cómodo como para compartir todo el espacio con esa persona...

Pienso en mi madre, que se adaptó a una nueva cultura por mi padre.

—Estoy segura de que encontrarás una chica a la que atropellar con tu bicicleta en un pueblito de montaña y te enamorarás de ella perdidamente, como en las películas de Navidad —digo para intentar quitarle esa expresión un poco triste.

Me vuelve a mirar y está a punto de decirme algo, pero se limita a negar con la cabeza con una sonrisa.

Levanto las piernas y las cruzo sobre el banco acomodando los muslos sobre las botas. Mi rodilla derecha roza la de Will y estoy a punto de moverme, pero él no lo hace. Mira al frente, pensativo, sin percatarse de que todas mis terminaciones nerviosas parecen haberse ido hacia ese punto de mi cuerpo que toca el suyo.

Intento concentrarme en el sabor de la calabaza y no en el calor que parece irradiar su rodilla hacia la mía.

—Me gusta hablar contigo —dice Will.

Vuelvo otra vez la vista hacia él, que me mira mostrando uno de los hoyuelos. Me fijo en sus ojos y veo motas verdes que el sol ha hecho aparecer en sus iris.

Creo que si hace un mes alguien me hubiera dicho que iba a estar sentada a su lado tan cómoda y con ganas de quedarme aquí hasta que caiga la noche le habría puesto los ojos en blanco y me habría marchado indignada ante semejante estupidez.

—A mí también —digo a la vez que alzo la mano y le toco el huequito de la mejilla con el dedo.

Su sonrisa se amplía y estoy segura de que el otro hoyuelo está a punto de aparecer, pero una voz que sale de los altavoces que rodean la plaza nos sobresalta.

—¡Dentro de cinco minutos va a dar comienzo la carrera del laberinto de heno! Participantes, acudan a la línea de salida.

Me levanto como un resorte.

—Tengo que ir a ver a Amelia —digo.

Me meto el último trozo de buñuelo en la boca y tiro la bolsa a la papelera.

—Yo apuesto a que este año hay cinco heridos y un hospitalizado —dice Will caminando a mi lado.

—¿Qué? —Lo miro aterrada—. ¿No se supone que esto es algo familiar y para todos los públicos?

—Sí. —Se encoge de hombros—. Pero hay quien se lo toma muy en serio. Aunque el año pasado nadie tuvo que ir al hospital, por suerte.

Voy a asumir que es una broma.

Cuando llegamos, Amelia ya está estirando como si fuera a correr un maratón junto a diez chicos y chicas más en el inicio del laberinto.

Peter y Robert llegan corriendo poco antes de que la alcaldesa dé la salida.

—Menos mal —dice Peter, resoplando.

—Si no hubieras llegado, Amelia no te lo hubiera perdonado —dice Emily.

—No voy a volver a correr nunca en mi vida —dice Robert sin aliento con las manos apoyadas en sus rodillas.

—Tendrás que venir al gimnasio conmigo —ríe Peter.

—Donde quieras menos a ese lugar infernal. —Se deja caer en el suelo y se tumba sobre el césped que el sol ya ha secado por completo.

Le doy un codazo a Peter.

—Donde quieras —le susurro.

Las mejillas de mi primo enrojecen al darse cuenta de lo que pueden significar esas palabras.

—Es una forma de hablar —dice al comprobar que nadie nos oye.

—O no —le digo alzando las cejas.

Enrojece un poco más, pero una sonrisa esperanzada se dibuja en su rostro.

—¡Tres! ¡Dos! ¡Uno! ¡Ya! —grita Bonnie.

Los participantes salen disparados y tres de ellos caen antes de poder dar dos pasos. ¿Se han tropezado? ¿Los han empujado? No tengo ni idea, pero no me extrañaría que fuera lo segundo. Amelia esquiva de milagro a un chico que pone un brazo por delante de ella desde el camino de al lado.

—¡Recordamos que está prohibido subirse a las balas de heno! —se escucha por los altavoces.

Los gritos de ánimo, los silbidos y las quejas suenan tan alto que casi no oigo a mi tía maldecir por no haberle prohibido a Amelia participar.

—Esto son *Los juegos del hambre* —digo encogiéndome al ver cómo otro chico tropieza él solo y rueda por encima de una bala de heno hasta caer al otro lado.

—Es peor —dice Will tan cerca que noto su aliento en mi oreja—. Aquí nadie te asegura que uno al menos vaya a sobrevivir.

Sé que está muy cerca, pero me giro igual para mirarlo con los ojos entrecerrados.

—¿Me estás intentando meter miedo porque está mi prima ahí dentro con esos energúmenos? —le pregunto intentando no distraerme con sus ojos.

—Tu prima es la peor. —Hace un gesto con la cabeza hacia el laberinto.

Justo cuando miro, Amelia salta por encima de un chico que está tendido en el suelo. Parece que ya ha encontrado el camino correcto porque no se lo piensa.

Estoy tan nerviosa que empiezo a dar saltitos sin darme cuenta.

Hasta mi tía, que lleva todo el rato con los brazos cruzados enfurruñada, los levanta en el aire y empieza a animar a Amelia. Me uno a los gritos coreando su nombre junto a los demás.

El chico que corre más cerca de ella la empuja, pero Amelia parece que estaba esperándolo porque le devuelve el empujón. Los dos tropiezan sin llegar a caerse. Y en un último esfuerzo, una última zancada, el pie izquierdo de Amelia sale antes del laberinto.

Gritamos tantísimo que no oigo ni una de las palabras que dicen por el altavoz. Peter me abraza y me levanta en el aire sin avisar, lo que hace que dé un grito de sorpresa. Me deja en el suelo cuando Amelia llega corriendo hasta nosotros y entre todos la levantamos en volandas.

Cuando Bonnie le entrega el trofeo de latón en forma de copa que no mide más de un palmo Amelia posa como si hubiera ganado unos Juegos Olímpicos.

A mediodía mis tíos, mis primos y yo nos sentamos a comer unos sándwiches sobre un mantel de pícnic a cuadros rojos y blancos bajo los árboles que el sol ya ha secado lo suficiente como para que no nos echen gotas encima.

El cielo está despejado, azul, solo con alguna nube blanca y esponjosa que se desplaza perezosa sobre nosotros. Aunque a mi alrededor sigue escuchándose el barullo de las voces, siento que todo está en calma, incluso el viento ha dado una tregua hoy a los arces que no mueven ni una de sus hojas anaranjadas.

Paseamos un poco más por la tarde. Ya no hay tanta gente, muchos de los que han venido de otros pueblos se han marchado a la hora de la comida y ahora quedamos los de todos los días. Carl está sentado en un taburete junto a la abuela de Diane, charlando. Genevieve y Josephine han dejado por un día los cafés y sirven sidras sin alcohol de diferentes tipos. Les pido la que lleva canela y decido que se merece el puesto número cuatro en mi lista de bebidas favoritas.

El sol tiñe el cielo de tonos naranja y rosa, mientras la luna casi llena se empieza a vislumbrar. Las farolas se iluminan dándole a la plaza un ambiente cálido con su luz ocre. Las risas son más quedas y ya nadie grita ni corre de un lado a otro.

El profesor Linwood y Felicity hablan sentados en un banco, preparados ya para ver los fuegos artificiales. Espero que estén comentando el libro que compró la florista o puede que hablando de cualquier otro tema que tengan en común. Hacen tan buena pareja ahí sentados que no sé cómo no están juntos desde el primer día que se conocieron.

Renita y Leonard, como jurado del concurso de tallado de calabazas, revisan todas las obras de arte que los niños han hecho durante el día. Allí está Tibby con toda su familia y las manos detrás de la espalda, estirada. La mujer y el hombre asienten con gesto serio como si fuera la tarea más importante de su vida. Renita levanta en alto una insignia de color dorado y se la engancha en la chaqueta vaquera a Tibby, que mantiene la compostura como yo no lo habría hecho.

Hace una reverencia y, cargando con su calabaza, mira alrededor. Will se agacha junto a ella, que le dice algo. El chico levanta la cabeza, me mira y me señala. Tibby sonríe y corre hacia mí.

—Tu calabaza —dice con una sonrisa tan similar a la de Will que parecen hermanos en vez de primos.

—¿Para mí? —le pregunto.

—Yo puedo hacer otra cuando quiera, tú no sabes. —Se encoge de hombros.

Me arranco el puñal que me acaba de clavar en el pecho y acepto el regalo.

La levanto y la pongo junto a la cabeza de Will, que se ha acercado a nosotras. Ha cortado los ojos redondos, dejando un trozo circular en cada uno como si fueran pupilas, pero cada una a una altura, con lo que parece que esté bizca. El triángulo de la nariz está torcido y la boca en vez de ser dientes puntiagudos son tres dientes cuadrados, dos arriba y uno debajo de distintos tamaños.

—Tienes razón, Tibby, son iguales.

La niña asiente orgullosa de su trabajo y sale corriendo hacia sus padres.

—No sé si me gusta esta alianza que estáis empezando a forjar —dice Will con los ojos entrecerrados.

—Al menos te estamos comparando con una calabaza y no con una patata. —Señalo la caja del puesto de la abuela de Diane donde quedan unos pocos tubérculos—. Las patatas son mucho más feas.

—Aún os tendré que dar las gracias —suspira y niega con la cabeza, intentando esconder la sonrisa.

Aparto la vista enseguida y la clavo en la calabaza; estoy empezando a coger la mala costumbre de quedarme mirándolo demasiado rato. Puede que desde hace unos días la niebla de fastidio que veía a su alrededor se haya disipado un poco y me haya dado cuenta de lo guapo que es. Esto es horrible. Es lo peor que podía pasar. Debo mantener la calma, es guapo ¿y qué? Hay mogollón de gente guapa en el mundo, como Diane o Candance, y no pasa nada.

Mi tía viene a salvarme antes de que el silencio entre los dos se haga raro y necesitemos llenarlo con alguna conversación forzada. Ahora mismo echo de menos el bloc, donde tenía tiempo para pensar, podía tachar o arrancar la hoja entera si era necesario.

Nos sentamos a unos metros del laberinto de heno, sobre el césped una pizca mojado por la humedad que empieza a llenar el ambiente poco antes de que Bonnie pronuncie su discurso de bienvenida al otoño. Prácticamente todos los asistentes a la feria se han acercado y se oye algún ronquido, no sé si fingido, a lo que la alcaldesa responde terminando el discurso y dando la señal para que empiece el castillo de fuegos artificiales.

Mientras las luces rosas, verdes, naranjas, amarillas y azules llenan el cielo, no puedo evitar pensar en casa, donde todo se celebra con pólvora. Resguardada por la oscuridad a nuestro alrededor dejo que las lágrimas me resbalen por las mejillas. Estoy tan a gusto aquí, me empiezo a sentir tan cómoda que, a veces, temo olvidar mi hogar.

Capítulo 15

Esta semana se me está haciendo larguísima. En el bloc de notas de la librería hace semanas que no hay nada nuevo que no sean tareas que completar y debo admitir que siento un poco de tristeza al abrirlo y no ver la letra de Will ocupando páginas enteras.

Hoy Diane me ha vuelto a preguntar si ya había pensado de qué iba a tratar mi artículo para el periódico. Llevo dándole vueltas desde la semana pasada porque quiero escribir algo que de verdad sea interesante. No quiero que me vuelva a pasar como el mes pasado.

La buena noticia es que ayer llegó el primer relato de este mes y me recuerda mucho a ese ambiente oscuro y acogedor de *Manual de panadería mágica para usar en caso de ataque*.

También me va mejor en Escritura creativa, estoy muy contenta con el ejercicio que le he entregado a la profesora. Creo que he logrado ese sentimiento que faltaba en el primero, sin dejar mis lágrimas marcadas en el papel, y me lo pasé muy bien escribiéndolo. Además, he conseguido recomendarle un libro a Leonard que, aunque no le ha terminado de gustar, al menos no lo ha odiado con toda su alma.

Pero ahora mismo lo más importante es pensar en un disfraz para Halloween. Tengo muchísimas ganas de que llegue ese día. Todo el pueblo se disfraza y decoran la plaza, el único inconveniente es que decidir de qué vestirme es un tema que me agobia y me ha ocupado la cabeza toda la mañana.

Bostezo con la cabeza apoyada en la mano mientras como patatas con más sueño que hambre. Estoy en la cafetería con Diane, Emily y Amelia que, por supuesto, ya tienen alguna idea sobre sus disfraces.

—Emily y yo estamos dudando entre Sabrina Carpenter y Taylor Swift o Elphaba y Glinda —dice Amelia.

—Yo estoy pensando en preguntarle a Candance si quiere que vayamos juntas —dice bajito sin apartar la vista de su bandeja.

—Seguro que te dice que sí —la anima Emily.

Diane sonríe, avergonzada e ilusionada.

—¿Y tú, Anna? —me pregunta Amelia—. ¿Has pensado algo?

Me gustaría que fuera un disfraz de Halloween de verdad, de miedo, pero que no sean los típicos de zombi o vampiro.

—No lo sé —digo un poco perdida.

—No pasa nada. Esta tarde iremos a la tienda de ropa de segunda mano y ahí seguro que encuentras inspiración —me anima Amelia.

Asiento sin estar muy convencida.

—Tengo el disfraz perfecto para Halloween —anuncia Robert al llegar a nuestra mesa.

Se queda unos segundos de pie, creando expectativa mientras las cuatro lo miramos.

—No nos lo vas a contar —dice Diane, mirándolo con los párpados caídos—. ¿Para qué te quedas esperando que te preguntemos?

Robert gruñe y se sienta junto a Amelia.

—Porque quería deciros que no voy a desvelaros mi secreto.

—Pero si ya lo sabemos, Robert, nos conocemos desde que no

teníamos pelo en la cabeza —dice Amelia dándole la mitad de sus patatas fritas.

El chico le sonríe de oreja a oreja.

—Sabes que eres la mejor, ¿no?

—Por qué poco te vendes, Rob.

—Hola —saluda Candance y se sienta junto a Diane que se la queda mirando unos segundos como si no creyera lo que está viendo. Hace días que se sienta con nosotras a comer, pero para Diane parece que siempre es una sorpresa que vuelva.

—¿Habláis de Halloween? —pregunta Candance.

—Diane quiere preguntarte algo —le dice Amelia, con lo que se gana una mirada furibunda de su amiga.

—¿Qué pasa? —pregunta Candance, un poco preocupada.

Diane carraspea y se gira hacia ella, respira hondo.

—Estaba pen-pensando si… —desvía la mirada, pero hace un esfuerzo por volver al rostro de la chica—, ¿quieres que nos disfracemos juntas? Quiero decir, un disfraz conjunto, no en plan siamesas —aclara nerviosa.

Candance sonríe de oreja a oreja con el color pintado en sus mejillas blancas.

—Sí —responde—, me encantaría.

El rostro de Diane cambia completamente y los ojos se le llenan de alegría. Enseguida empieza a lanzar ideas a las que Candance va diciendo sí o no y aportando nuevas. Son tan monas juntas que no sé cómo no se han dado cuenta antes.

—¿De qué vas a ir disfrazado, Robert? —pregunta mi primo al sentarse junto al chico.

—Es secreeetooo —dice Amelia con retintín.

—¿Por qué de repente hay tanta gente del fútbol aquí? —pregunta Emily, mirando a Candance y Peter—. ¿Os han echado de vuestra mesa?

—Hola. —Todos dirigimos la vista hacia la voz.

Will nos mira un poco asustado.

—Mira, otro —señala Emily—. ¿A ti también te han echado?

—Eh, no, yo…

—No le hagas caso —dice Peter—. ¿Necesitas algo?

—Sí, bueno, no de ti… —Dirige la vista hacia mí—. Anna…

—¿Yo? —digo porque soy tontísima y no sé qué otra cosa decir.

—¿Puedo? —Hace un gesto con la bandeja hacia el sitio que queda libre a mi lado.

Asiento.

—Al próximo que venga de aquella mesa —Amelia señala la que ocupan los del equipo de fútbol—, le cobro entrada.

—¿Yo puedo sentarme gratis? —pregunta Will, intentando mostrarse serio.

—Tú sí, porque si no irás por ahí como alma en pena —dice mi prima con esa sonrisa malvada.

—Yo no voy como alma en pena —niega el chico, extrañado.

—Tendrías que haberte visto los días que Anna pasaba de ti —ríe Amelia.

Noto un poco de calor en las mejillas.

—Quieres decir desde que empezó el curso —señala Will con expresión de dolor a la vez que me mira.

Estoy segura de que todo el mundo se ha dado cuenta de lo roja que tengo la cara.

—Yo no pasaba de ti —me defiendo—. Me caías mal —aclaro.

—Muchísimo mejor —apunta Peter.

Lo miro con los ojos entrecerrados. ¿En qué bando está?

—¿Ya no te caigo mal? —pregunta Will con fingida sorpresa.

Pongo los ojos en blanco y muerdo un trozo de alita de pollo para disimular la sonrisa.

—¿Vamos ahora a la biblioteca a ver si encontramos algo más para el trabajo? —pregunta Will, dejando a un lado el tono de broma mientras observa su burrito vegetal, analizando cómo cogerlo para poder comérselo.

Asiento. No hemos avanzado nada con el trabajo de Historia. Por algún motivo los profesores han decidido que querían hacer exámenes «para ver cómo vamos», por lo que Will se agobió con Cálculo y yo con Química y, por si fuera poco, el viernes cuando fuimos a la biblioteca del pueblo nos entretuvimos buscando entre los periódicos para ver si había noticias sobre alguna de las leyendas para mi artículo. Por suerte, también encontramos alguna mención al centro comercial que no se llegó a construir.

—Anna —me llama Diane—. Estoy preocupada.

Se ha inclinado hacia mí y habla lo suficientemente bajito como para que solo la oiga yo.

—¿Por qué? —pregunto un poco asustada por si tiene algo que ver con Candance.

Diane duda, más como si no supiera cómo decirlo que porque no quiera contármelo.

—¿Y si todos los planes que he estado haciendo me llevan a un trabajo que no me gusta?

Oh, vaya, la conversación del otro día. Ya podía haberme quedado callada.

—No me tendrías que haber hecho caso, si lo que quieres es entrar en el FBI, seguro que encuentras la forma de llegar al puesto que quieres.

Diane juega con el último trozo de burrito.

—Quiero saber qué hay ahí fuera, pero no sé si quiero dedicarme a ello… ¿Qué se supone que hacen? ¿Mirar pantallas todo el rato? ¿Escuchar sonidos? ¿Analizar datos? No sé si quiero pasarme el día sentada en una silla rellenando papeleo.

Nos quedamos las dos en silencio porque no tengo ni idea de qué decirle. Me siento un poco culpable por haberle provocado esas dudas sobre su futuro cuando lo tenía tan claro.

—Lo siento mucho —digo finalmente.

—¿Por qué? —me pregunta, extrañada.

—Por haberte hecho dudar.

Diane niega con la cabeza.

—Pero si tendría que darte las gracias. —La miro con la boca abierta, mientras me sonríe—. Imagínate que no hablamos de esto y yo de aquí seis o siete años estoy sentada a una mesa de oficina con un montón de desconocidos alrededor trabajando en algo que me aburre hasta el infinito. Habría sido horrible.

—Pero ahora tienes que encontrar otra cosa.

—La encontraré, mejor esto que acabar siendo una adulta amargada con su vida.

Me da un abrazo rápido que agradezco con todo mi ser y vuelve a la conversación con Candance y Emily.

Estoy segura de que no le costará decidir, se le dan bien un montón de cosas y podría dedicarse a lo que quisiera, no como yo, que mi única habilidad es leer muchas horas seguidas sin acordarme de comer ni dormir.

Cuando Will y yo terminamos de comer, vamos a la biblioteca. Esta vez sacamos todos los papeles, carpetas y objetos varios de las cajas donde alguien hace años los metió con prisas y sin ningún orden.

—Parece que lo haya ordenado mi abuela —comenta Will al sacar una estola de graduación y un reloj de arena de la misma caja.

Me río mientras despliego lo que parece un póster.

—Mira —susurro.

Es una especie que orla, pero solo de los profesores, con sus fotos y nombres debajo, lo que no es nada extraño, excepto por los comentarios que hay alrededor señalando lo que parecen injusticias, como un hombre con bigote blanco junto al que leo: «Si estamos en un instituto femenino, ¿por qué en el temario solo hay hombres?».

Saco el cuaderno, que hoy sí me he acordado de traer, y paso las páginas hasta la que estoy buscando. Es una de las que tiene un listado de ideas y ahí está: «pintar el cuadro de profesores».

—Sí que lo llevaban a cabo —digo emocionada por haber averiguado algo más.

Will asiente.

—¿Crees que las llegaron a descubrir? —pregunta.

Me encojo de hombros.

—Tendríamos que saber quiénes eran.

Hacemos un montón con todo lo que nos parece interesante para fotocopiarlo, incluido el anuario.

—Creo que solo te he visto esa mirada ilusionada cuando hablas de libros —dice Will observándome mientras esperamos a que termine la fotocopiadora.

Noto calor en las mejillas.

—Me gusta investigar —digo un poco avergonzada como si estuviera confesando mi más oscuro secreto, lo que no tiene ningún sentido porque no hay nada malo en investigar. Aunque es cierto que no suelo decirlo en voz alta. Me gusta pensar teorías cuando leo y buscar las señales que van dejando los autores.

—Se nota. —Me mira con expresión curiosa.

Cuando están las fotocopias, Will se las guarda en la mochila mientras yo vuelvo a dejarlo todo en su sitio. Salimos despidiéndonos de la bibliotecaria que ya no parece que nos odie tanto como los primeros días.

—¿De qué te vas a disfrazar para Halloween? —pregunta mientras caminamos hacia las taquillas.

—No lo sé, ¿tú? —devuelvo la pregunta con la esperanza de que me dé alguna idea.

Y, aunque no quiero admitirlo, también de que me diga que pensemos un disfraz conjunto. A veces los amigos se disfrazan juntos, como Amelia y Emily, y no tiene por qué significar nada, ¿no?

—Es secreto —dice con expresión enigmática.

Bufo.

—Robert igual —protesto—, estáis creando expectativas y luego las tenéis que cumplir.

—Te va a encantar —dice con ese tono engreído.

—Ya veremos —digo con indiferencia para que no note ese pinchacito de dolor que he sentido en el estómago.

Podría decírselo yo como ha hecho Diane con Candance, pero ya lo tiene pensado y tampoco sé si querría, prefiero no tener que pasar por el mal trago de que me diga que no.

Entro en la tienda de ropa de segunda mano con unos ánimos totalmente contrarios a los de mis amigas y primos. No me apetece rebuscar entre la ropa ordenada de forma incongruente que cuelga de perchas, ni en los estantes de pared donde se amontonan sombreros, máscaras, pelucas y complementos de todo tipo. Incluso me agobia lo repleto que está el local, por donde solo nos podemos mover en fila de uno y, aun así, tenemos que ir con cuidado de no llevarnos alguna boa de plumas puesta sin querer.

Hoy, en el periódico, Diane me ha insistido en que tengo que encontrar ya una idea para el artículo de literatura de este mes o no nos dará tiempo y tengo el mismo número de ideas para el artículo que para el disfraz: cero. Está siendo frustrante que algo que debería ser facilísimo para mí, hablar de libros, me esté dando tantos quebraderos de cabeza.

Mi amiga ha intentado ayudarme haciendo una lista de temas que puedan provocarnos malestar y con eso he ido buscando libros que pudieran encajar. A partir de ahí tenía que pensar alguna forma original en la que redactar el artículo para que no quedara como un listado de recomendaciones sin más. No lo he conseguido.

Sigo a Amelia por la tienda, que parlotea y saca ropa de las perchas valorando si le puede servir para su disfraz de Elphaba o para el de cualquiera de los demás.

—Anna, solo quedan poco más de dos semanas —me recuerda.

Al menos es una más que para el artículo.

Saludo a Ishbel, que también está allí y rebusca entre la ropa quién sabe si buscando disfraz u otro de sus vestidos de flores vaporosos.

—¡Lo tengo! —se oye desde el fondo de la tienda.

Nos giramos hacia allí y vemos a Peter con el brazo estirado y en la mano un traje gris a rayas blancas verticales.

—¿Sigue con la idea de Gomez Addams? —pregunta Amelia sin esperar respuesta—. Se está haciendo mayor —me susurra.

Camino pasando la mano por las prendas mirando sin ver. Si hubiera algo que me llamara la atención, que me diera alguna idea… pero nada. Es todo aburrido, y donde Amelia y Emily ven mil posibilidades, yo solo veo ropa que no me pondría.

—Podemos cortar el cuello y coser los volantes de esta blusa y el tul de esta falda —dice Candance con tres prendas rojas frente a ella sobre uno de los percheros y Diane con cara de circunstancia al lado.

—Si tú lo dices… —duda.

Candance asiente con seguridad. Su idea es disfrazarse de Alicia y el sombrerero.

—¿Pajarita o corbata? —pregunta Peter con un complemento en cada mano.

—¡Ninguno de los dos! —exclama Amelia.

Peter la ignora y va hacia el espejo de la entrada para ver cómo le queda.

—¡Esto! —exclama Amelia descolgando lo que parece una túnica negra—. Si le hago unas pinzas, meto la cintura… Es muy ancha, puedo intentar hacer un drapeado…

Emily llega corriendo a su lado con un montón de tela rosa que debe de ser un vestido.

Todo el mundo a mi alrededor tiene las ideas tan claras para todo que me siento más perdida que un murciélago en un congreso de hombres lobo.

—Anna —me llama Ishbel desde dos percheros más allá—. Mira lo que he encontrado.

Me acerco hacia ella, pensando ya excusas con las que rechazar la prenda sin quedar mal. Pero en cuanto veo el vestido largo de satén tono coral con escote cuadrado y mangas largas se me olvidan todas.

—Es igual a como me lo había imaginado —susurro.

—Eso mismo he pensado yo —asiente Ishbel con ese poder que parece tener para leer la mente.

El tacto de la tela es tan suave que parece agua y el brillo al reflejo de la luz blanca de la tienda me deja prendada.

En *El fantasma de la casa Greendale* no hay espejos, en ningún momento hay ninguna referencia a ellos, esa es una de las cosas que pasé por alto y que luego me explotó en la cabeza. Al final, cuando la protagonista se entera de que son todos fantasmas, Tim la lleva frente a un espejo escondido en el desván, lo destapa y Sophie se ve reflejada. Se ve tal y como murió. Con el vestido de satén coral que llevaba en la fiesta; el bajo destrozado y arañazos por el resto de la tela a causa de las ramas con las que se enredó al caer al río.

—Tendré que romperlo —digo con tristeza.

—Qué bonito es —oigo a Emily detrás de mí—. ¿Ya te has decidido?

Asiento, aunque sin estar convencida.

—Pero tendría que destrozarlo un poco.

Emily lo coge de la percha y lo alza frente a ella.

—Será una pena —admite—, pero si es lo que el personaje necesita no hay más que hablar.

—Gracias, Ishbel —digo, ilusionada por haber encontrado un disfraz que me encanta, tan original que nadie sabrá de qué es y acorde con la noche de los muertos.

—No hay de qué. —Me guiña un ojo y sigue con su tarea.

Camino hacia el mostrador, donde Amelia sigue intentando convencer a Peter de que elija otro disfraz.

—Necesitarás algo para no helarte de frío —señala Diane que también acaba de dejar un montón de ropa en el mostrador.

—¿Zapatos? —pregunta Candance.

—Debería ir descalza… —digo dubitativa. Me voy a congelar.

—Las botas forradas que usé el año pasado te pueden servir —dice Diane—. Y ¿tú no tienes unas mayas de esas que parecen medias transparentes?

—Sí —responde Amelia—. El vestido es ancho —dice extendiéndolo sobre la minúscula superficie de mostrador que queda libre—. ¿Debe ir pegado o suelto?

—Se supone que se ha caído al río.

—¡Oooh! —exclama Amelia con expresión ilusionada—. Me encanta. Entonces puedes ponerte una térmica debajo, tendremos que ver si se nota mucho.

—Puede que haya que meterlo un poco, aun así —dice Candance.

—Y probar a arrugarlo para ver si da más efecto de mojado.

—Eso será complicado.

Las observo mientras debaten sobre los arreglos que tendremos que hacer al vestido para que sea lo más fiel posible mientras me preguntan detalles sobre cómo debería quedar. Supongo que confeccionar todos los años los disfraces es como hacer un máster en costura.

Entonces me acuerdo de Will y no puedo esperar a mañana para contarle de que voy a ir disfrazada. O no. Él no me lo ha dicho. No voy a decírselo. Cree que va a sorprenderme, pero el que se va a quedar de piedra va a ser él.

Capítulo 16

La librería ya casi está decorada para Halloween. Entre Ishbel y yo hemos sustituido el libro de cuento de hadas del escaparate por uno viejo de hojas oscuras y gastadas, tinta negra con símbolos indescifrables y cubierta negra. Felicity nos ha traído varios ramos preciosos en tonos granate, morado y negro para colocarlos en los jarrones donde hasta ahora lucían flores de colores vivos. Ishbel ha guardado todos los tapetes de punto blancos y ha sacado unos manteles de tela negra bordados con intrincados patrones en dorado que cosió ella misma de joven.

Para desgracia de nuestros clientes, se me ha ocurrido esconder algunas arañas bastante grandes y peludas por las estanterías, además he colocado telarañas junto a ellas. Lo he hecho para saber yo dónde las he dejado y no morirme del susto cuando las vea, pero ha quedado tan bien que ahora es mucho más realista. Renita y Leonard se pasaron por aquí a cotillear mientras terminábamos de decorarlo todo y a la mujer casi le da algo al encontrarse con una de ellas. Y sobre las lámparas Tiffany hemos colocado unos sombreros de bruja de tela verde brillante y ala ancha.

—Sin duda es el año que mejor ha quedado —dice Ishbel mirando alrededor.

—Está genial —confirmo con la sensación de que estamos en una librería de magia oscura en vez de en la tienda acogedora de todos los días.

La alarma del móvil me suena y me acuerdo de que no le he dicho nada a Ishbel porque nada más llegar me ha cargado con una caja llena de adornos.

—Te quería pedir una cosa —digo intentando poner la expresión más adorable que puedo.

La mujer asiente, curiosa.

—Will y yo tenemos un trabajo de clase y hemos pensado hacerlo aquí hasta la hora de cerrar —explico.

Ishbel me mira divertida.

—¡Pues claro que sí! ¿Cómo no os voy a dejar? Como si queréis venir todos los días a hacerme compañía. —Se acerca un poco a mí como si me fuera a contar un secreto—. Sois mis dos personas favoritas.

Sé que no lo dice en serio, puede que en cuanto a Will sí, pero a mí me conoce desde hace poco más de un mes. De todas formas, le sonrío agradecida.

—Anda, ve a por él, que con lo despistado que es se le olvidará y se irá directo a casa —dice a la vez que camina hacia el mostrador.

No me parece que Will sea una persona despistada, pero no voy a discutirle eso a su abuela. Cojo el cárdigan de lana color crema y la bufanda roja a juego con los pantalones.

Al salir al frío exterior me arrepiento de no haberme puesto algo más abrigado esta mañana. En octubre hay días que casi puedo ir en manga corta en Valencia, pero aquí parece diciembre. Eso sin contar con que el sol dentro de poco más de una hora ya se habrá escondido y ahora ni siquiera su luz da sensación de calidez.

Miro el reloj, aún quedan unos minutos para las cinco y Will, por rápido que vaya, tardará unos cuantos más en salir. Así que decido pasar por la cafetería.

Al acercarme, me llega el aroma a café y dulces justo cuando Vonda abre la puerta para entrar. El ambiente cálido del interior me hace darme cuenta de lo encogida de frío que iba por la calle. Josephine y Genevieve también han decorado el local con telarañas colgadas de las lámparas del techo y calabazas por todas partes. Hay manchas de sangre en las paredes y velas en forma de cerebro en las mesas. Me encanta que, aunque la intención de la decoración es la misma, la sensación no. Aquí parece que estemos en una película de zombis.

—Qué raro verte por aquí a estas horas —me saluda Josephine.

—Sí, voy a por Will para hacer un trabajo de clase. —Entonces se me ocurre una idea—. ¿Me puedes poner un chocolate y la bebida favorita de Will?

—Marchando.

Mientras la mujer prepara las bebidas observo disimuladamente a Louisa y Vonda que beben café en una de las mesas mientras charlan. Y a Genevieve que, de pie junto a la mesa donde está Owen, se aparta el pelo de la cara con una pequeña sonrisa. El chico también sonríe avergonzado mientras pasa la vista de la chica a su taza y viceversa.

—Un chocolate y un *pumpkin spice latte* —dice Josephine dejando los vasos en la barra.

Apunto mentalmente la bebida que le gusta a Will.

—¿Me pones un *cinnamon roll*? —pido al ver que solo queda uno.

—Eres una chica con buen gusto para todo —me halaga Josephine.

Para todo no sé, pero para la comida sí. ¿Y si me dedicara a crítica gastronómica? De dulces. Eso sería maravilloso.

Vuelvo a temblar de frío cuando salgo a la calle. Ni siquiera puedo calentarme las manos con el calor de los vasos porque Josephine los ha tenido que colocar en una bandejita de cartón para que pudiera llevarlo todo. Camino rápido pidiendo a cualquier ser superior que exista que no se me caiga todo y que Will no tarde en salir porque si no va a encontrar helado de Anna.

Cuando llego al campo de fútbol me acerco a los vestuarios y me siento en un banco de piedra de la entrada a esperar. Mientras doy sorbos al chocolate pienso en el segundo relato que ha llegado hoy al periódico. Solo ha pasado una semana desde el anterior y me pregunto si la persona que los escribe ya los tiene preparados con antelación o tal cual los termina, los pasa por debajo de la puerta de la sala.

Esta vez ha sido distinto, porque sí continúa con la historia del primero. Diane me ha asegurado que siempre han sido historias independientes. ¿Seguirá el mes que viene con la historia del costurero que trabaja en un taller encantado?

Por suerte no pasan ni cinco minutos antes de que salga Will con la bolsa de deporte en un hombro y la mochila a la espalda.

—¡Hola! —exclama sorprendido.

—Hola —digo tendiéndole el *latte.*

Lo coge sin dejar de mirarme.

—¿Qué haces aquí? —pregunta sorprendido con la sonrisa bailándole en los labios.

—Tu abuela me ha dicho que venga a por ti para que no se te olvide que hemos quedado.

Will suspira y niega con la cabeza.

—Se mete en todo —susurra.

Varios chicos salen del vestuario rompiendo la paz y el silencio.

—¡Bennet! ¿Vuelves a tener cinco años y necesitas que vengan a recogerte? —le grita uno.

Will se gira, le enseña el dedo corazón y le grita:

—¡Ya te gustaría que vinieran a recogerte a ti!

—Esa ha sido buena —responde Peter que sale en ese momento.

Temblando como un polluelo doy un sorbo al chocolate ahora que puedo coger el vaso. La calidez de la bebida me alivia un poco.

—Vamos —dice Will cuando termina de gritarse con sus compañeros de equipo.

Me despido de mi primo con la mano en la que llevo la bolsa de papel con el rollito y desando el camino lo más rápido que puedo.

—Tienes frío —afirma Will.

—Si llegas a tardar dos minutos más en salir habrías encontrado un cubito de hielo —digo apoyando el vaso de cartón en mi mejilla para intentar entrar en calor. Sin previo aviso, Will me pasa el brazo libre por encima de los hombros y me tenso instintivamente durante unos segundos. El chico me mira, esperando alguna señal de que me ha incomodado. Pero nada más sentir el calor que desprende ni se me ocurre apartarme. Le sonrío agradecida y me da la sensación de que respira aliviado, dejando caer más el peso de su brazo sobre mis hombros.

—¿Quieres rollito? —le pregunto tendiéndole la bolsa.

Hace una mueca y niega con la cabeza.

—No me gusta la canela.

—Lo entiendo —digo con gesto grave y doy un mordisco al dulce.

—¿No eres de esas que se indigna cuando a alguien no le gusta lo mismo que a ti? —pregunta, extrañado.

—Soy de esas que entiende que el buen gusto es algo escaso en el mundo —respondo cuando termino de masticar.

—Ouch, eso ha dolido —dice fingiendo una mueca de dolor.

—Te lo has buscado. —Le doy un pequeño empujón.

Ríe y da un sorbo a su bebida.

—Pero el *pumpkin spice latte* lleva canela —digo con el ceño fruncido.

—Este no. —Lo miro alzando las cejas—. Josephine sabe que no me gusta y no le pone.

—No podías saber que no llevaba canela —me extraño.

—Es cierto —sonríe de lado—, pero sé que no tienes ni idea de qué suelo beber, así que he supuesto que le habrías preguntado a Josephine.

—Te crees muy listo —digo con los ojos entrecerrados.

—Es que lo soy.

—Menos para multiplicar mapaches.

—Menos para eso.

Nos reímos y aprovecho el movimiento para acercarme más a él. Mañana me pongo el chaquetón de invierno.

Caminamos en silencio unos minutos mientras como el rollito y bebo chocolate.

—¿Cuál es tu bebida favorita? —pregunta.

—El colacao. —Frunce el ceño—. Es cacao en polvo. Está buenísimo, pero aquí no hay y en el bote que me traje no me quedan ni cinco cucharadas de las pequeñas, así que a partir de ahora me tendré que conformar con el chocolate caliente.

Cuando llegamos a la librería Will quita el brazo de mis hombros y siento un escalofrío. Menos mal que dentro del local se está calentito.

—¿Acabáis de convertir la librería en una tienda de magia? —pregunta mirando alrededor con los ojos abiertos como platos.

—¡Anna es una artista! —exclama Ishbel desde el mostrador.

Will saluda a su abuela con una palabra que no conozco y le da un beso en la mejilla antes de dejar las bolsas en el suelo detrás del mostrador.

Es raro verlo aquí. Este lugar se ha convertido, poco a poco, en un refugio donde la gente viene y va, y solo Ishbel es una constante. Pero Will también lo es, aunque ahora en persona, no solo en notas.

—¿Os vais a esconder en el almacén a estudiar? —pregunta Ishbel a punto de echarse a reír.

—Muy graciosa, abuela —bufa Will—. Te recuerdo que estuvimos ahí encerrados durante una hora porque a ti no se te ocurrió acordarte de tu nieto y buscarme.

Se mueve por el lugar con una seguridad que me choca, ordenando libros sin casi darse cuenta mientras habla con Ishbel. Con ropa de deporte y el pelo aún un poco húmedo de la ducha después del entrenamiento no me encaja entre estos libros.

—Uilleam, ¿has venido a trabajar o a estudiar? —le pregunta la mujer, quitándole los libros que ha cogido del mostrador.

Will suspira y me señala las butacas del rincón. Me muevo al darme cuenta de que me he quedado observando la escena sin quitarme siquiera el cárdigan. El chico se sienta junto a la mesita mientras yo me quito la chaqueta y me acomodo a su lado en la otra butaca. Sacamos todo lo que tenemos: el cuaderno y las fotocopias del anuario y de los periódicos.

—Volveré a la hora de cerrar —dice Ishbel saliendo por la puerta.

Separo las fotocopias de los artículos del *The Orange Times* que hicimos la semana pasada.

Leemos los titulares de los que he seleccionado, en los que explican desde los planes del centro comercial y la estatua del marido de Matilda Orange hasta la paralización de los dos proyectos.

—Lo del centro comercial fue entre el noventa y cuatro y el noventa y seis, que coincide con los años de la promoción de nuestras madres —digo.

—Y también con la de tu tía, ¿no?

Asiento. Mi tía debió de terminar en el noventa y seis.

—Y lo de la estatua en el noventa y siete —digo.

—Pero eso no demuestra que este club hiciera nada.

Nos quedamos observando la poca información que tenemos.

—Vamos a dejar de lado el tema de quiénes eran, porque eso me parece muy difícil de averiguar —digo.

Will asiente.

—Creo que mi madre y tu tía saben cosas que no nos están contando —asegura.

—Supongo —dudo al recordar lo rápido que mi tía cambió de tema—. Si en estos artículos hubiera algún detalle sobre por qué no se llevaron a cabo los proyectos…

Will frunce los labios, pensativo y se pasa la mano por el pelo.

Leo el último que fotocopié sobre el centro comercial, donde cuentan que el lugar donde habían empezado a tomar medidas para construir amaneció lleno de flores y carteles en contra del proyecto.

Entonces, en una de las fotos me parece distinguir lo que pone uno de los carteles más grandes.

—¡Mira! —exclamo poniéndole el folio delante de los ojos a Will—. Recordad no conformaros —leo.

Will sujeta la hoja frente a él y entrecierra los ojos mientras yo busco la fotocopia del anuario.

—Vaya —susurra—. Sí, son ellas.

Colocamos un folio al lado del otro y, aunque la fotografía del periódico no tiene muy buena calidad, la forma de las letras se distingue perfectamente.

—Lo has conseguido…

La puerta se abre con fuerza, con lo que los dos nos sobresaltamos.

Quien entra es su padre, que camina hacia nosotros, vestido con su chándal habitual, y tan enfadado como cuando van perdiendo un partido.

—¿Se puede saber qué haces aquí? —pregunta.

La expresión de Will cambia por completo de relajada a tensa.

—Estamos haciendo un trabajo —dice con tono seco señalando los papeles que tenemos en la mesa.

—¿Y te parece un buen sitio? —pregunta con los brazos en jarras y el ceño fruncido.

Will se encoge de hombros.

—Se está tranquilo —responde con tono desafiante.

Su padre está cada vez más cabreado.

—Primero dejas los entrenamientos, luego vuelves y no das el cien por cien y ahora te dedicas a perder el tiempo con chicas. ¿Te crees que no me he dado cuenta? ¿Que no os he estado viendo estos días?

Will hace una mueca de dolor.

Siento que no debería estar escuchando esta conversación.

—Estamos haciendo un trabajo de Historia —dice más serio de lo que lo he visto nunca—. Hemos quedado aquí porque Anna trabaja aquí y no tenemos más horas libres, y si no te parece bien, hablas con el profesor Linwood.

El hombre niega con la cabeza.

—Nos vemos en casa dentro media hora, William, ¿de acuerdo?

Y sin despedirse se gira y se va dando un portazo.

—Lo siento —se disculpa Will, pasándose la mano por la cara.

—No pasa nada —susurro—. No es culpa tuya.

Se recuesta contra el respaldo de la butaca, derrotado.

—Estoy harto de que monte el numerito delante de la gente sin razón —se queja—. Porque se monta sus historias en la cabeza y saca conclusiones que no son verdad.

—¿Como por ejemplo? —pregunto con curiosidad.

—Hace unos años le dije que no quería estudiar, que me quedaría la librería de mi abuela y, aunque más tarde le aseguré que iría a la universidad, desde entonces cada vez que me ve aquí pierde los papeles.

—Por eso no querías que supiera que trabajas aquí —afirmo.

Will asiente.

—Aparte de lo obsesionado que está con Stanford y con que entrene y siga sus pasos, le da pánico que no vaya a la universidad. Y sí quiero ir, pero no donde él diga. Quiero… —Aprieta los labios y entierra la cara en las manos.

Me entristece que no se atreva a decírmelo, que no tengamos la confianza suficiente como para que me cuente eso que tanto desea.

Lo observo, triste y frustrado y no sé cómo ayudarle.

Estoy a punto de darle un abrazo cuando vuelve Ishbel con varias bolsas de la compra.

Empezamos a redactar el trabajo. Me hubiera gustado descubrir más cosas sobre el club. ¿Llegaron a empapelar la biblioteca? ¿A cantar el himno con la letra modificada? ¿Las expulsaron? ¿Hicieron algo más por el pueblo?

Supongo que la realidad no es como los libros. Las pistas no están ahí esperándote a que llegues a ellas, muchas veces no hay forma de descubrir los misterios.

A la hora de cerrar recogemos con el ánimo un poco por los suelos porque nos da la sensación de que el trabajo está incompleto y también por la visita del padre de Will. Nos despedimos de Ishbel y emprendemos el camino a casa. La temperatura ha bajado más y el sol ya se ha escondido tras los árboles.

Will vuelve a pasarme el brazo por los hombros y yo me abrazo el cuerpo.

—En este país cenáis muy pronto y no da tiempo para nada —me quejo.

—¿A qué hora se cena en España? —pregunta.

—A las nueve o las diez.

Los ojos de Will se abren como si le hubiera dicho que Agatha Christie sigue viva.

—Estáis locos.

—Los locos sois vosotros.

Reímos hasta la esquina en la que doblo para ir a casa.

—Te acompaño —me dice sin detenerse.

—No hace falta.

—¿Y cargar con la culpa de haber permitido que te resfriaras? —pregunta fingiendo indignación.

—No me voy a resfriar por unos metros —le aseguro.

—No me voy a arriesgar.

Pongo los ojos en blanco, pero no protesto más, es agradable tener compañía hasta casa y estoy cómoda con Will. Admito que me equivoqué y no hay nada de engreído en él. Puede que, por una vez, solo una, mi primer juicio no fuera acertado.

Capítulo 17

La plaza vuelve a estar decorada por completo, con telarañas blancas colgando de las farolas y esqueletos sentados en los bancos. En el interior del gazebo se ven algunas sábanas que simulan fantasmas iluminados por pequeños farolillos en forma de calavera. Junto al ayuntamiento, donde el otro día estaba el laberinto de heno, ahora se ven lápidas grises simulando un cementerio.

Hay algunas mesas con comida y bebida, donde mis tíos dejan dos bandejas de galletas decoradas con forma de murciélagos y arañas, junto a unas minihamburguesas con aceitunas a modo de ojos y salchichas envueltas como momias. Varios boles de palomitas hacen que ese sea el olor predominante y mi tripa ruge porque, dando los últimos retoques a los trajes no hemos comido nada. Cojo unas cuantas con la mano y me las voy comiendo mientras observo a la gente charlar, reír y hacerse fotos. Hay varias Miércoles Addams y una horda de zombis en distintos grados de putrefacción, desde al que le acaban de morder solo con la ropa rasgada, hasta uno que creo que es un compañero de clase y que parece que se le cae la cara a pedazos.

Frente a una especie de escenario algunas personas bailan «This Is Halloween», cada uno a su manera. Hay un Jack Skelleton y una Sally que incluso la interpretan y que terminan subiendo a la tarima animados por la gente. Entrecierro los ojos para intentar identificarlos y me doy cuenta de que son el profesor Linwood y Felicity.

Me giro hacia la derecha, donde Amelia, con la cara verde, el vestido oscuro, el gorro puntiagudo e incluso el cetro y una peluca de cabello negro, se alza de puntillas buscando, probablemente, a Emily. Le toco el brazo y le señalo el escenario.

En ese momento el profesor hace girar a Felicity y la recoge con el brazo inclinándose hacia ella como si fuera a besarla. Cuando mi prima los reconoce abre mucho la boca y me mira con los ojos como platos, encantada con este giro de los acontecimientos del que ella no tenía ni idea. No puedo parar de sonreír al verlos bajar del escenario sin dejar de mirarse con los ojos llenos de un montón de sentimientos.

Por fin, Amelia encuentra a una Emily con peluca rubia, varita y corona plateada. La tela del vestido rosa brilla y la falda se expande a su alrededor de forma que parece un hada o una princesa. Se abrazan como si no se hubieran visto hace unas horas, con fuerza y cuidado de no acabar las dos de color verde.

Cuando se marchan busco a Diane. Tengo que apartarme del camino de tres cazafantasmas con disparadores de protones incluidos que llevan a dos espíritus atados con cadenas.

En ese momento, consigo ver un sombrero de copa con una cinta rosa alrededor. Camino hacia ella con cuidado de no engancharme en ninguna pata del disfraz de araña de Bonnie ni en el palo de escoba de Tibby que lo mueve como si fuera una ninja en vez de una bruja.

Will no debería andar muy lejos. No puedo esperar a ver su cara. Confío en que se dé cuenta. Por alguna razón, esta tarde, mientras me vestía he empezado a ponerme nerviosa por si no reconocía mi disfraz. Puede que, aunque es un libro que le gusta mucho, esa escena no le haya dicho nada o que se haya imaginado a Sophie de otra forma. Si no me reconoce, no pasa nada, seguro que cuando se lo explique le hará gracia, al menos. Espero.

Me ha costado muchísimo no decirle nada estas dos semanas, sobre todo porque hemos pasado más tiempo juntos. Con la excusa del trabajo de Historia ha venido a la librería casi todas las tardes que me tocaba turno, aunque, en realidad, nos pasábamos el rato hablando, limpiando el polvo o haciendo deberes de otras asignaturas. Creo que también intentaba huir de su padre.

Diane me ve acercarme y corre hacia mí sujetándose el sombrero sobre la peluca naranja. Lleva la chaqueta y el pantalón verde rasgados, las botas marrones más viejas que debe haber encontrado y un lazo floreado al cuello lleno de sangre. Creía que se iba a disfrazar de sombrerera loca sin más, pero no, se ha pintado la sonrisa más amplia y de un rojo que simula la sangre, el mismo color que el de las lágrimas dibujadas que parecen caer de sus ojos maquillados de negro.

—Me encanta —le digo.

Diane da una vuelta sobre sí misma y se inclina en una reverencia sin parar de reír.

—¡Que les corten la cabeza! —grita Candance al acercarse a nosotras vestida de Alicia con el delantal blanco lleno de manchas de sangre y una calabaza en las manos pintada como si fuera la cabeza de la reina roja.

La felicito por el disfraz, intentando que no se me note el agujero que se me ha abierto en el pecho. Parece que todos a mi alrededor se han puesto de acuerdo con alguien para ir a conjunto excepto yo. Me han hecho sentir tan arropada que incluso se me ha llegado a olvidar que yo no pertenezco aquí, que no vengo todos los años a esta fiesta y no tengo nadie con quien planificar el disfraz. Si no hubiera estado tan obcecada en algo original podría haber hablado con Candance y Diane y disfrazarme del gato Chesire. En cambio, lo único que he conseguido ha sido un disfraz que nadie reconoce.

—No puede ser —oigo detrás de mí.

Antes de girarme sé que es Will y esas tres palabras hacen que el corazón me empiece a latir más rápido. ¿Habrá reconocido el disfraz? ¿O estará decepcionado porque creerá que solo me he puesto un vestido rasgado sin más? Me cojo las manos, que han empezado a temblarme un poco y me giro despacio.

—No puede ser —repito cuando lo veo.

Parpadeo a la vez que lo miro de arriba abajo. Lleva unos pantalones de pana marrones viejos y una camisa blanca demasiado ancha y sucia de barro. El pelo le cae aplastado sobre la frente como si estuviera mojado y en la mejilla derecha lleva una marca roja en forma de herradura de caballo.

Tim, el protagonista del libro, murió aplastado por el caballo al que estaba cuidando.

Will, tan sorprendido como yo, alarga el brazo y me alza la muñeca con suavidad, observando la tela hecha jirones de la manga. Su expresión se transforma poco a poco, dejando el asombro a un lado y convirtiéndose en una sonrisa que casi, por muy poco, dibuja esos hoyuelos que me he dado cuenta de que busco a todas horas.

—¿Sophie? —pregunta.

Siento el alivio recorrerme cada músculo del cuerpo. La sensación cálida de que pertenezco a este lugar en este momento y que no hay ningún otro sitio donde podría encajar mejor. Me tiemblan un poco las manos, pero no son nervios, es otra cosa que no consigo identificar.

—¿Tim? —le imito cuando da un paso hacia mí entrelazando sus dedos con los míos.

Por un momento estoy a punto de abrazarlo porque ya no me siento ridícula ni fuera de lugar.

—Oh, qué casualidad —oigo la voz de Ishbel a nuestro lado.

Los dos damos un respingo y nos separamos un poco, dejando ir la mano del otro.

Consigo despegar los ojos de Will con mucho esfuerzo para encontrarme a la mujer vestida con su ropa habitual mirándonos con esa expresión divertida que empiezo a reconocer.

—Casualidad —repite Will, mirando a su abuela con los ojos entrecerrados.

—Casualidad que en la tienda de segunda mano encontráramos un vestido tan bonito y yo tuviera en casa ropa de tu abuelo.

Will suspira con resignación y yo no puedo evitar soltar una carcajada. Lo ha planeado todo, nada de lo que ocurre a su alrededor parece ser azar.

—Estáis muy guapos los dos —nos dice con una sonrisa sincera.

—Tú estás como siempre, para variar —dice Will con las cejas alzadas.

—Este es mi disfraz. Soy una maniaca homicida. Van como todo el mundo —responde haciendo referencia a Miércoles en la película de *La familia Addams*.

Will y yo soltamos una carcajada por lo inesperado de la respuesta. Esta mujer nunca dejará de sorprenderme.

Se aleja sin añadir nada más y estoy a punto de decirle a Will si quiere que vayamos a ver qué hay para comer cuando cuatro jugadores de fútbol disfrazados de demonios se lo llevan casi a rastras entre gritos y risas. Solo le da tiempo de mirarme con expresión de disculpa antes de ser engullido por la multitud.

Miro alrededor hasta que encuentro a Amelia y Peter dando saltos como si estuvieran en un concierto de rock y no en la plaza del pueblo con el tema principal de *Ghostbusters* sonando por unos altavoces viejos. Bailo fatal, casi peor que mi madre, pero siempre me ha dado bastante igual, así que me uno a mis primos para confirmar que esta falta de habilidad es algo familiar. Lo damos todo cuando suena «Goo Goo Muck» —tenemos que aprovechar la única que sabemos bailar sin hacer el ridículo.

Emily llega corriendo cuando empieza a sonar «Vampire» —no lo confirma, pero estoy segura de que la ha colado en la *playlist* sin que nadie la viera— y los cuatro la cantamos como si estuviéramos en un concierto de Olivia Rodrigo mientras la gente no sabe bien cómo gestionar esta canción.

Pasados los nervios y con la ilusión de que al menos una persona de toda esta fiesta sabe de dónde sale mi disfraz, me centro en disfrutar del ambiente, la música y los vecinos con unos disfraces tan peculiares como ellos mismos: como el de cantante atropellada de Josephine o el de Maléfica a mitad de transformación de Genevieve.

Nunca he entendido muy bien de dónde le viene el gusto de Evanescence a Peter, pero me alegra ver que Robert parece compartirlo porque los dos entonan «Bring Me to Life» junto a varias personas de más de treinta años.

Aprovecho para acercarme hacia la mesa de las bebidas. Estoy intentando decidirme entre los distintos zumos cuando veo a Will hablando con su padre un poco alejados de la gente. Bueno, más que hablando, discutiendo. No consigo distinguir ni una palabra por la música y la distancia, pero se nota en sus posturas. Aparto la vista y me sirvo un vaso de zumo de manzana. Cuando vuelvo a mirar veo a Will alejarse de la multitud hacia la parte trasera de la estatua de

Matilda Orange que hay junto al ayuntamiento. Sin pensarlo un segundo, dejo el vaso y lo sigo.

Lo encuentro sentado en un banco con los codos apoyados en las rodillas y la cabeza entre las manos, junto a un esqueleto con un sombrero de copa y una corbata.

—¿Will? —lo llamo dubitativa al acercarme.

El chico levanta la cabeza. Tiene los ojos llenos de lágrimas y las manos le tiemblan un poco. Baja la vista, como si estuviera avergonzado, pero no me dice que me vaya.

Me siento a su lado sin saber qué hacer. ¿Un abrazo? ¿Una palmadita en la espalda? ¿Le cojo las manos? No sé cuánta confianza tenemos.

—¿Puedo hacer algo? —le pregunto.

Niega con la cabeza y a mí se me encoge el corazón al verlo así.

Dejo mi mano en su brazo, pidiéndole permiso. Me mira e intenta sonreír, pero le sale una mueca extraña y las lágrimas empiezan a resbalarle por las mejillas sin control. Intenta secárselas con las mangas de la camisa sin conseguirlo.

No lo soporto más. Le rodeo los hombros con mis brazos sin fuerza para que se pueda alejar si no está cómodo, pero no lo hace. Al contrario, me rodea la cintura y me acerca a él sin dejar de llorar, con todo el cuerpo temblando de rabia o de tristeza, no lo sé. No me muevo cuando entierra su cara en mi cuello y noto sus lágrimas en mi piel. No digo nada tampoco, no sé qué palabras necesita escuchar en esta situación. No sé qué es que tus padres intenten llevarte por un camino que no quieres, cuando los míos siempre me han apoyado, incluso cuando veían que me iba a dar de morros contra una pared.

Los minutos pasan, con la música y las voces de fondo que no cubren los sollozos del chico que siempre tiene una sonrisa preparada, hasta que poco a poco vuelve a respirar con normalidad y las lágrimas dejan de brotar a borbotones de sus ojos. Se separa de mí y siento un escalofrío al notar el aire helado donde estaba apoyado.

—Lo siento —se disculpa con la cabeza gacha y la voz tomada.

—No tienes que disculparte —le aseguro—. Además, así el vestido está mojado de verdad.

Will se ríe entre hipidos.

—Gracias.

—Seguro que no muchas personas pueden decir que han sido el paño de lágrimas de William Bennet, lo voy a anotar en mi expediente como logro académico.

Vuelve a reír y la sonrisa ahora le sale un poco más como la de siempre.

—¿Qué ha pasado? —pregunto con tono cauto, para que sepa que no es necesario, pero que puede hablar conmigo si lo necesita.

—Lo de siempre.

Espero, en silencio, a que desarrolle o a que se quede ahí.

—El resumen es que mi padre me ha asegurado que no me va a pagar ninguna universidad que no sea Stanford.

—Pero tu madre seguro que puede hacerlo entrar en razón o puedes conseguir becas en otras universidades…

No sigo enumerando todas las posibilidades que se me ocurren porque Will niega con la cabeza.

—Ese no es el problema. —Se restriega los ojos con la manga de la camisa—. El problema es que no confía en que pueda conseguirlo, solo piensa en que el camino que él ha decidido para mí es el más seguro y no se da cuenta de que no lo es, que seguir su mismo camino me podría llevar a una lesión como la suya y no quiero, no quiero dedicar años de mi vida para acabar retirándome joven de un deporte que me gusta, pero que no amo, no como él.

—¿Qué es lo que cree que no puedes conseguir? —pregunto bajito.

Ese sueño que menciona, pero que no me aclara cuál es. Como si decirlo en voz alta fuera a gafarlo para siempre.

Me mira con una mezcla de emociones en el rostro que no sé descifrar, parece miedo e ilusión y algo más.

—Quiero ser escritor —confiesa.

El aire se me escapa de los pulmones, sorprendida.

—Escritor —susurro y, cuando lo digo en voz alta, me parece verdad, me encaja con el chico que escribe notas y se pasaría horas ayudando a su abuela con la librería.

Will se lleva las manos a la cara.

—Tú también crees que es una locura —solloza.

Seguro que estoy frunciendo el ceño, me van a salir arrugas prematuras.

Le cojo las manos y se las aparto para que me mire.

—Me encanta —le digo, intentando mostrar toda la ilusión que me hace y el agradecimiento de que por fin me lo haya contado.

—¿De verdad? —pregunta con una tímida sonrisa que no se atreve a mostrar del todo y dándome un pequeño apretón en las manos.

—¿Por qué no me lo has dicho antes? —pregunto emocionada sin un ápice de reproche—. Quiero leer algo tuyo.

Las comisuras de sus labios se alzan sin enseñar los dientes y ahí están, los dos hoyuelos que me da la sensación de haber estado persiguiendo durante estos dos meses.

No me da tiempo de grabarlos a fuego en mi mente porque me rodea la cintura y tira de mí para abrazarme con fuerza a la vez que suelta una carcajada.

No tiene nada ver con el abrazo de antes. En este me podría quedar horas. Sintiendo su respiración tranquila en mi pecho y su mejilla contra la mía.

—Gracias. —Me aprieta un poco más contra él y siento que me voy a quedar sin aire, aunque puede que no sea por la fuerza que tiene sino por otra cosa.

—Que no soy tu balón de fútbol —protesto.

—Perdón —se disculpa a la vez que me suelta sin poder dejar de sonreír.

Tendría que haberme quedado callada, porque si antes ya estaba un poco helada, ahora noto aún más el leve viento de la noche.

—Tienes frío —afirma.

—Tú también estás helado —digo al ver que tiembla un poco.

Me observa, aprieta los labios como si dudara de algo y pasa su brazo por encima de mis hombros acercándome un poco hacia él. No puedo evitar arrebujarme contra su cuerpo, agradeciendo la calidez que desprende.

—¿Sigues preocupada por tu futuro? —pregunta en un susurro, como si quisiera darme la oportunidad de hacer como que no lo he escuchado.

Reflexiono unos segundos, echando la vista atrás, hacia estas últimas semanas.

—Creo que no —respondo—. Creo que si no encuentro nada más podría dedicarme a ser librera. Supongo que tenías razón y solo necesito experiencia.

Levanto la cabeza y lo miro. Will me observa con expresión divertida.

—Y cuando yo sea un escritor famoso recomendarás mis libros a todos los clientes.

—Por supuesto —río—. Estarás siempre en el escaparate.

Oigo la música cambiar a una canción de guitarra y la reconozco después de los tres primeros acordes, he estado escuchando «Everything Has Changed» tanto desde que Emily me dio la pulsera que tengo cada nota grabada a fuego.

Me levanto sintiendo los dientes del frío en la espalda y tiro de la mano de Will.

—¿Bailas?

—No si puedo evitarlo —dice con expresión divertida.

Me río al reconocer la referencia y el corazón se me acelera un poco.

—Venga, «intento de Sr. Darcy» —le doy otro tirón.

Sonríe de verdad y acepta. Corro arrastrándolo conmigo para llegar antes de que termine la canción.

Nos internamos entre la multitud y empiezo a balancearme hacia los lados sin soltar nuestras manos, cantando bajito la letra. Will me suelta y yo lo miro sorprendida y un poco triste. Supongo que no le gusta. Pero me doy cuenta de lo equivocada que estoy cuando, con la mirada llena de dudas y los labios apretados me pasa una mano por la cintura, como si me pidiera permiso. El corazón se me acelera queriendo salir del pecho hacia a saber dónde, puede que a un lugar más tranquilo que mi cuerpo. Respiro hondo y levanto los brazos para apoyar mis manos en sus hombros. Will parece que suelta todo el aire de los pulmones, sus labios se relajan y me acerca hacia él posando la mano libre en mi otro costado.

Las voces de Taylor Swift y Ed Sheeran nos acompañan mientras nos movemos de un lado a otro despacio. Lo miro a los ojos. Estamos tan cerca. El corazón aumenta de velocidad, si eso es posible, al darme cuenta de los pocos centímetros que nos separan. He leído tantas veces esto, esta sensación que me atenaza los músculos a la vez que un cosquilleo me recorre los nervios, pero nunca lo había sentido así.

Apoyo la frente en su hombro al darme cuenta de lo que está pasando. ¿Me… me gusta Will? ¿Me estoy enamorando? No era esta la idea. Se supone que he cruzado el océano para encontrarme a mí misma, no a un chico al que dejar atrás cuando acabe el curso. Will me abraza la cintura un poco más y siento que estoy perdida. Tenía que haberlo visto venir. Tenía todas las señales frente a mí. ¿No he aprendido nada de los libros?

No pasa nada. Somos amigos y lo podemos seguir siendo hasta que me vaya. Con los años iremos perdiendo poco a poco el contacto y será solo un recuerdo precioso al que volver cuando tenga ochenta años y me balancee en una mecedora mientras miro por la ventana de mi cabaña en el bosque con un libro en el regazo.

—*I'm feelin' like I've missed you all this time* —susurra tan cerca de mi oreja que su aliento me hace cosquillas.

No, no, no. Siento que el corazón me late en los oídos, debe de estar escuchándose por encima de la música. Me bloqueo, tengo que escapar de esto, aunque no quiero.

—Creía que solo escuchabas canciones de piratas —bromeo intentando que no se me note el nudo en la garganta.

Cierro los ojos con fuerza. Lo he estropeado. Pero está bien así, de lo contrario todo se complicaría.

—Sé apreciar el arte cuando lo escucho —dice Will esta vez un poco más lejos de mi oreja.

No era la respuesta que esperaba, lo sé, pero ¿qué esperaba? ¿Que siguiera la canción? ¿Que le confesara que es una de las personas que más voy a echar de menos cuando, inevitablemente, me toque regresar a casa?

Cuando termina la canción y empieza una que no conozco, pero que tiene pinta de ser de alguna película de los ochenta por la edad de los que gritan emocionados, me separo de Will, quien tiene una expresión que no consigo descifrar. Por suerte, veo a Amelia y Diane a unos pocos metros y tiro del chico conmigo hacia ellas. Pasamos lo que queda de fiesta con ellas, Candance, Peter y Robert bailando y haciéndonos fotos.

Will no vuelve a acercarse tanto a mí y sé que debería sentir alivio, pero solo noto un agujero en el pecho.

Capítulo 18

Ya es noviembre y la lluvia ha decidido hacer acto de presencia para refrescar aún más el ambiente y que yo eche de menos los veinte grados que habrá ahora en Valencia.

La semana ha pasado tranquila, tanto que parece irreal. La librería vuelve a mostrar su aspecto habitual, sin arañas escondidas en los rincones —ayer me encontré una junto a los libros de Nicholas Sparks que se me había olvidado quitar, pero la dejé allí, así sabré si alguien intenta comprar alguno y podré quitarle la idea de la cabeza.

Los pocos exámenes que hemos hecho hasta ahora no me han ido mal, incluso aprobé Química, aunque la profesora me avisó de que tenía que estudiar un poco más.

Y Will ha abandonado definitivamente la mesa de sus compañeros de equipo en la cafetería, igual que Candance. Ahora los dos se sientan con nosotras y Peter también, a veces, aunque cada vez un poco más. Estoy convencida de que pasó algo la noche de Halloween porque no se separa mucho de Robert.

No he hablado con Will de esa noche. Ni de la discusión con su padre, ni del baile. A veces lo pienso, quiero decirle algo, comprobar que pasó de verdad y no lo he soñado, pero ¿qué le digo? Si fui yo la que, por miedo, cortó el momento de cuajo. Me duele ignorar esa noche porque fue muy triste ver llorar a Will, pero confió en mí para contarme que quiere ser escritor y, por mucho que intente relegarlo a lo más hondo de mi mente, no puedo evitar sentir la necesidad de abrazarlo cada vez que lo veo. Creo que estar entre sus brazos se ha convertido en uno de mis lugares favoritos.

La mañana pasa despacio, arrastrando el minutero de los relojes como si pesaran toneladas. No dejo de darle vueltas al trabajo de Historia que tenemos que entregar antes de que acabe el trimestre. Nos ha quedado escueto y sin nada interesante. Solo un cuaderno con notas y algunas pruebas de lo que hicieron. No sabemos quiénes eran las integrantes del club, si tuvieron más influencia en el pueblo, ni cómo empezó o terminó. Will insiste en que con la información que tenemos está bien, pero a mí me parece que no es suficiente.

Cada vez que le doy vueltas al tema, la tristeza me invade el pecho. Me hacía mucha ilusión descubrirlo todo sobre ese club secreto y no puedo quitarme la sensación de que he fracasado. Supongo que no está mal viajar seis mil kilómetros para darme cuenta de que eso que tanto me gusta no se me da bien.

Estoy a punto de entrar en clase de Psicología cuando oigo a Diane por el pasillo.

—¡Ha llegado el relato de este mes! —exclama con los papeles en alto.

Camina rápido hacia mí y me lo da.

—¡Jane Austen! —dice emocionada—. Esto no me lo esperaba.

Entramos en el aula y nos sentamos mientras leo. Esta vez el relato no tiene nada de fantasía, sino bailes, sarcasmo y un protagonista que no se atreve a declarar su amor.

Observo con atención las tres letras con las que firma la persona anónima: UTF. Y me doy cuenta de lo tonta que he sido. De que tenía todas las pistas delante de mí: los dos primeros relatos se parecían a *Greendale*, los de octubre a *Manual de panadería* y este a *Orgullo y prejuicio*.

Uilleam Tòmas Fraser.

Me dispongo a levantarme de la silla para ir a buscarlo cuando me doy cuenta de que estoy en clase. ¿No lo voy a poder ver hasta después del periódico? Esto va a ser un suplicio.

Paso la hora leyendo una y otra vez el relato. Buscando señales que confirmen lo que ya sé. De camino a la sala del periódico lo busco por los pasillos, pero no coincidimos.

Mientras Diane valora cómo ha ido el número de octubre no soy capaz de prestarle atención.

—Anna —me llama devolviéndome a la realidad—, tu artículo del misterio de la calle Kolton ha sido maravilloso, ha encantado. El de los finales abiertos no ha tenido tanto éxito, pero creo que cada vez la gente se interesa más por tus artículos de literatura.

Genial. Estaba convencida de que había mejorado. Supongo que son más interesante las sombras que se ven por la noche en una calle del pueblo.

Siento emociones contradictorias porque es cierto que me gusta rebuscar entre los periódicos antiguos y escribir sobre ello, pero me da pena no saber transmitir lo que disfruto con los libros a través de mis artículos.

Las dos horas trascurren lentas y agónicas, incluso más que la mañana. No puedo quitarme de la cabeza el relato y sin darme cuenta empiezo a escribir sobre Jane Austen y la evolución de las comedias románticas. Se lo envío a Diane sin muchas esperanzas, por mucho que me encante escribir sobre ello, la gente no parece sentir lo mismo al leerlo.

Cuando por fin salgo de la sala, corro hacia el campo de fútbol. Si encima no consigo hablar con Will va a ser un desastre de día —más aún que cuando terminé *Besos, Kitty* de una sentada y me di cuenta de que aún no había fecha para la siguiente temporada.

Lo espero sentada en la primera fila de las gradas. Esta mañana me he vestido con una camiseta interior de manga larga, una sudadera y una parka beige forrada de borreguito por dentro. ¿Qué me pondré en invierno? Creo que el chaquetón que me he traído me cabe encima de toda esta ropa.

Cuando sale del vestuario y me ve, viene trotando hacia mí.

—Hola —me saluda con un poco de sorpresa como si no esperara que viniera a buscarlo.

—Ya se cuál es tu secreto —le digo sin esperar un segundo.

Alza las cejas y me mira divertido.

—UTF —digo.

Will da un respingo, sorprendido.

—No era tan difícil —digo mirándolo por encima de las gafas.

—Nadie lo había descubierto hasta ahora. —Arruga la nariz—. Tan fácil no era.

—Lo que tú digas —digo negando con la cabeza.

Me pongo de pie y empezamos a caminar hacia la salida.

—¿Te gustan? —pregunta sin mirarme—. Los relatos.

Engancho mi brazo al suyo para que me mire.

—Me encantan —digo ilusionada cuando sus ojos llenos de dudas se posan en los míos.

—¿En serio? —sigue dudando.

—¡Muchísimo! —digo sacudiendo su brazo, con lo que consigo

que se ría—. Pero estoy muy enfadada conmigo misma por no haberme dado cuenta antes.

—Para todos los libros de misterio que lees, te ha costado bastante. Agatha Christie estaría decepcionada —dice con la sonrisa ladeada.

—Tengo muchas cosas en la cabeza —me defiendo a la vez que le doy un pequeño empujón sin soltarlo.

Hablamos sobre los relatos, le pregunto cada detalle que me ha llamado la atención y me responde con la mirada llena de ilusión. Intento que no se me note lo que me gustaría encontrar eso que me haga hablar de ello con tanta emoción como Will lo hace de la escritura. Eso que vine buscando y que siento que no voy a encontrar. Es más, creo que incluso estoy perdiendo la ilusión por lo que, aunque fuera un poco, me emocionaba. Se me pasan por la cabeza las palabras de mis padres antes de irme: que podía volver cuando quisiera.

Sin darnos cuenta terminamos entrando en la librería, donde Ishbel ni siquiera se sorprende al vernos, aunque hoy no me toca trabajar.

—Ya que estáis aquí voy a aprovechar para hacer la compra —nos dice saliendo por la puerta—. No os encerréis en el almacén.

—Muy graciosa —le dice Will, aunque no lo llega a escuchar porque ya ha cerrado la puerta.

Nos sentamos donde siempre y aprovechamos para estudiar. Todos se están preparando ya para los exámenes SAT de acceso a la universidad de primavera y, aunque mis padres me han dicho que aproveche para hacerlos, no sé si merece la pena. Solo me servirían para estudiar en una universidad de Estados Unidos y, aunque no tengo ningún plan de futuro, esa ni siquiera es una opción que me haya planteado.

Estoy ayudando a Will con unos ejercicios de Cálculo cuando suena la campanilla de la entrada y veo a Bonnie que se dirige hacia la sección de romántica.

—Hola, Bonnie —saludo al llegar junto a ella.

—Hola, Anna —me responde sin apartar la vista de las estanterías.

—¿Necesitas ayuda? —pregunto, extrañada porque no me pida el siguiente libro de la saga que le recomendé.

—No, no, creo que voy a cambiar de género.

—Oh —digo un poco decepcionada.

—No me ha gustado mucho el último que me recomendaste —dice con una sonrisa amable antes de seguir mirando los lomos frente a ella.

—Vaya, lo siento —digo retorciendo las mangas del jersey.

Alguna vez tenía que ser la primera que no acertara, ¿no? No pasa nada, también sé de romántica, puedo asesorarla.

—Te recomiendo a Jenny Han —digo señalándole los que están a su derecha.

Bonnie los mira con los labios fruncidos.

—No —dice con seguridad—. He pensado que quiero leer algo de Nicholas Sparks, me lo ha recomendado una amiga y creo que me puede gustar.

—Vale —susurro, desanimada.

Alcanzo tres de las baldas de arriba y se los tiendo para que elija. Mientras les echa un vistazo hago como que ordeno otras estanterías.

Creía que se me daba bien. Al menos a los clientes más habituales ya sabía perfectamente qué recomendarles, y han pasado semanas desde la última vez que alguien me dijo que no le había gustado el libro que le había vendido —excepto Leonard que lo considero un caso perdido. Hasta Josephine aceptó leer *Seis de cuervos* y eso que no le gustan los libros con componente mágico.

—Me llevo este —me dice Bonnie a los pocos minutos.

Se lo cobro y la mujer se marcha dejándome más chafada que una pasa. Esto es lo último que me faltaba hoy para darme cuenta de que estoy en el mismo punto que cuando llegué aquí.

—Hey —dice Will acercándose al mostrador cuando la mujer se marcha—, ¿qué pasa?

—No le ha gustado el libro que le recomendé —susurro con la cabeza gacha.

Will pasa detrás del mostrador y se apoya en él quedando frente a mí.

—No pasa nada —dice—, solo es uno de ¿cuántos? que has recomendado desde que trabajas aquí.

—Se ha llevado a Nicholas Sparks —digo con una mueca.

Me pasa un brazo por los hombros y apoyo la cabeza en el suyo. Si no estuviera tan triste ahora mismo y con tantas ganas de irme a casa y esconderme debajo de la colcha, me acercaría a Will y me quedaría entre sus brazos hasta que volviera Ishbel.

—Estoy cansada —confieso.

—Vete a casa, yo me quedo —propone.

Niego con la cabeza y Will apoya su mejilla en la mía.

—¿Por qué estás cansada? —pregunta.

Suspiro, intentando aclararme las ideas.

—Porque siento que no he avanzado nada desde que llegué aquí —confieso—. Se suponía que iba a encontrar mi sueño, mi camino, no sé, algo, pero no hay nada, absolutamente nada.

Will me acaricia el pelo.

—Eso no es verdad. —Su tono suena serio—. Tienes un trabajo que te gusta y… amigos. Y aún queda Navidad.

Sonrío un poco levantando la cabeza y mirándolo.

—Estoy segura de que Navidad no superará Halloween —digo un poco nerviosa porque no sé si evitará el tema o querrá hablar de ello.

Ni siquiera sé si hay algo que hablar.

Me observa durante unos segundos eternos en los que no puedo mirar nada más que sus ojos marrones, buscando esas motas verdes.

—Halloween está bien —dice con una leve sonrisa—, pero Navidad es mi fiesta favorita.

Lo miro intentando averiguar qué piensa, si solo me está hablando de gustos o de algo más. No puedo evitar bajar la vista a sus labios, pero la desvío enseguida a sus ojos. El corazón me late más rápido a cada instante y temo que lo esté escuchando.

—¿Sabes…?

—¡Ya estoy aquí! —exclama Ishbel, entrando por la puerta e interrumpiendo la pregunta de Will.

Nos separamos de un salto.

Menos mal que ha entrado Ishbel. Menos mal. Estaba a punto de besar a Will y eso lo habría complicado todo demasiado. Faltan más de siete meses para que vuelva a España. ¿Cómo voy a evitar durante todo ese tiempo besarlo cuando pasamos tanto tiempo juntos? Cuando sus abrazos me tranquilizan tanto, pero sus ojos me aceleran el pulso.

Recojo mis cosas y me despido de los dos sin darle oportunidad a Will a que me proponga acompañarme a casa. No quiero alejarme de él, no creo que sirviera para nada, pero debo evitar quedarme tanto rato mirándolo. Sí, creo que esa es la solución.

El resto de la semana no mejora. El cielo sigue gris y el ambiente frío como el hielo. Me pongo la ropa más abrigada que tengo, pero no sirve para mucho. Tengo la sensación de que el helor se me ha clavado en los huesos y da igual cuántas capas vista, no parece abandonarme. Y echo de menos, ahora más que nunca, mi casa, el sol y, sorprendentemente, la playa.

La insistencia de los profesores con los SAT ha provocado que mis compañeros empiecen a plantearse su futuro en serio. Y todos lo tienen muchísimo más claro que yo. Incluso Diane ha encontrado una alternativa a ese sueño que, por mi culpa, se le apagó.

En el periódico, Diane me asegura que le ha encantado el artículo sobre comedias románticas, pero creo que solo lo dice porque me ve decaída. En la librería me cuesta un mundo cada recomendación que tengo que dar porque me replanteo todo el rato las palabras que voy a decir. Y en el ejercicio de Escritura creativa vuelvo a tener otro comentario diciendo que falta profundidad en los personajes. Todo se tambalea a mi alrededor y tengo la misma sensación que cuando Claudia me dijo que se iba. Cuando creía que había encontrado un sitio, todo vuelve a romperse en pedazos que se esparcen a mi alrededor sin que encuentre la forma de volver a juntarlos.

Llego a casa el viernes, donde no parece haber nadie. Amelia se ha ido con Emily a estudiar, Peter no debe de haber llegado aún del entrenamiento, o puede que esté con Robert, mi tío sigue en la tienda y mi tía no ha vuelto del instituto.

Recorro la casa sin encender las luces y subo a mi habitación. Es muy probable que Claudia no me responda porque es tarde y no la he avisado, pero lo intento.

—¡Anna! —exclama nada más aparecer en la pantalla de mi móvil.

Casi me pongo a llorar al verla. Parece que camina y luego cierra una puerta. Hasta que se detiene en lo que parece el baño de siempre.

—Hola, ¿cómo estás? —pregunto antes de que lo haga ella y no sepa fingir que todo va bien.

—¡Genial! —dice emocionada—. Me han dicho que están muy contentos con mi trabajo y que si sigo así todo el curso es probable que me renueven la beca.

Su expresión es tan feliz, tanto, que yo me trago el nudo que me ha aparecido en la garganta, sonrío, le doy la enhorabuena y le pido que me cuente más cosas.

Me alegro por ella, muchísimo, pero no puedo evitar sentir que he fracasado, que no he conseguido nada, que me he ido a la otra punta del mundo para hacer perder el tiempo a todos. Y que puede que la mejor decisión hubiera sido no hacer este viaje.

Cuando Claudia me pregunta por mi vida, le cuento el festival y Halloween, pero no hablo de la librería, ni del periódico, ni menciono a Will.

Nada más colgar llamo a mis padres.

—Creía que te habías olvidado de nosotros —dice mi padre de forma dramática.

—Os envío mensajes a todas horas —me quejo intentando que no se me noten las ganas que tengo de llorar.

Mi madre aparece en la pantalla.

—¿Qué te pasa? —pregunta preocupada. Supongo que no he disimulado muy bien.

—Quiero volver a casa.

Cuando pronuncio esas cuatro palabras ya no hay forma de contener las lágrimas.

—¿Qué ha pasado? —pregunta mi padre con el ceño fruncido.

—Nada, no ha pasado nada —digo entre sollozos—. Ese es el problema, esto no ha servido para nada.

Mis padres me miran confusos.

—Pero, Anna —dice mi madre—, ¿qué tenía que pasar?

Lloro durante unos segundos en los que no puedo hablar y mis padres me miran sin poder hacer nada.

—Es probable que Claudia se quede en Inglaterra el curso que viene también.

—Oh —dicen los dos a la vez.

—Y yo no sé qué hacer con mi vida, estoy estudiando un batiburrillo de asignaturas que no me va a servir para nada cuando vuelva a España porque no sé qué voy a hacer después del bachillerato.

Mis padres me miran sin reprocharme que ya me avisaron de que debía elegir con cabeza y no les hice caso.

—Aún tienes tiempo para pensarlo —me anima mi padre.

—No tengo tiempo, todo el mundo sabe qué quiere y yo no, no tengo ni idea. Me he pasado estas semanas pensando en estudiar algo de literatura y trabajar en una librería, pero no va a poder ser, porque soy un desastre escribiendo y recomendando libros. —Lo suelto todo casi sin respirar.

Mis padres se miran, comunicándose sin palabras, mientras yo no puedo cortar las cascadas de lágrimas que se deslizan por mis mejillas.

—¿Y tus amigos? —pregunta mi madre preocupada.

Lloro más aún, hipando, y busco pañuelos en la mesilla de noche. No quiero pensarlo porque ya me duele la separación y aún no ha ocurrido. Voy a tener que despedirme de los abrazos de Will y ni siquiera he podido disfrutarlos un poco.

—Los voy a echar mucho de menos —digo mientras me sueno los mocos—. Pero da igual porque dentro de unos meses me voy a separar de ellos.

Dejo el móvil sobre la colcha, apoyado en un cojín y me tapo la cara con las manos.

—Vamos a hacer una cosa —dice mi madre—. Esperamos hasta Acción de Gracias. Si para entonces sigues pensando en volver, compramos un billete de más y te vuelves con nosotros.

Eso son dos semanas. Solo tengo que aguantar dos semanas más.

Asiento y me tumbo en la cama. Les pido que me cuenten cosas de allí. Me ponen al día de la última aventura de mis yayos en un viaje con sus amigos, también que al final mi madre aceptó acompañar a mi padre al cine y que se quedó dormida a los diez minutos. Siguen hablando mientras a mí cada vez me cuesta más mantener los ojos abiertos. En algún momento me dan las buenas noches y creo que les respondo y cuelgo medio dormida. Alguien viene a verme, porque a la mañana siguiente estoy en la misma posición, pero tapada con una manta.

He aceptado esperar a Acción de Gracias para tomar la decisión definitiva, pero no creo que haga falta. No veo cómo va a mejorar la situación si en las últimas semanas lo único que ha hecho ha sido empeorar.

Capítulo 19

Me levanto el sábado de la semana siguiente decidida a dejar de perder el tiempo. Esta semana ha sido peor aún, ni siquiera la tarta de calabaza de Owen consiguió levantarme el ánimo después de equivocarme al colocar unos libros de romántica en la sección de políticas.

Voy a volver a España.

No ha servido de nada venir aquí. Estoy en el mismo punto que cuando me fui. O peor, porque he perdido tres meses de clases que voy a tener que recuperar. Ni siquiera sé si voy a poder incorporarme a estas alturas del curso, puede que con este arrebato haya perdido todo un año. Tampoco está mal, ¿no? Tendré un montón de meses para pensar qué hacer, aclararme las ideas, morirme del asco, llorar bajo las sábanas y echar de menos a Claudia.

Le mando un mensaje a Diane diciéndole que dejo el periódico. Tiene mis dos artículos de este mes, aunque sean horribles, y ya no me necesitan para nada más.

También aviso a mis padres de que compren ya mi billete de vuelta, antes de que suba más de precio.

Me visto con la ropa más abrigada que encuentro en mi armario. Aún es pronto, mis tíos ni siquiera se deben de haber levantado y fuera la temperatura seguro que es invernal —al menos para mí—. Salgo de casa haciendo el menor ruido posible y paseo despacio hacia la librería. Las calles están vacías aún, el ambiente no se parece nada al de entre semana. Solo me cruzo con el padre de Robert y Tibby que pasea a un Scooby que ladra contento al verme. Lo acaricio y cruzo dos frases con el hombre. Voy a echarlos de menos, incluso a ellos. De repente, los ojos se me llenan de lágrimas. Me los froto. No es momento de llorar. He tomado una decisión y ya no hay vuelta atrás.

La librería está abierta cuando llego. Entro haciendo sonar la campanilla e Ishbel aparece por detrás de unas estanterías.

—Anna —me saluda con una sonrisa—. ¿Necesitas un libro de urgencia?

Río un poco, notando el nudo en la garganta.

—No —respondo a la vez que la sonrisa me tiembla.

Me acerco a ella y aprieto los labios. Ishbel me mira curiosa. Inspiro todo el aire que me cabe en los pulmones.

—Quiero dejar el trabajo —suelto a bocajarro.

La expresión de sorpresa de Ishbel es la más auténtica que he visto nunca. Supongo que esto no se lo podía ver venir ni siquiera ella.

—¿Por qué? —pregunta entristecida—. ¿Hay algo con lo que no estés cómoda?

Niego con la cabeza aguantando las ganas de llorar. Me rompe el corazón no poder volver a ordenar los libros como quiera, a pensar en formas de destacarlos, pero lo peor es que ya no oiré a Renita y Leonard comentar en voz alta lo que leen o que Owen no me pedirá en secreto un libro para regalarle a Genevieve. Y me da mucha lástima perderme la decoración de Navidad. Perderme la Navidad. Pero es mejor así, no tiene sentido alargar algo que no va a ningún sitio.

—Ha sido genial trabajar aquí y lo voy a echar mucho de menos —digo intentando aguantar su mirada, que intenta indagar la verdad en la mía.

Ishbel frunce el ceño y los labios.

—Te vas —afirma.

¿Cómo lo ha intuido? No lo sé. Puede que sea maga de verdad o que estos meses haya aprendido a leerme o que yo sea tan trasparente como una ventana recién limpiada.

—No se lo digas a nadie —le pido—. Aún quedan unas semanas.

Ishbel asiente con la mirada triste.

—¿Puedo saber por qué? —pregunta.

Abro la boca y la cierro varias veces, intentando poner en palabras lo que siento.

—Vine buscando algo que no he encontrado —digo simplemente.

No me pide más explicaciones. Me da un abrazo y me deja marchar.

Cuando llego a casa saco la maleta que está encajada entre el armario y la pared y la abro en el suelo. Empiezo a meter toda la ropa más fina, así ya tendré una parte recogida cuando vengan mis padres.

Termino, me pongo el pijama y me meto en la cama. Le digo a mi tía que me encuentro mal para evitar ir a desayunar a la cafetería. Creo que incluso voy a echar de menos el chocolate demasiado dulce.

Me paso el día dormitando sin fuerzas para nada, con *Anne with an «E»* de fondo. Peter me trae un té caliente y más tarde, mi tío se asoma para saber si necesito algo, pero no preguntan más.

Cuando la habitación está ya completamente a oscuras alguien llama a la puerta. Me hago la dormida, pero quien sea no se lo cree porque unos segundos después noto el peso de ese alguien hundir el colchón a mi lado.

—Sé que no estás dormida —oigo la voz de mi tía.

Suspiro y abro los ojos.

—He hablado con tus padres —dice.

Mucho han tardado, supongo.

Me aparta el pelo de la cara con una caricia.

—Sarah, tu madre, siempre ha sido un culo inquieto —dice con una sonrisa—. La decisión que más le ha durado ha sido la de quedarse en España junto a tu padre y formar una familia. —Ríe y yo la imito.

—Creo que ahora está aprendiendo acupuntura.

Mi tía niega con la cabeza con una sonrisa.

—Cuando estábamos en la universidad la envidiaba —confiesa—. Porque saltaba de una cosa a otra, pero todo le apasionaba. Se entregaba completamente a lo que fuera que se le hubiera ocurrido probar.

—Aún lo hace —susurro.

Mi tía asiente.

—Yo perdí ese sentimiento que te empuja a perseguir algo hasta conseguirlo al terminar el instituto.

—¿Por qué? —pregunto con curiosidad por la Helen adolescente.

—Es fácil sentir que puedes luchar por lo que crees cuando tu mundo no ocupa más que un edificio y cuatro calles alrededor. Al salir de aquí… me abrumó lo grande que era —suspira—. Me apunté al periódico de la universidad, pero no era lo mismo, me daba la sensación de que lo que escribía se perdía en un mar de mil noticias más.

Se queda en silencio con los pensamientos muy lejos de aquí.

—¿Y lo recuperaste? —pregunto con la esperanza de que me descubra la clave que necesito.

—Cuando me nombraron directora.

La miro sorprendida. De eso no hace tanto.

—Me di cuenta de que era el trabajo que estaba buscando sin saberlo. No quiere decir que no me gustara dar clase, al contrario, me encantaba y estaba muy a gusto, pero me llena más, no solo velar por las notas de mis alumnos, sino por el bienestar de todos. Creo que, de alguna forma, se parece a mi época como estudiante.

Me arrebujo más bajo la colcha. Así que puede que pasen años hasta que llegue a sentir eso que llena la mirada de mi madre o Claudia o Will.

—Lo que te quiero decir con esto —sigue mi tía leyéndome la mente— es que no tienes por qué tener claro ahora mismo lo que quieres hacer en la vida. Ni ahora ni dentro de cinco años. Puedes probar, equivocarte, encontrar algo que te guste y, a partir de ahí, seguir buscando.

Eso ya lo he hecho, ya he encontrado cosas que me gustan y lo único que he conseguido es descubrir que no se me dan bien, o no tan bien como pensaba.

—No te voy a decir que quiero que te quedes porque creo que lo sabes —sigue al ver que no estoy muy habladora—, yo y todos. Pero me gustaría que no te fueras solo porque sientes que no ha servido para nada venir. Has hecho amigos, ¿no ha valido la pena solo por eso?

Pienso en todos, pero sobre todo en Diane y Will. Si me voy ahora será muy triste, pero no tanto como si lo hago más adelante, cuando los sentimientos se me hayan enredado alrededor del corazón. Los voy a echar de menos a todos y es mejor empezar a echarlos de menos antes, así los recuerdos se volverán borrosos más pronto y no habrá tantos que guardar.

—¿Se puede? —pregunta mi tío desde la puerta.

Entra cuando mi tía le hace un gesto.

—Si te vas, ¿quién me escuchará por las mañanas cuando leo el periódico? —me pregunta con expresión triste.

Río un poco al entender que ha estado espiando detrás de la puerta.

—¿Qué pasa aquí? —dice Amelia entrando sin pedir permiso.

Se tira encima de mí y gruño cuando me aplasta.

—¿Estás enferma? ¿Me lo puedes pegar y así nos quedamos las dos el lunes en casa?

—¿Y esa maleta? —pregunta Peter al asomarse.

—¿Qué maleta? —pregunta Amelia que no se había dado cuenta.

Cuando la ve, con la mitad de las cosas en ella se gira hacia mí con la boca abierta.

—No te puedes ir —afirma casi con tono de amenaza.

—Puede hacer lo que quiera —dice mi tía.

—Legalmente, no del todo —apunta Peter.

Mi tía suspira.

—Debemos respetar las decisiones de los demás —dice con su tono de directora.

—No cuando se están equivocando —protesta Amelia.

—Hija… —empieza mi tío.

—Esta vez, y sin que sirva de precedente, estoy de acuerdo con mi hermana —lo interrumpe mi primo.

—Tienes que ver el encendido de las luces del árbol de la plaza —me recuerda mi prima.

—Y la fiesta de fin de año —añade mi primo.

—Tenemos que celebrar tu cumpleaños —sigue Amelia.

Los ojos se me vuelven a llenar de lágrimas. Pero no puedo, ya he tomado la decisión, mis padres deben haber comprado ya el billete y no les voy a hacer perder más dinero aún.

Amelia se vuelve a dejar caer encima de mí.

—No quiero que te vayas —susurra.

Los voy a echar tanto de menos.

La mañana antes de Acción de Gracias amanece lluviosa, igual que cada día desde hace una semana y lo agradezco porque siento que el cielo me acompaña en el sentimiento de derrota que se ha instalado en mi pecho.

Estoy revisando la mochila cuando oigo golpes en la ventana. Me acerco a ella. No hay ningún árbol cerca cuyas ramas puedan pegar en el cristal. Aparto la cortina y veo a Will en el jardín con una caja a sus pies y a punto de tirar otra piedra. Cuando me ve, sonríe y me saluda con la mano.

Abro la ventana y me asomo.

—¿Qué os pasa a los estadounidenses con las piedras en las ventanas? ¿No sabéis llamar a la puerta? —pregunto, confusa por la situación.

Esta gente ha visto demasiadas películas.

Will carga con la caja, que está a punto de resbalársele de las manos cuando se tropieza con sus propios pies, y camina hacia la parte delantera de la casa. Bajo las escaleras y abro la puerta justo cuando Will llega.

—Hola —saluda con una expresión preocupada.

—Hola, pasa.

Entramos en la cocina donde deja la caja sobre una de las sillas. Saluda a mis tíos que, con las tazas de café en las manos nos observan curiosos, y a Amelia y Peter que acaban de bajar con las mochilas al hombro.

—¿Qué es eso? —pregunto con curiosidad.

—Un regalo.

Frunzo el ceño.

—Sé que llevas varias semanas un poco triste y se me ocurrió que esto te podía alegrar.

Aprieta los labios y sé que está nervioso. Si me quedara hasta agosto puede que consiguiera clasificar todas las expresiones de su rostro.

Sacudo la cabeza para quitarme la idea de la mente y abro la caja donde veo cuatro botes de tapa roja.

—Oh.

—Como me dijiste que se te había acabado… —dice con las manos en los bolsillos del vaquero.

Saco uno de los botes y sí, es ColaCao.

No digo nada. Noto las manos temblorosas, igual que mi corazón. Creo que si abro la boca también se abrirán las compuertas del embalse de lágrimas que se está formando en mis ojos. Tampoco lo miro porque si lo hago creo que nunca podré irme de aquí.

—Nos vamos a desayunar a la cafetería —dice mi tío de repente empujando hacia la puerta a una Amelia bastante en desacuerdo con la decisión.

Peter sale alzando las cejas y mi tía me da un beso en la coronilla.

Cuando nos quedamos solos preparo dos tazas y le tiendo una a Will, quien se sienta a mi lado en una de las sillas de la cocina.

—No te he querido molestar estos días, pero sé que te pasa algo. Ishbel me dijo que habías dejado la librería y Diane dice que tampoco quieres seguir con el periódico.

Lo miro un segundo y bajo la vista a la bebida. Doy un sorbo para tragar el nudo de la garganta, pero no funciona.

Se lo tengo que decir, ¿no? Le pedí a Ishbel que no contara nada, pero esta tarde vienen mis padres, estarán aquí hasta el domingo de la semana que viene, y luego nos iremos.

—Me vuelvo a España.

Will no se mueve, no cambia ni un ápice su expresión, ¿le da igual? ¿Me lo he estado imaginando todo? Puede que lo de Halloween y lo del otro día en la librería haya sido solo cosa mía. Hemos hablado entre clases y me ha dejado su ejemplar de *Geekerella* para que lo lea y lo decore a mi gusto. Pero no hemos quedado por las tardes. Mejor. Es mejor así.

—¿Cuándo? —pregunta al fin.

—El domingo de la semana que viene.

Will aprieta los labios.

—No estarás aquí en Navidad —dice dolido.

Niego con la cabeza y la vuelvo a bajar hacia mi taza. Supongo que no todo me lo he imaginado, ¿no? Sino le daría igual.

—¿Por qué? —pregunta con el ceño fruncido.

—¿Te acuerdas cuando te conté por qué vine aquí? —Will asiente—. Siento que ha ocurrido todo lo contrario. Que las pocas certezas que tenía se han desvanecido.

Will me mira pensativo mientras los segundos pasan y el silencio me pita en los oídos.

—Te voy a echar de menos.

—Y yo a ti —digo intentando sonreír.

Unos minutos después, cuando nos terminamos el colacao, salimos al frío del exterior envueltos es un silencio asfixiante donde revolotean mil cosas que decir que no van a cambiar nada.

Entrelaza sus dedos con los míos y el corazón se me rompe un poquito.

—¿Puedo hacer algo para que cambies de idea? —pregunta.

Un sollozo se me escapa sin que pueda contenerlo y Will se detiene. No sé quién de los dos da un paso primero hacia el otro. Me abrazo con fuerza a su cintura despidiéndome ya de él, aunque aún queden unos días.

No puedo quedarme solo por un chico, él no puede ser la razón porque esa razón cuando termine el curso no tendrá ningún peso.

Lo más sensato sería decirle que mantengamos las distancias, pero he utilizado toda mi sensatez en darme cuenta de que no hago nada aquí y no me queda ni una pizca. Me voy a arrepentir más que cuando decidí empezar a leer *Los Héroes del Olimpo* sin que estuvieran todos los libros publicados, pero el dolor será problema de la Anna del futuro.

—No te alejes —digo con la nariz enterrada en su cuello.

—No lo haré —asegura.

Cuando nos separamos se me rompe el corazón, y un poco más aún cuando Will se restriega los ojos con la manga del chaquetón.

¿Por qué la que parece ser la decisión correcta duele tanto?

Durante el día, el cielo nublado parece empezar a despejarse y unos tímidos rayos se intentan abrir paso, preparados también para celebrar mañana Acción de Gracias. En el interior se respira aire festivo; decoraciones con pavos reales y calabazas ocupan cada espacio libre del edificio, los profesores tienen los mismos ánimos que el primer día de clase y los estudiantes nos pasamos el día con la cabeza en otra parte, en mi caso, en un pozo gris y oscuro que no encaja con lo que hay a mi alrededor.

Will me busca en cada cambio de clase como si quisiera aprovechar cada minuto que queda, sonríe, bromea y usa cualquier excusa para cogerme de la mano, pero siempre que me mira puedo ver ahí en el fondo de sus ojos una pizca de tristeza.

Justo antes de la comida, al salir de Inglés, me está esperando en la puerta de clase con el periódico de este mes en las manos.

—Creo… —Duda con la vista fija en la página donde está su relato—. ¿Y si el mes que viene firmo con mi nombre? —susurra.

Abro tanto los ojos que debo parecer un dibujo animado.

—¡Sí! —exclamo.

Will se ríe y me acerca a él dándome un abrazo rápido.

—¿Has visto lo que ha escrito Diane? —pregunta enseñándome otra página mientras vamos hacia la cafetería.

Leo su columna de opinión, donde este mes reivindica el derecho a no querer ir a la universidad, critica la forma en la que se valoran los logros académicos y la mentalidad con la que hemos crecido. No critica al instituto en sí, sino la educación en general. Ojalá yo supiera expresarme así de bien. Admiro muchísimo a Diane por tener las ideas tan claras y saber defender lo que cree de una forma que es difícil llevarle la contraria.

Mientras termino de leer la columna me doy cuenta de algo que ha estado ahí delante desde el principio. Siempre he estado orgullosa de mis conexiones neuronales, pero nunca tanto como ahora cuando me viene a la mente lo que me dijo mi tía: «luchar por lo que crees».

—Los periódicos —le digo señalando el que tengo en la mano—, es el mejor lugar para reivindicar algo, mi tía estaba entonces, seguro que eran ellas —digo de forma desordenada.

Pero Will parece pillarlo porque asiente y me sigue hacia la biblioteca.

Nada más entrar, le preguntamos a la bibliotecaria si guardan los periódicos del antiguo instituto. La mujer nos vuelve a mirar con expresión de sospecha como los primeros días, pero nos acompaña hacia unos archivadores que hay en un almacén minúsculo. No sé qué le hemos hecho a esta mujer o si es que le pone la misma cara a todo el mundo.

Buscamos entre los años noventa y cuatro y noventa y ocho, que coincide con la promoción de nuestras madres. Vamos sacando, con cuidado, uno detrás de otro, buscando algo fuera de lo normal.

—¡Aquí! —exclama Will ganándose una mirada reprobatoria de la mujer que no nos quita la vista de encima a través de la puerta abierta del almacén—. Es del noventa y siete.

—Mira la firma, es el nombre del club —digo señalándola.

No es un artículo, sino el mismo himno que hay escrito en el cuaderno en la que se hace burla del instituto, y de algunas normas como la de no pintarse las uñas y del uniforme.

—Eran las redactoras del periódico —susurro.

Will lo cierra y lee la parte trasera, donde aparecen los créditos. Leemos algunos nombres que no conocemos, pero ahí están: Kirsteen Fraser como editora y Sarah Angelica Price y Bonnie Fraser como redactoras.

—Puede que ellas no formaran parte del club… que fueran las otras chicas… —digo.

—Mi madre era la editora.

—Ya…

Will arruga la nariz.

¿Y mi tía? Ella fue editora, pero dos años antes.

Busco los periódicos del noventa y cinco, cuando las tres deberían haber coincidido. Y ahí está, un artículo que comenta el discurso de apertura del director del instituto criticando cada una de sus palabras firmado por «Las amazonas de Matilda Orange».

—Aquí también están —le señalo a Will donde aparecen los nombres de nuestras madres como redactoras y el de mi tía como editora.

—Entonces ¿crees que son ellas o no?

—Tienen que serlo —afirmo, segura de que esto es lo que mi tía echaba tanto de menos cuando se fue a la universidad.

Seguimos repasando los periódicos, intentando buscar alguna pista que lo confirme, pero sus nombres solo aparecen en los créditos y en los artículos que firman y que tratan sobre temas de lo más comunes.

Cuando ya estoy a punto de dejarlo veo una foto en una de las portadas donde reconozco a mi madre. Sonríe feliz y orgullosa mientras sostiene un trofeo junto a cuatro chicas más, una es la madre de Will y otra mi tía. En el pie de la foto indica que su equipo ganó el torneo estatal de debate.

Se la enseño a Will que sonríe divertido, al ver a su madre con *brackets* y el pelo recogido en una coleta ladeada.

Las tres visten el uniforme impoluto excepto por el puño del jersey de mi madre del que cuelgan unos hilos, el botón que le falta al cuello del polo de Kirsteen y el pequeño agujero en la chaqueta de mi tía.

—Nos identificamos por el descosido en el uniforme —digo en voz alta mientras señalo las tres pruebas para que Will las vea.

—A nosotros nos dicen que nos portemos bien —protesta Will—. Y ellas a nuestra edad casi prenden fuego al instituto y al pueblo entero.

Me río y me da igual que la bibliotecaria nos mire mal. No me puedo creer que mi tía fuera una rebelde, de mi madre aún me lo podría esperar.

Hacemos fotocopias de todo, aunque no sabemos si desvelar las identidades de las componentes del club porque dos de ellas son la directora y una profesora del instituto.

—Will —lo llamo cuando salimos de la biblioteca, deteniéndome y mirándolo de frente—. Que lo hemos descubierto —digo emocionada.

Asiente, enseñando los dos hoyuelos que hacía días que no veía. Solo son unos segundos porque su expresión cambia y entrecierra los ojos.

—¿Te das cuenta? —susurra—. Es esto.

—¿El qué? —pregunto sin entender a qué se refiere.

—Investigar —dice alzando las manos—. Te encanta.

—Bueno —dudo—. Pero tampoco es que se me dé de maravilla —apunto pensando en todo lo que nos ha costado llegar a la conclusión de mirar los periódicos.

Will niega con la cabeza.

—Yo creo que sí. Lo has descubierto tú todo, poco a poco, sí, pero es lo normal, ¿no? Encontrar pistas, llegar a conclusiones… Además, te tenías que haber visto cuando te has dado cuenta de que la respuesta estaba en los periódicos y cuando has visto los artículos y la foto…

¿Es eso entonces? Los nervios en las puntas de los dedos, la expectación, las ganas de terminar y a la vez que dure para siempre. ¿Eso es lo que se siente cuando dedicas tu tiempo a algo que te apasiona?

—Y no solo eso —sigue—. He oído a Josephine hablarle a Vonda de *Seis de cuervos*, y no creo que haya sido mi abuela la que le haya recomendado ese libro.

Lo miro sorprendida.

—No siempre aciertas con las recomendaciones, vale, pero solo conoces a la gente desde hace tres meses, incluso mi abuela se equivoca a veces.

Noto un nudo en la garganta. Seguro que solo me lo dice para que me sienta bien.

—Diane me ha enseñado tu artículo sobre Jane Austen y me ha parecido una maravilla. Todos los que has escrito me han gustado, pero en este se notaba que lo que contabas te apasionaba.

Intento respirar hondo para calmar los latidos que me golpean el pecho. Es cierto que disfruté mucho escribiendo sobre comedias románticas, aunque lo hice sin pensar mucho. Puede que esa fuera la clave, ¿no? El no intentar hacerlo para que sea llamativo, sino pensar menos y sentir más.

Me doy cuenta de que he estado buscando todo este tiempo en la dirección incorrecta. Quería pruebas irrefutables de que tenía una habilidad especial para algo y eso mismo me ilusionaba, y no me he dado cuenta de que, aunque no tengo superpoderes para adivinar qué libro le puede gustar a Vonda, sí disfruto intentándolo, pensando, buscando entre las montañas de libros. O escribiendo sobre mis libros favoritos sin pensar en nada más. Y pasando páginas de periódicos antiguos en busca de misterios sin resolver.

Rodeo el cuello de Will con los brazos y me alza un poco del suelo al abrazarme por la cintura.

—No te voy a decir que te quedes porque es tu decisión —susurra contra mi oreja—. Pero quiero que sepas que te voy a echar mucho de menos, que pienso enviarte mis libros para que los subrayes y que a Leonard le encantó *Mujercitas,* aunque no lo admitirá nunca.

No puedo evitar reírme, supongo que recorrer seis mil kilómetros, al final sí ha servido para algo. Puede que, de todas formas, sí sea hora de volver a casa, ¿no?

—Gracias —susurro.

Un segundo antes de que suene la campana del fin del descanso, me separo un poco de él, lo miro y no puedo evitar darle un beso en la mejilla, ahí donde tiene el hoyuelo.

Nos alejamos mientras el pasillo se llena de gente. Y siento que esa sonrisa emocionada de Will es un reflejo de la mía.

Salgo del instituto con Amelia y no puedo evitar echar de menos las prisas al terminar la última clase para llegar a la librería a tiempo. Ya han pasado bastantes días desde que lo dejé, pero no termino de acostumbrarme.

Las nubes se han despejado definitivamente y, aunque el ambiente es frío, no parece tan triste como estos días atrás.

—La próxima vez que mi madre me diga que debo guardar las formas le recordaré esto —dice Amelia alzando la fotocopia del póster que encontramos hace unas semanas.

Por supuesto, le he contado lo que hemos descubierto y le ha encantado tanto como le ha indignado.

Entonces me doy cuenta de que en la verja de entrada hay dos personas haciendo aspavientos con las manos y una de ellas salta como si quisiera llamar la atención de alguien. Entrecierro los ojos para confirmar que son mis padres. ¿Qué otras dos personas montarían tal espectáculo a las puertas del instituto de su hija? Aunque me muero de la vergüenza no puedo evitar salir corriendo hacia ellos.

Me refugio en sus brazos que me rodean con fuerza, intentando recuperar todos los abrazos que no nos hemos podido dar en estos meses. Me propongo no llorar y lo consigo a duras penas. Cuando me vaya voy a derramar muchas lágrimas, necesito tener reservas para no deshidratarme.

—Has crecido —dice mi padre, dándome toquecitos en la cabeza sin soltarme.

—Solo han pasado tres meses —río.

—Pues parece que han sido suficientes —afirma mi madre separándose un poco para mirarme de arriba abajo.

Debe de parecerle que tengo un estado aceptable porque asiente.

—Está sana y salva —dice mi tía al llegar junto a nosotros.

Mientras se saludan llega Peter con Will, que se queda un poco apartado hablando con otros compañeros del equipo. Supongo que el entrenador les ha dado la tarde libre porque mañana es fiesta.

—¡Kirsteen! —exclama mi madre al ver a la mujer acercarse hacia nosotros con una sonrisa.

Es gracioso verlas porque la calma y paz que desprende la madre de Will es lo contrario a la mía, que parece vibrar con la energía de llevar demasiadas horas sin dormir.

—Uilleam —le llama su madre.

Camina hacia nosotras con esa pose segura que sé que es mentira y que utiliza siempre que está nervioso.

—Oh —dice mi madre dándole dos besos como cualquier madre española—, pero mira qué guapo.

Intento esconderme detrás de mi cortina de pelo cuando noto que me arde la cara entera y echo un vistazo a Will, que me mira de reojo con esa expresión orgullosa que tanto me repelía al principio.

Por suerte se acerca mi padre que, mucho más serio, le da la mano al chico y se presenta a su madre y a su padre que acaba de llegar.

Me quedo un poco apartada, observando en silencio cómo mis dos mundos se acaban de unir y es una sensación tan extraña que no sé describir bien lo que siento.

Unos minutos después de ponerse al día, emprenden el camino

hacia casa. Los sigo hasta que noto una mano que tira de forma suave de la mía.

—A tu madre le parezco guapo —susurra Will tan cerca de mi oreja que su aliento me provoca un escalofrío.

Pongo los ojos en blanco, disimulando.

—A mi madre también le gusta la pizza con piña, así que no considero que tenga buen gusto.

Me mira con los ojos entrecerrados y una sonrisa que no depara nada bueno.

Me da un beso rápido en la mejilla.

—Te lo debía —susurra antes de alejarse con la expresión a medio camino entre la tristeza y la sonrisa de siempre.

Busco a mi familia que ya ha salido hacia la calle y, por suerte, no estaba mirando.

Hace tres meses no me lo hubiera imaginado, pero lo voy a echar de menos. Muchísimo.

Capítulo 20

Es raro pasar Acción de Gracias en casa de mis tíos, aunque lo parece un poco menos cuando llegan los abuelos con esa energía que no esperas de dos personas de setenta años. Tienen más que yo, lo juro, es increíble. El abuelo me levanta del suelo al abrazarme y la abuela se pasa la mañana cantando y bailando por toda la casa mientras preparamos la mesa y la comida.

Lo que sí resulta de lo más extraño es tener que irme a clase la semana siguiente mientras mi padre acompaña a mi tío a la tienda y mi madre se va a visitar a la gente del pueblo que hace años que no ve. Incluidos Renita y Leonard.

Sobre todo, lo es porque todos saben que me voy, pero nadie lo menciona. Diane está en fase de negación desde que se lo conté: negó con la cabeza, me dijo que volviera a hablar con ella del tema cuando hubiera reflexionado y siguió practicando para el torneo de debate. Mis tíos y primos no hablan de ello, pero hay unos segundos de silencio cada vez que mencionan algo sobre los planes para Navidad. Mis padres no me han forzado a hablar del tema y se lo agradezco porque creo que si lo hiciera les pediría quedarme. Me lo planteo varias veces durante la semana, pero al imaginarme el dineral que les debe de haber costado el billete me siento fatal e intento quitarme la idea de la cabeza.

Will tampoco lo menciona, aunque lo veo en su mirada a todas horas. También en sus gestos. Como la tarde en la que quedamos con nuestras madres para terminar el trabajo de Historia y que nos expliquen todas las lagunas que tenemos: ¿Cómo conseguían publicar esos artículos? El padre de una de las redactoras era el dueño de la imprenta. ¿Cómo empezó? A mi tía le suspendieron un trabajo de Literatura por escribir sobre Jane Austen y no sobre Lord Byron, que sí estaba en el temario de la asignatura al contrario que la otra autora. ¿Lo del centro comercial y la estatua? Se niegan a contarnos lo que hicieron —por lo que supongo que no fue muy legal—, pero sí, los proyectos se paralizaron por su culpa.

Will se pasa toda la merienda jugando con los dedos de mi mano izquierda, como si quisiera estar en contacto conmigo todo el rato. Al principio me muero de vergüenza porque están nuestras madres delante y tenemos las manos encima de la mesa sin ningún disimulo, pero ninguna de las dos dice nada, aunque mi madre me mira varias veces enarcando las cejas. Así que me relajo todo lo que puedo, teniendo en cuenta que dentro de tres días me voy.

Duermo mal, tengo pesadillas y, por mucho que intento leer, no consigo avanzar más de una página. Calculo si con lo que he ganado de la librería me daría para devolverles el dinero del billete a mis padres y llego a la conclusión de que no. Me siento igual de mal que a principios de verano y esta vez he sido yo la causante.

La noche del sábado antes de marcharnos es el encendido del árbol de la plaza. Aunque no voy a vivir la Navidad en Orange Hollow, al menos podré disfrutar de este pedacito de fiesta.

En la plaza llevan días montando el árbol de más de diez metros de altura junto al gazebo cuya estructura está envuelta en muérdago y consigue que el ambiente huela a pino y Navidad.

Veo a Louisa y Vonda sentadas en un banco, con un vasito de cartón de la cafetería de Josephine en la mano. La dueña del local debe haber cerrado por hoy porque charla con Ishbel y Felicity, que apoya la espalda en el pecho del profesor Linwood, quien la abraza por la cintura. Dentro del gazebo, en uno de los bancos, creo distinguir a Genevieve y Owen riendo muy juntos. El señor Noguchi pasa corriendo por delante de mí con la correa de Scooby agarrada, pero sin poder superar la fuerza del gran danés, seguido por Tibby que me saluda con la mano sin detenerse.

Mis tíos y mis padres se quedan hablando con los padres de Candance, mientras mis primos se internan entre la multitud, supongo que para buscar a sus amigos.

—¡Anna! —me llama Diane al llegar a la plaza.

Sin esperar respuesta me rodea el cuello con los brazos.

—No es un abrazo de despedida —asegura sin soltarme—. Es solo uno navideño porque el lunes nos vamos a ver en clase y quiero tus dos artículos de diciembre en mi correo la semana que viene.

Se me encoge el corazón. Ojalá fuera así.

—Mis padres ya han comprado mi billete.

Mi amiga se separa de mí y niega con la cabeza.

—Eso da igual.

—Es muy caro.

—Imagínate que no hay billete —dice cogiéndome de los brazos, como si quisiera asegurarse de que le estoy prestando toda mi atención—. ¿Qué harías?

Miro alrededor, a todas las personas que he conocido estos meses, a quienes sé perfectamente qué libros recomendarles y a los que aún me cuesta leer lo que quieren. A los amigos que he hecho y que me han acogido como si fuera una más. También la cafetería, donde he aprendido canciones enteras de The Bangles y a la librería que hice un poco mía.

Los ojos se me llenan de lágrimas. No quiero irme. Quiero volver a la librería, ayudar a Ishbel a sacar la decoración de Navidad, madrugar los fines de semana para ir a un partido de fútbol —creo que incluso quiero apuntarme al equipo de vóley—, desayunar chocolate caliente y gofres en la cafetería de Josephine y volver al periódico. Y quiero pasar tiempo con Will, aunque solo sea para sentarnos en el rincón de la librería a leer en silencio.

Le doy otro abrazo rápido a Diane y corro hacia donde están mis padres. Puede que no tenga bastante dinero ahora para devolverles lo que se han gastado en el billete, pero si Ishbel acepta que vuelva a trabajar en su librería seguro que consigo ahorrar suficiente.

—Creo que no quiero irme —susurro al llegar junto a ellos sin aliento.

Mi madre me gira hacia ella y me coge de las manos.

—Pues quédate —dice mi padre a su lado.

El alivio al oír esas dos palabras borra de mi mente todas las razones que he estado preparando estos días para convencerlos de que me dejaran quedarme.

—Os devolveré el dinero del billete, tengo que ser consecuente con mis decisiones —digo intentando parecer todo lo adulta que no me siento.

—Tienes dieciséis años, lo menos que debes ser es consecuente con tus decisiones y hablar así tan formal —dice mi madre, divertida.

—Un poco consecuente sí debe ser, Sarah, que ya casi es una persona adulta —dice mi padre intentando mostrarse serio; su expresión fingida me saca una media sonrisa.

—Te recuerdo que tú con veinticinco años aceptaste un trabajo en Madrid, que ya tenías piso alquilado y los billetes comprados y el día de antes decidiste que te quedabas en Valencia —dice mi madre con las cejas alzadas.

Mi padre abre y cierra la boca como un pez sin saber cómo responder.

—Fue por amor —dice enfurruñado al fin.

Mi madre sonríe nostálgica y le da un beso rápido antes de volver a mirarme.

—No te preocupes por el billete porque no está comprado —dice.

La miro sin entender nada.

—Te recuerdo que somo tus padres —dice mi padre, intentando no reír—, y a veces nos podemos equivocar, pero en la mayoría de las ocasiones acertamos.

Los abrazo a los dos sin poder contener el llanto que ahora se ha convertido en alegría y alivio porque son los mejores y porque aún no es hora de despedirme de Orange Hollow.

Bonnie anuncia que quedan dos minutos para el encendido. Tengo que encontrar a Will, contarle que me quedo antes de que se enciendan las luces.

—Voy… —dudo.

—Ve a buscar a Will —dice mi madre divertida, dándome un pequeño empujón.

Le doy otro abrazo y me acerco al mogollón de gente que hay más cerca del árbol. Me pongo de puntillas, pero es imposible. Casi todas las luces están apagadas y no hay forma de distinguir a nadie. Avanzo entre la gente sin una dirección concreta. Debería haberme subido a uno de los árboles de la acera.

—¡Peter! —lo llamo cuando lo distingo junto a Robert, cogidos de la mano—. ¿Puedes ver dónde está Will?

Mi primo echa un vistazo desde su posición privilegiada de persona altísima. Pero niega con la cabeza. ¿Y si no ha venido? No puede ser, la Navidad es su fiesta favorita, no puede perderse esto. Camino hasta salir de la multitud y me subo a uno de los árboles con cuidado —soy una señora mayor, ya no tengo seis años.

—Un minuto —anuncia Bonnie.

No, no, no. Tengo que encontrarlo. Tengo que decirle que no me voy. Qué bien me vendría ahora mismo que existieran los hechizos de localización o poder volar. También me habría sido útil no haberme precipitado al tomar la decisión de volver o no ser tan terca como para aferrarme a ella, aunque veía que no era lo que quería.

Estoy a punto de bajar del árbol para volver con mis padres cuando consigo distinguir una cabeza pelirroja. Entrecierro los ojos y estoy casi segura de que quienes hay junto a ella son Will y su padre. No me lo pienso más. Bajo del árbol y corro por la acera hasta que llego a la altura donde creo que están. Me interno entre la gente que me miran extrañados, pero me dejan pasar.

—Cinco.

Ya estoy casi.

—Cuatro.

Señor, déjeme pasar.

—Tres.

Tiro del brazo de Will, que se asusta, y tropieza con Carl que está a su lado.

—Dos.

Me empiezo a reír sin poder evitarlo mientras el hombre nos mira divertido.

—Uno.

Will me mira sorprendido, pero no duda en cogerme de la mano y acercarme a él.

—Cero.

Todas las luces de la plaza y del árbol se encienden a la vez, cegándonos por unos segundos. Por los altavoces empieza a sonar «All I Want for Christmas Is You» y el pueblo entero vitorea y canta.

Cuando me acostumbro a la luz, observo el árbol iluminado de amarillo y con colores, como el rojo o el naranja, que forman figuras de copos de nieve, trineos y renos entre las ramas de pino verde. En lo más alto, una estrella de cinco puntas blanca destaca sobre el cielo oscuro.

Cuando vuelvo la vista hacia Will me está mirando con los labios apretados y la mirada entristecida.

—Me quedo —le digo casi gritando para que me oiga por encima de todo el alboroto a nuestro alrededor.

Sus labios se separan y la tristeza es sustituida por la incomprensión.

—¿No te vas mañana?

Niego con la cabeza sin poder contener la sonrisa.

—Me iré en agosto.

La sonrisa de Will empieza a dibujarse tan despacio que es un suplicio, como si no se lo terminara de creer. Le paso los brazos por el cuello y entierro la cara en él. Will tarda uno segundo en reaccionar, pero me abraza por la cintura con fuerza. Va a doler tanto en agosto… Pero ahora no voy a pensar en ello. Tengo que disfrutarlo mientras pueda. No quiero pasarme los meses que quedan tan triste como estas semanas. Quiero pasarlos como los dos meses anteriores.

Will suelta un poco el agarre y yo me separo una pizca, solo lo suficiente para mirarlo a los ojos y asegurarme de que ya no hay ni un poquito de la tristeza que guardaban estos días.

Son solo unos segundos, estoy segura, pero se alargan mientras nos miramos y me quedaría aquí para siempre.

—¿Puedo besarte? —Sus labios están tan cerca de los míos que la pregunta en sí parece ya un beso.

—Sí —susurro.

Will me observa unos segundos más que se me hacen eternos. Lo hace como si quisiera asegurarse de que va a recordar este momento, de que no se le va a olvidar ningún detalle.

Cierro los ojos y me acerco a él, cansada de esperar.

No hay fuegos artificiales, ni se para el mundo, ni mi pierna hace «pop». Sino que todo alrededor se diluye, deja de tener importancia, se queda relegado a un cuarto o quinto plano, solo siento los labios cálidos de Will sobre los míos y sus brazos rodeando mi cintura por encima de la ropa. Me alzo un poco sobre la punta de los pies para salvar esos pocos centímetros de diferencia y Will me acerca más a él, como si quedara aún espacio entre nuestros cuerpos. Lo abrazo con más fuerza ayudándome de sus hombros y cuello para mantenerme sobre las puntas de las zapatillas. Podría quedarme aquí para siempre, sin sentir el frío de alrededor, solo la sensación de hogar.

Nos separamos unos milímetros para recuperar el aliento. No abro los ojos, solo respiro mezclando su aliento con el mío, notando cómo mi nariz se calienta gracias a su piel.

—Anna Ferrer Price —susurra pronunciando mi primer apellido con ese acento peculiar—, creo que me he enamorado de ti.

El corazón, que me latía desenfrenado, se salta un latido para volver a empezar con todas sus fuerzas.

Alejo mi rostro un poco más del suyo. Me mira con los ojos oscuros llenos de cariño y también de un poco de miedo, como si para decir esas palabras hubiera necesitado todo su valor.

No me he enamorado nunca, pero supongo que debe ser algo así, ¿no? Mirar alrededor al llegar al instituto esperando verlo, buscarlo entre la multitud en el cambio de clase, leer un libro y llevárselo al día siguiente para que se lo lea también. Puede que no me trabe al hablar con Will, ni se me derrita el cerebro cuando lo tengo delante, pero sí se me olvida un poco lo que ocurre alrededor.

—Yo también creo que me he enamorado de ti, Uilleam Tòmas Bennet Fraser.

Los ojos de Will se iluminan dejando ir esa pizca de miedo y los hoyuelos aparecen para decorar sus mejillas. Se me escapa una pequeña carcajada al ver el cambio en su expresión. Aunque no me dura mucho porque vuelve a besarme mientras Mariah Carey canta las últimas notas de la canción.

Epílogo

Dos años más tarde

Los arces se mecen con la suave brisa que todavía es algo cálida. El sol baña el banco en el que estoy sentada y extiendo los dedos de la mano que tengo libre para intentar quitarme el frío que me provocan los nervios. Respiro hondo para calmarme y el aroma de las flores del parque frente a mí me hace cerrar los ojos.

Doy un sorbo al vaso de chocolate caliente con demasiado azúcar que me ha preparado Josephine. Pero ni siquiera eso consigue que mi cuerpo deje de temblar.

Sé que he llegado pronto, lo sabía cuando he salido de casa de mis tíos y cuando he dado varias vueltas por el parque.

El sonido del móvil me sobresalta. Sonrío al ver el nombre de Diane en la pantalla. Abro el mensaje con una foto de ella con una sonrisa de oreja a oreja frente a un edificio de ladrillo rojo y el texto «Sana y salva en la Universidad de Connecticut».

Hace un año que no nos vemos en persona, pero hemos hablado casi cada semana. Hemos sufrido juntas por sus exámenes y por los míos. Mandamos a la vez las solicitudes a las universidades y nos llamamos a horas intempestivas para la otra para gritarnos que habíamos entrado en la que queríamos. Si algo aprendí de los primeros meses en Orange Hollow sin Claudia es a cómo gestionar las relaciones a distancia.

Y menos mal, porque segundo de bachillerato fue el curso más duro hasta la fecha. Con asignaturas en las que ponerme al día y todos mis amigos a demasiados kilómetros de distancia.

A Claudia solo la vi una semana de agosto cuando yo volví de Estados Unidos y antes de que ella se fuera otra vez a Inglaterra. Pero al terminar el bachillerato nos fuimos una semana a Portugal para celebrar que íbamos a poder estudiar en las universidades que queríamos, aunque siguiéramos a seis mil kilómetros de distancia y cinco horas de diferencia.

A los demás no los he vuelto a ver desde que volví a España. Acción de Gracias del año pasado fue en casa de mis abuelos como todos los años, porque mi abuela se rompió el tobillo haciendo senderismo y era mejor que no hicieran un viaje tan largo hasta casa de mis tíos.

Sé que Candance, aun con su expediente impecable y matrículas de honor, no ha querido ir a la universidad, sino que ha preferido quedarse en la granja de sus padres e intentar mejorar la producción para que sea más sostenible.

Creo que por eso Diane se ha quedado en Connecticut, aunque podría haber ido a cualquier otra universidad.

Me hago una selfi con los árboles de fondo y añado el texto: «Esperando». Diane me responde con un *sticker* de un gatito con cara de enfurruñado. Me río y le doy las gracias por distraerme y hacer que me olvide de los nervios por un momento.

También recibo un mensaje de Peter: «Has llegado pronto y ahora estás de los nervios».

La forma en la que mi primo llegó a conocerme el curso que pasamos juntos a veces me da miedo. Pero también lo hizo todo mucho más fácil. Como cuando dudaba entre presentarme a los SAT o no y una tarde me puso el portátil delante con el formulario de inscripción abierto y la mayoría de los datos rellenos para que no lo retrasara más.

Peter también decidió quedarse en la Universidad de Connecticut y Robert ha conseguido plaza en Yale —aún no se lo cree ni él—, así que están lo bastante cerca como para verse los fines de semana.

El móvil vuelve a sonar, esta vez es Amelia que me manda una foto de mis tíos tirados en el sofá viendo *Star Wars*; «hay cosas que no cambian». La pobre se ha pasado este curso sola con ellos, por lo que tengo la galería del móvil llena de fotos, más o menos vergonzosas, de mis tíos.

Abro la conversación con mis padres y les envío una foto en la que intento que no se me note el agobio que siento porque queda un minuto y no veo a nadie acercarse hacia donde estoy yo. Creía que esta vez no iba a llorar tanto al despedirme de ellos en el aeropuerto, supongo que me volví a equivocar como las mil quinientas veces anteriores que he intentado predecir qué iba a suceder.

La alarma del móvil me hace dar un respingo. Como si se me fuera a olvidar este momento en el que he estado pensando meses y del cual me he creado cientos de escenarios en mi mente y que, por supuesto, ninguno se va a parecer ni un poco a la realidad.

O al menos espero que no se cumplan esos en los que me quedo esperando hasta que cae la noche, o pasa por delante de mí sin reconocerme por culpa del grano que me ha salido en la barbilla, o me saluda con un apretón de manos sin más o nos quedamos sin saber qué decir. He tenido mucho tiempo para imaginar muchas posibilidades.

Bajo por la galería del móvil, hasta los meses que pasé en Orange Hollow y repaso otra vez cada una de las fotos: como las del sábado que fuimos a pasar el día a Nueva York y visitamos el árbol de Navidad de Rockefeller Center o las de la final del campeonato estatal de fútbol que ganaron los Hedgehogs. También la de mi primer día en el equipo de vóley del instituto, las tardes jugando al *Mario Kart* y mi cumpleaños en la cafetería de Josephine.

Hice la solicitud a la Universidad de Oswego en la fase de admisión temprana. Es la universidad donde mi madre empezó Periodismo y terminó Literatura. Me hace gracia que, al final, vaya a seguir sus pasos, aunque mi intención no es cambiar de carrera después del primer año. Pero quién sabe.

Levanto la cabeza con miedo de verlo y de no verlo.

Cuando su padre aceptó que estudiara algo relacionado con la escritura siempre y cuando no dejara el fútbol y pudo empezar a buscar alternativas a Stanford, no solo tuvo en cuenta la carrera que él quería, sino que no estuvieran muy lejos de Orange Hollow ni de Oswego.

Siracusa era perfecta: a cuatro horas del pueblo y a menos de una de mi universidad. Y, lo más importante, con programa de Escritura creativa y equipo de fútbol.

Veo a alguien caminar rápido entre los árboles. Se tropieza con el que creo que es Carl y se disculpa sin pararse más de un segundo. Me levanto con las piernas temblando, tiro el vaso de cartón a una papelera cercana y camino unos pasos.

El chocolate no ha sido buena idea, debería haberlo aprendido de mi primer día de instituto hace dos años. No sé si el nudo en la garganta es por las ganas de llorar o por las de vomitar.

No debería estar así. No tiene ningún sentido porque nos hemos enviado mensajes casi cada día y videollamadas todas las semanas que podíamos coincidir. Cuando me aceptaron en la universidad llamé a Diane, pero antes lo llamé a él. Me respondió sin dudar, aunque aquí debían de ser las dos de la madrugada. Y a los pocos días, me llegó un paquete con una sudadera de mi futura universidad y una carta escrita a mano en una hoja del bloc de la librería.

Parece que el tiempo pasa más despacio de lo que debería. Lleva el pelo ondulado despeinado, como siempre. Camina rápido, pero no me da esa sensación. Respiro hondo y avanzo hacia él. El corazón me late tan rápido que no oigo nada más.

Los dos nos detenemos a tres pasos de distancia. Siento que acabo de correr un maratón y que las piernas no me van a aguantar más tiempo.

Will me observa con los labios un poco separados, como si hubiera dudado hasta este mismo momento de que esto iba a pasar. Su rostro es el mismo, aunque con los rasgos un poco menos redondeados. Aprieto la mandíbula para evitar que las lágrimas que se me están acumulando en los ojos resbalen por mis mejillas.

Se acerca un paso, sonríe haciendo aparecer los dos hoyuelos que tanto he echado de menos y alarga el brazo para tocarme el entrecejo. No puedo evitar reírme y algunas lágrimas se me escapan sin querer.

Doy un paso adelante y observo sus ojos, encontrando el verde entre el marrón oscuro. No puedo más, el corazón se me va a salir del pecho cansado de esperar.

Will parece pensar lo mismo porque no sé quién de los dos recorta los centímetros que nos separan. Entierro la cara en su cuello, donde he reído y llorado tanto que debería tener la forma de mi rostro. Noto sus labios debajo de mi oreja y sus brazos alrededor de mi cintura me alzan un poco del suelo haciéndome reír otra vez. El corazón deja de latirme con tanta fuerza, entendiendo que ahora está seguro, que no hay nada que pueda salir mal a partir de este momento.

—Te voy a tener que comprar otro ejemplar de *Frankenstein* porque el que me dejaste está destrozado —dice apoyado en mi hombro.

Me separo un poco de él para mirarlo a los ojos.

—El tuyo de *El fantasma de la casa Greendale* no está en mejores condiciones.

Volvemos a reírnos con las mejillas mojadas y los alientos mezclándose entre nosotros.

—Te he echado mucho de menos —dice con más lágrimas resbalando por su rostro.

—Y yo. —Me trago un sollozo.

—Mi abuela me ha amenazado con prohibirme la entrada a la tienda si no vamos a verla algún fin de semana.

—Iremos —le aseguro.

—Y Owen me ha cargado con una caja de dulces para el viaje.

—Le daré las gracias.

—Josephine me ha dicho…

—Will —lo interrumpo, impaciente.

Me mira con los labios apretados y la respiración acelerada.

—Llevo más de un año esperando para volver a besarte —digo con la voz temblorosa—. ¿Me puedes contar luego todos los recados que te han dado para mí?

El corazón vuelve a golpearme porque puede que él no quiera, que lo que yo he estado anhelando todo este tiempo no sea lo mismo que él. Que la distancia haya enfriado lo que me repetía cada día que sentía por mí.

Will suelta todo el aire, aliviado y vuelve a sonreír.

—Creía… No sabía…

Niega con la cabeza, me mira un segundo igual que la noche del encendido del árbol y, por fin, me besa. Todo desaparece alrededor, excepto él y yo y la sensación de que estoy donde tengo que estar.

Las protagonistas de las historias suelen empezar un viaje para alcanzar su sueño. Yo decidí empezarlo para encontrarlo. Puede que este sea el definitivo o puede que no. Pero de lo que estoy totalmente segura es de que la gente que me ha acompañado durante este tiempo lo hará para siempre.

Agradecimientos

Escribir esta novela iba a ser fácil (al menos, todo lo fácil que puede ser escribir). Es un tipo de historia que me encanta leer y ver, que sé perfectamente cómo funciona y con unos personajes con los que me encariñé nada más empezar a construirlos.

Al final ha sido el proyecto más difícil. No por la historia, ni por los personajes, sino por la situación. Intentar transmitir esa ambientación *cozy* que necesitaba la historia cuando a mi alrededor lo acogedor no era más que un recuerdo, ha sido de las cosas más complicadas que he hecho.

Supongo que por eso Anna tiene mucho de mí, como su amor por el colacao o el pánico a que se le rompan las gafas. Y también Will, que odia la canela y le gustaría subrayar los libros, pero no tiene paciencia para ello.

Han sido meses intensos y difíciles en muchos sentidos. De vivir estresada y sentir que no iba a llegar a nada de lo que tenía entre manos. Hubo momentos en los que pensé que no iba a poder terminar. Por suerte, estoy rodeada de muchas personas en las que he podido apoyarme.

Quienes aguantan mi mal humor cuando tengo demasiadas cosas

en la cabeza: mi madre, mi padre y mi hermana. Gracias por entender (mejor que yo misma) que, incluso con la situación que nos rodeaba, debía dedicar tiempo a escribir. Y por animarme y recordarme que sí iba a conseguirlo.

Mis amigas: Alba, Amanda, Amparo y Esther. Esta vez no habéis sido betas, pero habéis estado ahí en todo momento. Gracias por darme vuestro punto de vista siempre que os planteaba mis dudas y por las comidas que me sacan de casa una vez al mes, por lo menos.

La creadora de Marie Baviera: Lourdes. Gracias por escucharme, por ayudarme con la crisis existencial y por darle vueltas a un posible nombre con el que me sintiera identificada.

Me parece muy difícil reírse un lunes a las ocho de la mañana al llegar a la oficina. Así que gracias, compis, porque igual me hacéis soltar una carcajada que me ayudáis a limpiar el barro de las paredes; por todo el ánimo, la ayuda, por perdonarme los días en los que quemaría el mundo y por recibir la noticia de este libro con tanta ilusión.

No estaba en mis planes escribir nada parecido a la historia de Anna, pero cuando empecé a desarrollar la idea no pude dejar de pensar en ella. Gracias al equipo de Penguin por darme esta oportunidad. En especial, a Cristina, Majo y Laura, no solo por vuestro trabajo, que ha sido maravilloso, sino por la comprensión y el apoyo en esos meses caóticos.

En cuanto tuve la cubierta definitiva, me la puse de fondo de pantalla. Gracias, Cristina Cid. Cuando me dijeron que una de las opciones eras tú, lo primero que pensé fue que ojalá, porque no tenía dudas de que crearías una cubierta preciosa, y así ha sido. Anna y Will no podrían tener un envoltorio que los representara mejor.

Aunque escribir es solitario, también es un proceso que dura meses y, en este tiempo, por mi vida ha pasado mucha gente: familia, amigos, lectoras y desconocidos. Gracias a todas las personas que me habéis apoyado de una forma u otra, en la escritura o en el día a día.

Y gracias a ti, que has llegado hasta aquí. Espero que este libro haya sido un pequeño refugio donde alejarte de la realidad.

Recuerda que nunca es tarde para encontrar tu lugar.

Banda sonora

«Manic Monday» – The Bangles
«Flying Solo» – Julie and the Phantoms
«Welcome to New York» – Taylor Swift
«Those Sweet Words» – Norah Jones
«Someone in the Crowd» – *La La Land*
«Get'cha Head in the Game» – *High School Musical*
«Evermore» – Taylor Switf (con Bon Iver)
«Thunderstruck» – AC/DC
«Sono solo parole» – Noemi
«Something That You Said» – The Bangles
«Rebel Heart» – IVE
«You Are Gold» – The National Parks
«Fearless» – Taylor Swift
«I Will Always» – The Cranberries
«Dreams» – The Cranberries
«A Place in this World» – Taylor Swift
«Close to You» – Gracie Abrams
«Broken Mast Bay» – Sail North
«Ocean Eyes» – Billie Eilish

«Love Again» – Dua Lipa
«This Is Halloween» – *Nightmare Before Christmas*
«Ghostbusters» – Ray Parker Jr.
«Goo Goo Muck» – The Cramps
«Vampire» – Olivia Rodrigo
«Bring Me to Life» – Evanescence
«Everything Has Changed» – Taylor Swift (con Ed Sheeran)
«Enchanted» – Taylor Swift
«Edge of Great» – *Julie and the Phantoms*
«All I Want for Christmas Is You» – Mariah Carey
«Wake Up» – *Julie and the Phantoms*

Este libro se terminó de imprimir
en el mes de octubre de 2025.